ふたりきりの光

ダイナ・マコール
葉月悦子　訳

MIRA®

The Healer

by Dinah McCall

Published by Harlequin K.K., Tokyo, 2009

わたしが小さな女の子だったころ、父方の祖母で、テネシーの丘陵地帯生まれのケイティは、わたしが怪我《けが》や病気をすると、それがどんなものであろうと、彼女独特の治療法をほどこした。経験から得た祖母の原則は、その方法で馬が死なないなら、子どもだって死にゃしない、というものだった。祖母のところで夏を過ごすとき、わたしはどうか健康でいられますようにと祈ったものだ。なぜなら、祖母がぐらぐら煮出してくれるお茶に劣らず、馬の薬を傷にすりこまれるのがいやだったから。

ある年の夏、わたしの手にいぼができた。どういう事情かわからないが、祖母の魔術をほどこしてもらうことになった。しかしその厄介な突起のことは忘れてしまったのかと思ったころ、祖母はわたしを真夜中にベッドから引っ張り出し、外へ連れていって、手のいぼに古い皿ぶきんを巻きつけ、それから満月の光の下でわたしをくるくる回らせた。

回っているあいだに、祖母は歌いはじめた。その言葉はとっくの昔に忘れてしまった。おぼえているのは、祖母が歌い終えたときのことだけだ。祖母はその皿ぶきんを取って裏のポーチの下に埋め、わたしをベッドに戻した。

わたしはベッドの中でシーツをかぶり、いったいこれからどうなってしまうんだろうと、怖くてたまらずにいた。思い悩む必要などなかったのに。一週間もしないうちに、いぼは消えてしまった。祖母は驚きもしなかった。彼女は目的を果たしたのだ。しかしわたしにとっては、祖母は驚くべき方法を用いる治療者《ヒーラー》として、永遠に心に刻まれることになった。

以上のようなわけで、わが生涯のヒーラー、キャサリン・クーパー・スミスに、愛情をこめて本書を捧《ささ》げる。

■主要登場人物

ルーシア（ルース）・マリーア・アンダハー……ウェイトレス。
ブライディ・チューズデイ……ルースのキャビンの大家。
フランクリン・チューズデイ……ブライディの亡夫。
アイダ・メイ・コーリー……ブライディの親友。
ハロルド・カーター……ルースの雇い主。ダイナーのオーナー。
シャグ・マーテン……ガソリンスタンド経営者。
マーク・ウィリアム・エイハーン……郵便配達人。
ドロシー（ドリー）……ウェイトレス。
トム・マイズ……保安官。
トラヴィス・マイズ……トムの息子。
アール・ファーリー……副保安官。
ジョーナ・グレイ・ウルフ……放浪者。
アダム・ローソン……ジョーナの養父。医師。
ハーヴ・デューボイス……ヘリコプターの運転士。
サイラス・パーカー……キャンプ地の所有者。
メイジャー・ボーデイン……富豪。
チョック・バレット……ボーデインに雇われた賞金稼ぎ。
D・J・コーフィールド……ボーデインに雇われた賞金稼ぎ。

ふたりきりの光

1

一九七七年南アラスカ、雪の谷《スノー・ヴァレー》

長い冬のせいでやせこけた、手足の長い灰色の雌狼《めすおおかみ》は、谷の上の木立の端で足を止めた。鼻を上げてあたりの空気をかいでみると、首の後ろの毛が逆立った。危険のにおいがする。本能のすべてが引き返して逃げろとわめいていたが、横にいる子の欲求は彼女では満たしてやれなかった。

そのとき、子がくうんと声をたてた。そちらを向いて汚れた顔をなめてやると、子は喜んで体をくねらせた。狼は休みたかったが、いまはその時ではなかった。子をやさしく押して彼女の毛皮にしっかりつかまらせる。そして安心させるようにひと声鳴くと、狼は子が手を離さないことを確信して、ゆるやかな斜面を下の谷へ向かって進みはじめた。

スノー・ヴァレーの春の日ざしは、アラスカの厳しい冬と日光のない月日からの、つかのまの休息だった。何カ月もの陽光のない日々、そのあとは何カ月もの暗闇《くらやみ》のない日々が続く世界で、心乱れずにいられるのは特別な種類の人間だけだが、アラスカ先住民のイヌイットはまさにそうした人々だった。常軌を逸した地形や、突拍子もない天候くらいではたじろがない。彼らはもう何世紀にもわたってここに住みつき、自分たちの世界と折り合って暮らしてきたのだ。

今日は突風が山から吹きおろし、狩猟の一行や地元の小さなグループを泊めている簡素な木の家々のあいだを走り抜け、女たちが物干し綱にかけておいた洗いたての洗濯物をばたばたいわせていた。

辺境パイロットのハーヴ・デューボイスはもともとはミシシッピ州ビロクシーの出だが、このこぢんまりとした村落の南端に小さな家を持っていた。すぐ隣には滑走路が一本きりの飛行場があり、このキャンプ地に出入りするにはそこを使うしかなかった。ハーヴは十二年近くもここに住み、すっかりアラスカの人間になっている。さまざまな狩猟シーズンのあいだ、彼は自分のヘリコプターにハンターたちを乗せて、この地を出たり入ったりする。オフシーズンになると、冬は閉じこもるのが好きなたちなので、バーボン・ウィスキーの〈ジム・ビーム〉をひとケースと、ペーパーバックのスリラー小説を食料品店の袋いっぱい自分のキャビンに持ちこみ、家から出なくなるのだった。

ドクター・アダム・ローソンは狩猟キャンプ地の反対側の端に住んでいた。彼は六年あまり前、救急医療のために飛行機でここへ連れてこられた。あるハンターが運悪く、機嫌の悪いグリズリーに出会ってしまったのだ。ハンターの銃は使えなくなり、グリズリーはハンターの体を好きなように殴りつけていた。ハンターの体を縫い合わせて、飛行機で搬送するころには、アダムはここの人々と土地にすっかり心を奪われてしまっていた。次の春、アダムはひとりで戻ってきて、以来、この地に住みついている。

サイラス・パーカーはこのキャンプ地の所有者で、小さな二階建てのA字形の家を住居兼仕事場にしていた。一階は食料品兼乾物屋のようなもので、彼はそこでさまざまな種類の酒や、それよりは少ないが、缶詰や乾物を売っていた。二階はごく小さな部屋がふたつあるきりで、そこが彼の生活し、眠る場所だった。

スノー・ヴァレーの残りの住民は、大半がイヌイットで、神よりも長くこの地にいた。少なくとも、ハーヴはそう言っている。アダム・ローソンはその逆だと考えていた。神が彼らをここに置き、イヌイットたちは分別があったからここにとどまった、と。イヌイットの男たちはすぐれた狩猟ガイドで、ほとんどが狩猟グループについていって長期間キャンプ地を離れるため、女や子どもたちだけがきまって取り残された。

最近はよい天気が続いたので、男たちはあわただしく旅に出ていき、そうなると女たちは自分だけの時間を手にしたのをさいわいに、少しばかり春の掃除をした。零度以下の気温も影をひそめ、この上天気で子どもたちも外へ出て、新鮮な空気と日光の中で遊ぶことを許された。

年かさの子どもたちは、ソフトボールをしていた。鬼ごっこや、かくれんぼをする子もいた。ショーティとババという名で通っている六歳の双子は、村をくねくねと抜ける道路の真ん中に座り、木の枝で土に絵をかいていた。

二人が座っていると、強い風が土を舞い上がらせ、草のかけらや砂粒が目に入った。兄のほうのショーティは顔をゆがめて目をつぶり、背の高いほうのババはすばやく首を回して、ほこりから顔を守った。顔をそむけたとき、ババの目に道路が映った。一瞬ののち、彼はぱっと立ち上がり、太陽に向かって目を凝らした。自分の見ているものが信じられなかったのだ。それから、突然われに返った。ババはショーティの髪をつかむと、彼を引っ張りながら叫んだ。「逃げよう、ショーティ、逃げよう！」

ショーティは何もきかずに言われたとおりにした。彼とババは一緒に、五十メートル足らずのところにある家へ全速力で駆け出し、走りながら叫んだ。二人の叫び声で、母親のウィラだけでなく、ほかの人々も走りはじめた。

「ママ、ママ……狼だよ！」ババは道路を指さして叫んだ。

ウィラはひと目見るとすぐに、息子の叫びを繰り返しはじめた。

「狼よ！　狼よ！」ウィラが叫び、息子たちを家のほうへ押しやりはじめると、ほかの女たちもわが子を家の中へ入れようと半狂乱になって捜しまわった。

狼は立ち止まった。悲鳴が聞こえる。人間の恐怖のにおいがする。ここまでにしておかなければ。反対の方向へ走っていきたい――そうしなければいけない。だが、子が彼女にしがみつく強さは、子をふたしかな運命にゆだねまいとする彼女の本能と同じように強かった。母親としての激しい本能に勇気を得て、狼はそのまま止まらず、頭を低くして、いまは耳のところにぴったりくっついている小さな茶色のわが子を気づかいながら、ゆっくり進みつづけた。

サイラス・パーカーの耳に騒ぎが聞こえてきた。なんだろう、と棚に並べていた缶を置き、入り口のドアへ歩いた。何が起きているのかわかるまで、長くはかからなかった。大きな灰色の狼が村へ入ってこようとしているのだ。狼の歩みはのろく、ときどきよろけて、頭を地面まで下げている。そんな野生動物がキャンプ地へ入ってくる理由はひとつしかない。

狂犬病だ。

サイラスは以前に一度だけ、その病で人が死ぬのを見たことがあったが、あんな苦しみは二度と目にしたくなかった。

彼はカウンターの向こう側へ走り、壁のラックからライフルを取って、カウンター下の箱から片手いっぱいの弾丸をつかみ、走りながら装填《そうてん》した。

「家に入れ！　家に入れ！」サイラスは叫びながら、道路を進んだ。銃を撃つのはうまくないので、命中させるにはもっと狼に近づかなければならなかったし、子どもたちや女たちをよけながら狙《ねら》いを定めるなどまっぴらだった。

サイラスが走りすぎたとき、ひとりの女性が自分の家からライフルを持って出てきた。走って追いつこうとしている彼女の乱れた息づかいが、サイラスの耳にも聞こえた。

ハーヴの滑走路の近くまで行ったとき、サイラスはどっと出たアドレナリンのせいでまだ体が震えていた。狼はすぐ間近にいた。近すぎるほどだ。それ以上進むのが怖くなり、サイラスは立ち止まってライフルを肩まで持ち上げ、狙いをつけた。息を落ち着かせるために、ゆっくりと五からカウントダウンしながら引き金にかけた指に力をこめ、引き絞りかけたとき、彼の後ろを走ってきた女性がいきなり耳元で叫び、彼のライフルをぐっと宙へ押し上げた。

「撃たないで！」

サイラスはぎょっとした。マーリー・トリングティックの叫び声に驚いただけでなく、わけがわからなかった。彼はすばやく振り返った。

「なんだってんだよ、マーリー？」

「見て」彼女は言い、狼を指さした。

サイラスは彼女がさしている方向に顔を向けた。「ああ、まったくな。あれは狼だろう、だから——」

言葉が喉の奥で凍りついた。彼は深く息をし、それから目をこすり、自分が幻を見ているのではないことをたしかめようとした。

「そんなばかな」サイラスはつぶやき、マーリーを振り返った。「いったいどうなってるんだ、あれは人間の子か？　そうだろう？　おまえさんにも見えるか、マーリー？　狼の横にいるのは本物の子どもなのか、それともおれの頭がいかれちまったのか？」

マーリーは現地の言葉で何やらつぶやくと、きびすを返して行ってしまった。

サイラスも彼女のあとを追いたかったが、やせて日に焼けた幼児の姿が彼をがっちりととらえてしまっていた。

狼が高く吠《ほ》えた。一度だけ。

サイラスが持っていた銃は手からすべり、重い音をたてて足もとに落ちた。彼がその場に立ちすくみ、まだ信じられない気持ちで見つめていると、雌狼も立ち止まった。二十メートルもない距離をはさんで、サイラスは雌狼が頭を上げるのを見ていた。その距離からでも、彼女の視線がぴたりと自分にそそがれているのが感じられた。

「なんてこった、なんてこった、なんてこった」つぶやくそばから、脚の力が抜けていった。逃げ出したかったが、体が動かなかった。それでも、何かしなければならない。あの小さな子どもはまだろくに歩けないうえ、恐ろしくやせこけている。ここで知らん顔をするわけにはいかない。どういういきさつかは知らないが、ほうってはおけなかった。

わが身の危険もかえりみず、サイラスは大きく息をすると、手を振って狼に叫びかけた。狼はその鋭い、恐ろしい音にびくっとした。顔に風を感じるのと同じように、はっきりと危険を感じる。もう逃げなくては。彼女は子のほうへ顔を向け、前へ押した。子はよちよちと狼の数歩先へ歩き、それからつまずいてころんだ。

あらゆる本能が狼に逃げろと告げていた。いますぐに。だが彼女の気持ちは引き裂かれていた。子は倒れて泣きだした。そして立ち上がろうと手足をばたばたさせはじめると、狼は思わずそちらへ歩きかけたが、はっと頭を上げた。さっきの人間が近づいてきている。もはや子に目をやることもなく、狼は背中を向けて、木立へ駆け戻っていった。

ひとり残された子は本格的に泣きはじめた。走っていく狼の耳にもそれが聞こえた。しかし、彼女が足を止めて振り返ったのは、木立のそばの、まずまず安全な場所に着いてからだった。そこには誰もいないようだった。そこではじめて、狼は頭を高く上げて吠えた。その長く悲しげな声はスノー・ヴァレーに広がり、まわりの山にこだました。

だが、スノー・ヴァレーの村全体を驚愕《きょうがく》させたのは、その次に起きたことだった。

サイラスは両腕に子どもを抱え、精いっぱいいそいでアダムの家をめざしていた。走りながら何度となく後ろを振り返り、さっきの狼が戻ってきて自分を追いかけていないことをたしかめた。そうして走りながら、絶えず子どもに目をやり、風のせいで顔にその男の子の長い黒髪がかかるのや、その子のやせた茶色の体から発せられる熱を感じていた。子どもはネイティヴ・アメリカンのように見えたが、どこまでが汚れで、どこまでが本来の肌色なのかはわからなかった。

突然、長く悲しげな狼の咆哮《ほうこう》が、風に乗って谷へ聞こえてきた。胸をかきむしられるような声だった。サイラスはぎくりとして最後にもう一度、肩越しに振り返った。あの狼はもういないと、自分を安心させるためだけに。

その狼の咆哮が聞こえたとたん、子どもがサイラスのふさふさしたひげをぎゅっとつかみ、彼の腕の中で体をひねって山のほうへ目を向けた。男の子の涙でいっぱいの目は、衝撃で大きく見開かれていた。だが泣き叫ぶかわりに、彼は小さな口をあけ、深い悲しみの声をあげた。その甲高い声は、狼の咆哮とほとんど同じ響きだった。

サイラスはぎょっと息をのみ、あやうく子どもを落としそうになった。男の子が両手で彼のひげにつかまっていなかったら、地面にころがり落ちていただろう。しかしサイラスはすぐわれに返り、子どもを慰めるように、走りながら彼の背中を軽く叩《たた》いた。

「よしよし」サイラスはつぶやいた。「泣くんじゃないぞ、ちっこいの、泣くんじゃない」

子どもにとってサイラスの声の響きは、サイラスにとってのさっきの狼の咆哮のように、驚きを招くものだったらしい。音の消えたつかのま、二人の視線がぴたりと合った。

そのときになって、サイラスは子どもの目が茶色ではなく琥珀《こはく》色で、黄色がかった金色の点が散らばっていることに気づいた。黒みがかったイヌイットの目ではなく、さっきの狼の目のように。

「おいおい、おちびちゃん……おまえはどっから来たんだい？」

しかし狼は語ることができず、その子も知らなかった。

二年後

アダム・ローソンはいちばん近くの隣人、ウィルソンとパティのアムラック夫妻と一緒に、自宅の正面ポーチ階段に座り、小さな息子が彼らの三人の子どもたちと遊んでいるのをながめていた。まさかこんなことになるとは思ってもみなかった。結婚もしていない四十三歳の身で捨て子の養育を引き受けたり、ましてや、その子どもが自分の世界の中心になったりするとは。

だが、実際にそうなってしまったのだ。

最初の瞬間――サイラスが裸の幼子を抱いてよろよろと家に入ってきたときから、この日の朝、アダム自身でジョーナ・グレイ・ウルフと名づけた子がベッドを這《は》い出し、クラッカーやピーナッツバターや蜂蜜《はちみつ》を混ぜたものを食べていたときにいたるまで、彼はこの子に夢中だった。

アダムが見当をつけたところでは、ジョーナは四歳くらいで、頭は年齢以上によかった。出自ははなはだかんばしくなくても、ジョーナは驚くほど自信に満ちていた。ジョーナは何も言わずにまわりのものごとを見ているので、恥ずかしがり屋に見えるのだが、実際はそうではなかった。まったくその反対なのだ。アダムにとっては驚きだったが、この子どもには恐れというものがなかった。

アダムに見られていることを感じたのか、ジョーナがふいに遊ぶのをやめて、父親へ顔を向けた。彼はアダムの視線を受け止め、しばし無言で見つめ返してきた。それからゆっくり笑った。まるで二人だけの秘密を持ったように。

アダムはほほえみ返したが、ジョーナはもうその時間を通りすぎて、また両手足を草の中につき、子どもたちがおもちゃの組み立て木で作っているミニチュアのログハウス作りを手伝っていた。ジョーナの足のそばの地面には鳥が一羽おり、もう一羽が彼の頭のあたりをかすめるように飛んでいる。鳥はジョーナがいつもポケットに入れておくひまわりの種を目当てに、しょっちゅう彼の肩に止まるのだった。

スノー・ヴァレーの住民たちは、この小さな男の子を少々怖がっていた。ジョーナが彼らの仲間になったいきさつがすでに伝説めいていたし、ほかの子どもは彼ほど動物と仲良くならないからだ。キャンプ地の犬たちは彼の行くところならどこへでもついていき、森にいる野生動物たちでさえ、ジョーナには引き寄せられてくる。動物たちは彼になんの恐れも見せず、絶えず彼に近づいてきた。まるでジョーナが自分たちの仲間であるように。過去がいっさいわからない子どもにしては奇妙だが、彼がひとりになることはなかった。

アダムはそれをどう考えていいのかわからず、説明をつけようとするのもとっくの昔にやめてしまっていたが、息子がほかの人間と違っているのはわかっていた。ジョーナは山の中で死んでいても、彼を安全なこの場所へ運んできた獣に食われていてもおかしくなかったのだ。人々はジョーナがどこから来たのかという答えを探し求めた。警察は何カ月も熱心に親を捜してくれたが、その件は解決されないままだった。飛行機が行方不明になったわけでもない。いかなる住民も、観光客も、ハンターも、理由なく消えてはいない。ジョーナがあらわれた理由の説明はつかなかった。

大人たちが階段に座って、子どもたちが遊ぶのを見ていると、アダムの老犬、サン・キャッチャーが何かをくわえ、はねるように庭へ入ってきた。アダムが反応するより早く、ジョーナが声をあげて、ぱっと立ち上がった。

ジョーナの叫び声に、犬はまるで目に見えない壁にぶつかったかのように立ち止まり、頭を下げて、口を開いた。小さな灰色のりすが力なく、血まみれになって草の中へ落ちた。

「ああ、なんてことを」

アダムはそうつぶやいた。りすが死にかけていることにジョーナが気づいたら、必ずや悲しむだろう。

「ジョーナ！　待て！」彼は呼びかけ、息子のほうへ走り出したが、もう遅かった。ジョーナはすでに膝をつき、りすを両手にそっと抱えていた。

ウィルソンとパティも立ち上がって、子どもたちをそばに集め、サン・キャッチャーはすぐ近くで、前足に鼻面をのせて腹這いになり、ジョーナの一挙手一投足を見つめていた。

アダムはジョーナの背中に手を置いた。

「もう手のほどこしようがない。サン・キャッチャーは狩りをしていただけなんだ。犬はそうするものなんだからね。さあ、そいつを置きなさい、それから――」

「ううん、パパ。僕が治してあげるんだ」

アダムは息子の混乱ぶりに胸が痛んだ。

「だめだよ、ジョーナ。おまえには無理――」

ジョーナが息を吸い、何かうめくような声を発し、そのとたんに、アダムの肺からどっと空気が抜けた。ジョーナの目が焦点を失い、表情も変わり、アダムはぎょっとした。何が起きているのかはわからないが、息子が小さな動物の死で心に傷を負ってしまったのは明らかだった。

ジョーナは小さな血まみれのりすを地面に横たえ、その体を上下に撫《な》ではじめた。

アダムには、りすの首と腹にある噛《か》み跡が見えた。サン・キャッチャーは最悪のことをしてくれた。

ジョーナはりすの小さな頭を片手でおおい、それから手のひらをりすの腹に当てた。

「ジョーナ……やめなさい。もういい。その小さいやつは――」

言葉はアダムの喉の奥で凍りついてしまった。何か静かで暗いもの――何かひどく重いものにすっぽりくるまれてしまったようで、それ以上体が動かなかった。

鈍いりーんという音が耳に響き、さっきまで歌っていた鳥たちのさえずりも、きつつきが近くの木を叩いていたこんこんという音も聞こえなかった。

アダムは信じられない思いで、息子がりすのほうへかがみこむのを見ていた。アダムが息すらできないのに、なぜジョーナは動けるのか？　そのとき、空気が動きはじめた。はじめ、アダムはそよ風が吹いているのだと思った。しかしすぐに、それが波動のようなものだと気づいた。震動が四方八方から、それに足の下からも、体を揺さぶる。これは地震なのか――それとも、世界の終わりなのか？

ジョーナの小さな汚れた指が、そっとりすの腹に広げられると、かすかな光が彼とりすをつつみこんだ。りすの後ろ足がぴくりとしはじめ、アダムは自分が幻を見ているのだと思った。りすの小さな腹が上下しはじめたとき、隣人たちがはっと息を吸いこむのが聞こえた。やがてりすの黒い目が開き、鼻がひくひくすると、ウィルソンの妻のパティは低く声をもらし、祈りだした。アダムもその聖歌は知っていたが、言葉の意味はわからなかった。だがそんなことはどうでもいい。いまこの瞬間、どんな言語の祈りであってもこのうえなくふさわしく思えた。

ふいに、ジョーナがかかとに体重を移し、両手を膝に置いた。そしてアダムを見上げた顔に浮かんでいた笑みは、美しいとしか言いようがなかった。同時に、アダムは自分たちを取り巻いていた空気が変化するのを感じ、ジョーナとりすをつつんでいた光も消えた。

「ほら見て、パパ、この子を治したよ。僕、うまくできたでしょ？」

アダムはジョーナが立ち上がって、頬に両手を触れてきてはじめて、自分が泣いていたことに気づいた。

「悲しまないで、パパ。りすはもう大丈夫だよ。ほらね？　僕が元気にしてあげたから」

りすはぴょんと起き上がって逃げ、アダムはやっとわれに返った。サン・キャッチャーはものほしげにりすに目をやり、それから、動く許可を待つかのようにジョーナをじっと見た。

「さあお行き、サン・キャッチャー。今日はもうりすはだめだよ」ジョーナは言った。

老犬は飛び起きると、走っていき、アダムはジョーナをつかんで引き寄せた。

ウィルソンとパティは言葉もなくジョーナを見つめていた。いちばん年長の息子がジョーナのほうへ行こうとすると、二人は息子をつかみ、何も言わずに子どもたちを連れて離れていった。

アダムは彼らの恐怖を感じたものの、それを変えることはできなかった。

「ジョーナ……ああ、ジョーナ……おまえはいったい何をやったんだ？」アダムはまだ自分の目が信じられずに、そうささやいた。

ジョーナは体を引き、父親を見つめた。

「パパ、僕、悪いことをしたの？」

アダムはため息をついた。息子の声は震えて、目には涙がたまっている。そんなふうにさせるつもりはなかったのに。ジョーナをおびえさせるつもりはなかったが、アダム自身はおびえていた――かつてないほどに。

「いや、違うよ、何も悪いことなんかしていないとも。全然悪くなんかない」

ジョーナはほっとして笑顔になり、涙をまばたきで払った。「オーケイ、パパ」彼は言い、アダムの膝にのった。

沈黙が長く降り、アダムはジョーナに腕を回して座ったまま、自分が見たことをあらわす言葉を探した。だが結局、遠まわしな方法はなく、尋ねてみるしかなかった。

「ジョーナ？」

ジョーナは父親の顔が見えるように、首をひねった。「何、パパ？」

「さっきのはどうやったんだい？」

「やったって何を、パパ？」

「りすを治したことだよ。どうやってやったんだ?」

ジョーナは眉がつり上がるほど目を見開いた。アダムはそこに映る自分の姿を見つめていた。

「サン・キャッチャーが壊したところを治したの、それだけだよ」

アダムの気分は沈んだ。その答えは安心できるものとは程遠く、彼は何を言えば、どう言えばいいのかすらわからなかった。それでも、知っておかなければならない。

「それを前にもやったことがあるのか……つまり、ええと、壊れた動物を治すのを?」

「そうだよ。いつもやってる。パパみたいに。パパと同じように治すんだ」

2

ウェスト・ヴァージニア
現在

消えかかった焚《た》き火の燃えさしから、薄い煙がらせんをえがいて立ちのぼり、枯れた木々の骨のような枝のあいだを抜けていく。朝になる前に、地面は霜でおおわれるだろう。

その消えかけた火のそばで、男がひとり、頭上に突き出た岩の陰にできるだけ背中を押しこみ、眠っていた。そして大きなピューマが、何もおおうもののない上の岩に体を伸ばし、昼にしとめた鹿《しか》の足を食べていた。

ふいに、ピューマは食べるのをやめ、頭を上げて、空気のにおいをかいだ。耳がさっと頭にくっつき、低く警告するようなうなりが喉から発せられた。

男はすぐさま目をさました。体をころがして毛布の下から出ると、ぱっと立ち上がる。

「落ち着いて」彼はおだやかに言った。「僕にも聞こえるよ」

ピューマはしゅーっと息を漏らした。

男は振り返り、ピューマの目をまっすぐ見つめた。鼓動がひとつ打つあいだ、彼とピューマはひとつになった。

〝逃げろ。すぐに〟

ピューマはそれまで食べていた鹿の足をくわえると、闇《やみ》に消えた。

男は振り返り、自分が身を寄せていた木立の、少し開けた場所をじっと見た。風に乗ってさまざまなにおいが運ばれてきて、彼の鼻孔は一度だけ震えた。

犬が一頭。人間がひとり。銃が一丁。

犬についたスカンクのにおいと、人間の不潔なにおいと、火薬のにおいがした。銃は少し前に発砲されている。

男は残っていた火に土を蹴《け》りかけ、それから影の中へ隠れた。

チョック・バレットは松の木立の下で立ち止まり、息を整えた。そうしながら、ポケットから小さなペンライトを出し、時計についている方位磁石を確認した。こんなうっそうと木がしげっている場所を通って上へ向かうときには、方向を間違えがちだ。ここはアパラチア地方でも人の手が入らず、やぶの多い地域であるばかりか、住民でもこの山をまっすぐ歩いてのぼれる者はごく少数なのだ。

それでも、ジョーナ・グレイ・ウルフという男についてのいちばん新しい情報はまずまずのもので、信用できそうだったし、賞金も、そのためにくぐり抜けてきた苦労だけの価値はあった。唯一の問題は、ウルフを連れていけば当局は誘拐とみなすから、人目を避けなければならないということだった。なぜなら、ジョーナ・グレイ・ウルフを追っているのは警察ではなく、メイジャー・ボーデインという男だったからだ。

ボーデイン――ジョーナが唯一、治療したことを後悔した男。ジョーナは彼を治してしまい、ボーデインはそれ以来、彼を追い、両手で奇跡の治療をほどこす男を狩り出してくれる人間には、誰にでも金を渡していた。

バレットはポケットにペンライトを戻し、銃を反対側の手に持ちかえて前へ進みかけたが、そのとき突然、するはずのないもののにおいに気づいた。

焚き火の煙だ。かたわらの犬がくうんと声をあげた。

バレットはにやりと笑い、煙草《たばこ》のやにに染まった歯をむき出した。運がつかめそうだ。

彼は肩からバックパックを下ろし、横ポケットに入れてきた麻酔矢を手探りで出すと、ひとつをライフルにこめ、ほかの矢は上着のポケットに入れた。そしてこれまで以上に足音をひそめ、よりゆっくりした足取りで、木々の枝を漏れて森の地面にさしこむまばらな月光を頼りに前へ進んだ。

侵入者は近くまで来ている。夜の冷気にもかかわらず、ジョーナ・グレイ・ウルフにはその男の不潔な体の出す汗のにおいがかぎとれた。数秒がすぎ、小枝が数メートル左でぽきんと折れる音がした。ジョーナの鼻孔がわずかに広がった。追われていることに彼が示した反応はそれだけだった。

どこか上のほうで木の葉が動いた。

さっきのピューマだ。

厄介ごとを察知し、戻ってきてくれたのだ。

ジョーナは自分と動物たちの絆《きずな》がなんなのか理解しているわけではないが、ずっと以前に受け入れていた。それは、他者を治療する能力と同じように、奇妙で説明のむずかしいものだった。

ピューマは一度だけ息を吐いた――かすかな、ほとんど聞こえないくらいの咳払《せきばら》い――自分はここにいるという、ジョーナへのメッセージだった。訓練を積んでいない耳には、森の地面に落ちている枯れ葉が風で動いただけにしか聞こえないだろう。

ジョーナは自分が野営していた場所へ目をやった。暗がりの中では、彼がまだ寝袋に入って、眠っているように見える。山にあらわれた人間が、焚き火のにおいに気づいたただのハンターなら、姿を見せずに通りすぎていくだろう。だが、ボーデインの追っ手だったら……。

さらに何秒かがすぎ、やがて、野営場所の向こう側の暗がりから人影があらわれた。いまジョーナの立っている場所からは、その男も、男の持っているライフルもよく見えた。だがそれを言うなら、ハンターは誰でもライフルを持っている。まだ、この男は狩りをしているようにしか見えない。

男が立ち止まるのが見えた。それと同時に、男の連れていた犬が突然、撃たれでもしたかのようにきゃんきゃん吠《ほ》え、きびすを返して木立の中へ駆け戻っていった。ピューマのにおいに気づいたのだろう。男の嗅覚《きゅうかく》が犬ほど鋭くないのは気の毒だ。おかげで少しこちらの手間がはぶけるかもしれない。

犬が逃げてしまうと、ハンターが低く悪態をつくのが聞こえた。つかのま、ジョーナは男もいなくなってくれるかと思った。しかし、ハンターはライフルを持ち上げ、まっすぐジョーナの寝袋めがけて撃った。

ジョーナはびくっとしたが、動かずにいた。少なくとも、これで答えは出た。麻酔矢の端が寝袋の、ジョーナの胸があったはずの場所から突き出していた。

ハンターはライフルを下ろし、どたどたと寝袋に近づいて、銃身で毛布を持ち上げた。寝袋が無人だと気づいたとたん、彼の態度は一変した。

「いったい――」

ジョーナは暗がりから出た。

「失敗だったな」

バレットは自分のほうが撃たれたように体をびくりとさせた。ジョーナが姿をあらわしたときには、ライフルに次の麻酔矢を装填《そうてん》しようとあわてていた。

「下がれ！」バレットは叫び、矢を薬室に押しこむと、ライフルをまっすぐジョーナの胸に向けた。「おまえに恨みはないがな、百万ドルって賞金は、知らん顔するには惜しいんだよ」

「その金はもらえないと思うが」ジョーナは言った。

バレットはにやりとした。「ここに持ってるライフルはそうは言わないぜ」

突然、二人の頭上の岩にいたピューマが、夜を切り裂く咆哮《ほうこう》で自分の存在を知らせた。

ジョーナはこれまで何度もその声を聞いていたが、それでもうなじが総毛立った。

バレットは顔を上げてピューマを見たとたん、動転して飛びすさった。わけのわからない悪態をわめきながら、ライフルをピューマに向け、引き金を引こうとしたとき、ジョーナが言った。

「ピューマを撃ったら、あんたを殺す」

バレットは震えたが、やがておそるおそるライフルをジョーナに向けた。すると、ピューマは体の位置を変え、いまにも飛びかかる体勢になった。

「僕を撃ったら、ピューマがあんたを殺すよ」ジョーナはまた言った。

バレットは狩猟服の下でぐっしょり汗をかいた。

「黙れ！　いいから黙ってろ！」バレットは叫んだ。

ピューマが警告するようになった。

バレットは震えていた。こんなことになるはずではなかった。急に、百万ドルの金も前ほど魅力的ではなくなってきた。彼は落ち着きなく唾《つば》をのみこみ、犬と逃げてしまえばよかったと思った。あたりは暗かったが、ピューマの力のみなぎる腰や脚、大きな頭が見える程度には月光がさしていた。その頭についている牙《きば》と爪を思い浮かべ、バレットはがくがくと一歩足を引き、態勢を立て直してこようと考えた。そしてライフルを下げた。

「なあ。おれはもう帰るよ。恨みっこなしにしようぜ……いいよな？」

「すまないが、僕のほうは山ほど恨みがあるね」ジョーナは答えた。「あんたがまた戻ってきて、もう一度試してみないともかぎらないだろう？」

ピューマがいきなり岩から飛びおりてきて、バレットの答えは喉につまってしまった。ピューマはジョーナの横にうずくまると、ひたとバレットを見据えたので、彼はあとずさりを始めた。

「やめろ、やめろ、うわ、神様……そいつをおれに飛びかからせないでくれ。頼む、そいつを近寄らせないでくれよ！」

「あんたの名前は？」ジョーナはきいた。

「チョック・バレット」

「そうか。バレット。ここは口を閉じていろ」

バレットは言われたとおりにした。恐ろしさのあまり、抵抗するどころではなかったのだ。長い静寂がすぎていくあいだ、彼ははらわたが縮こまって固まるような気がした。そして神と自分自身に、もしこの窮状から五体満足で逃げ出せたら、いままでとは違った人間になりますと約束した。

ジョーナはライフルを指さした。

「武器を捨てろ」

バレットはライフルを寝袋のほうへほうった。「もう行ってもいいか？」

「ポケットをからにして」ジョーナは言った。

バレットは残りの麻酔矢もライフルのそばに投げ捨てた。

「何もかもだ」ジョーナがまた言った。

バレットはポケットの中身をほうり出しはじめたが、車のキーは何があっても捨てる気はなかった。

「これで全部だ。もう行ってもいいか？　あんたの居場所は誰にも言わねえ。誓うよ」

「嘘《うそ》だな」ジョーナはおだやかに言い、麻酔矢が全部粉々になるまで踏みつけた。

バレットは泣き落としにかかった。「知らなかったんだよ……動物があんたを守ってるとは聞いたが、まさか……」彼はぶるっと震えた。「あんたは治療者《ヒーラー》なんだろ。おれを死なせるはずはないよな」

「あいにく、そういうこともある」ジョーナは言った。

ピューマがしゅーっと警告の音をもらした。

バレットは震えだした。「そんな、そんな、あんたは人を治すんだろう」

「気が向かなきゃ治さない」

バレットの鼻の頭から汗がぽたぽたと落ち、彼は体がひどく震えて、立っているのがやっとだった。ジョーナが野営場所を回って、自分の荷物をまとめはじめると、バレットはこれですべて終わったのかと思った。しかしライフルを拾おうとすると、ピューマが警告の声をあげた。

「うわっ！　ちくしょう！　そいつを止めてくれ！　止めてくれって！」バレットは必死に頼んだ。

ジョーナは寝袋をたたむ手を止め、ピューマに、それからバレットに目をやった。

「彼は怒ってるんだ」ジョーナは言った。「僕があんたなら、動かないでいるけどね」

「でも、あんたならそいつを――」

ジョーナは肩をすくめた。「言っただろう。気が向かないときはやらないって、それに、正直に言うと……」彼は言葉を切って、寝袋からさっき撃ちこまれた麻酔矢を抜き、かかとで踏み砕いた。「なんであれ、あんたにやさしい気持ちは持ち合わせてないな」

　バレットは戦慄《せんりつ》した。

「何をしようっていうんだ？」

「見ればわかるだろう、ここを離れるんだ」ジョーナは答え、それから煙を立てている熾《おき》火《び》に足で土をかけ、バックパックを背負い、その開けた場所から出ていった。

　バレットはあまりに強く心臓がどきりとしたせいで、息がつまりそうになった。こいつはおれを野獣と一緒に残していく気なのか？　冗談じゃない。

「待ってくれ！　待ってくれ！　ピューマは？　このピューマはどうするんだよ？」

　ジョーナは足を止めて振り向いた。ピューマは地面にぴたりと体をつけ、いつでも飛びかかれる用意をしていた。

「さっきも言ったけど、動かないほうがいいと思うよ」ジョーナは言い、その場を去っていった。

　バレットはこの状況が信じられなかった。ライフルは遠くにありすぎて棍棒《こんぼう》がわりにも使えず、矢はすべて壊されてしまった。ピューマは動かず、彼も動かなかった。

　ジョーナは山を遠く離れ、夜明けにはハイウェイに下りていた。二時間ほど前、一台のトラックにでくわした。バレットの車だろうと思い、四本のタイヤ全部から空気を抜いておいた。

バレットが何か愚かなことをしないかぎり、ピューマも途中だった食事に戻るはずだ。実際、いまごろはもうそうなって、バレットは山を下りているだろう。たぶんもう一度自分を追ってくるはずだ、とジョーナは思っていた。

もちろん、トラックのタイヤは四本ともぺしゃんこにしておいたから、バレットの行動はさらに遅れるだろう。ジョーナはいちかばちかに賭《か》ける気はなかった。百万ドルともなれば、誰でも気を変え、ピューマがなんだとつぶやいて追跡を再開するには、じゅうぶんな動機だ。ジョーナは獲物であることに疲れていた――疲れきっていた。

ジョーナがひとつだけ間違っていたのは、バレットがもう一度追ってくるだろうと思ったことだった。バレットはおびえきって、失神寸前だった。しかし、彼を支えていたのも心の底からの恐怖だった。気を失ったらどうなるか、想像もつかなかった。ピューマは彼を夜のごちそうだとみなして、頭を食らいはじめるだろうか？　それとも、腹をひとかじりしてみて、そこから食いはじめるか？　こんな状況はまさに悪夢で、彼は目をさましたかった。

たっぷり二時間がすぎたあと、ピューマはふいに立ち上がり、バレットはぎくりとした。いよいよか？　命がけで戦わなきゃならないのか？

牙をむき出すかわりに、ピューマはライフルに小便をかけて、バレットへの侮蔑《ぶべつ》をあらわにした。そして、ひと跳びで野営場所から姿を消したが、闇の中にひとり残されたバレットは、もうことは終わったのだと信じるのが怖かった。もうしばらくその場にいて、耳をすまし、森の木の葉におおわれた地面を何かが動く音が聞こえませんようにと祈った。

ありがたいことに、何も聞こえなかった。

ライフルには見向きもせず、バレットはきびすを返してその場を飛び出し、来るときにのぼってきたのと同じ道を駆けおりた。脚が震え、胸は焼けるように熱かったが、スピードは落とさなかった。一度、木の根につまずいて、ばたりと倒れ、泥と朽ち葉に顔を突っこんでしまった。彼はすぐに起き上がり、泥と葉を吐き捨てながらまた走った。

トラックのところまで行ったときには、赤ん坊のように泣いてしまっていた。月は重なってきた雲の後ろに隠れていたが、タイヤが四本ともぺしゃんこになっているのはわかった。そんなことはどうでもいい。リム四本でこの山を下りなければならないのなら、それで行くまでだ。

バレットはポケットのキーを探り、取り出すより早くドアのリモコンボタンを押した。ロックのはずれる音と同時に、シートに飛び乗り、ドアを閉め、またロックをかけた。そのかちっという音を合図に、血管を駆けめぐっていたアドレナリンが止まった。彼はすぐにまた震えだした。

「くそっ、くそっ、くそっ」

体が激しく震え、息をするのもやっとだったが、窓の外の闇に目を凝らしつづけた。ただ自分のほかに誰もいないことをたしかめるために。

長い時間がすぎ、ようやくバレットの神経も落ち着いてきた。彼はやっと集中してものを考えはじめた。最後にグローブボックスを見たときには、フラスクがあったはずだ。強い酒があれば、いい気晴らしになってくれるだろう。しかしシートから乗り出して、小さな扉をあけると、書類しか入っていなかった。

「ちくしょう」バレットはつぶやき、顔の涙と鼻水を袖口《そでぐち》でふいて、携帯電話を出した。急に、どこかあたたかいところで長い休暇をとりたくなったが、まずはいくつか契約を打ち切らなければならなかった。

電話が鳴ったとき、メイジャー・ボーディンは脚の長い娼婦《しょうふ》をベッドの真鍮《しんちゅう》のヘッドボードに縛りつけ、性交渉とやらを軽くひと試合やっているところだった。

一度めのベルでびくっとしたものの、目前に迫ったクライマックスを逃す気になれず、娼婦を突きつづけた。

二度めのベルで、娼婦の目が反射的に彼の顔から電話へ動いた。女が仕事に対してうわの空であることに気をそがれ、ボーディンはペースを乱された。たちまち、彼自身も萎《な》えてしまった。

三度めのベルは、得られるはずだった性的満足への弔鐘だった。憤懣《ふんまん》のにじんだ悪態をつき、ボーデインが体を回して女の上から下りたとき、四度めのベルが鳴った。電話に出た彼の声はかすれて怒りがこもっていた。

「いい知らせなんだろうな！」

バレットはたじろいだ。ボーデインは機嫌が悪そうだ。知ったことか、とバレットは思った。今晩、こんな目にあったのが、やつだったらよかったんだ、そうすりゃ、やつだって文句を言う相手ができただろうさ。

「バレットだ。おれはもうやめる」

ボーデインはベッドの横へ体を回し、起き上がった。

「いいや、やめるなど許さん。誰にもわたしの仕事はやめさせない」

「おれはやめたさ」バレットは言った。

「だがおまえは言っただろう――」

「それはあんたのインディアン野郎がおれの麻酔矢を踏み砕いて、ピューマをけしかけてくる前の話だ。もう連絡しないでくれ……金輪際。人間より獣に近いやつとかかわるなんざ、まっぴらだ」

ボーデインの耳に聞こえてきたダイヤルトーンが、バレットの真剣さを無言で示していた。

「くそったれが」ボーディンは毒づき、振り返って、娼婦の手錠をはずした。「出ていけ！」

それから彼はバスルームへ入り、ドアを閉めた。中にいても、娼婦が服を着ている音は聞こえてきたが、もうセックスをしたい気分も消えていた。彼はバスルームのドアの裏にある長い鏡の前に立ち、上半身の傷跡を指でなぞった。

十年前、彼は一度死んだ。あのグリズリーを見た瞬間に、アラスカでの狩りの旅は最悪の方向へ向かった。グリズリーはものすごい速さで彼に襲いかかり、巨大な前足の一撃で、彼の腹の大部分を切り裂いた。

さいわい、ボーディンは痛みで気を失った。次におぼえているのは、自分が若いネイティヴ・アメリカンの男の顔を見上げ、これまで知っている何とも違う熱が、体じゅうの血管と筋肉に流れているのを感じたことだった。

ボーディンはしゃべろうとしたが、言葉が出てこなかった。

そのとき、友人のデニス・ヘンリーが視界に入ってきた。デニスとはもう長年のつき合いで、一緒にアフリカのサファリで狩りをし、メキシコ湾で深海釣りをし、おととしには彼やほかの友人二人とへらじか狩りをしにスノー・ヴァレーへ飛んできたのだった。

デニスは恐怖にとらわれた目でボーディンの体を見つめており、ボーディンはそれでもう自分は終わりなのだと悟った。最後におぼえているのは、こう思ったことだった。〝それじゃ死ぬってのはこういう気分なのか〟

しかし彼は死なず、しばらくたってから目をさますと、二日前に彼らをスノー・ヴァレーへ運んできたヘリコプターの中だった。デニスや狩猟グループの連中が、まるではじめて見るような目で彼を見おろしていた。

「デニス？」

「ここだ」デニスが答えた。

「おれたちは死んだのか？」

デニスは体の震えを隠した。「いや。みんなでシアトルに戻るところだ」

「だが、あのグリズリーは……？」

「グリズリーはもういないよ」デニスが答えた。

ボーデインは自分の顔にさわって、手になじんだ線や角度をなぞり、それから腹へ手をやってみた。少なくとも、たっぷり巻かれた包帯の感触がするはずだと思いながら。しかし包帯はなく、指先におぼえのないかすかな隆起があっただけだった。

「それじゃ……おれは死ななかったんだな……ただ……よくわからん。あの傷はどうしたんだ？　血は？　痛みは？　ああ、あんなに痛かったのは生まれてはじめてだぞ」

デニスは奇妙な目で彼を見たが、すぐに視線をそらした。

「なんだ？」ボーデインは尋ねた。「いったいどうなってるんだ？　どうして誰もしゃべらない？」

デニスは頭を下げて目が合わないよう避けた。ほかの仲間二人がたわいない話を始めようとしたが、ボーデインはそんな気はなかった。

「やめろ！　誰かおれに、どういうことなのか話せよ。最後におぼえているのは、はらわたをえぐられたことなんだぞ。ここは地獄で、おれにそれがわかってないだけなのか？」

「黙ってろよ、メイジャー。おまえは大丈夫だ、わかったか？　いいから黙ってろ」デニスが言った。

ボーデインは毛布をはねのけた。残っていた服は血まみれで、ずたずただった。しかし傷は消えていた。まるでずっと昔のもののように、もうふさがって跡が残っているだけだった。

「うわ。そんな。まさか《ゴッド》。」

「いや、神《ゴッド》じゃない。あのネイティヴ・アメリカンさ。医者が来られなかったんで、あいつが来たんだ」

「誰が来たって？　何があったんだ？」

「おまえは死にかけてたんだよ。スノー・ヴァレーのキャンプ地の医者は出かけてしまっていた。ヘリコプターのパイロットがかわりにあの男を連れてきた」そのときのことを、いまはじめて最初から見ているかのように、デニスの目が焦点を失った。「あいつはヘリコプターから降りてきたが、何も言わなかった。ただおまえのそばに膝をついて、傷に手を置いて、そうしたら……そうしたら……」デニスは身震いし、手で顔をぬぐった。

「そうしたら、なんだ？」ボーディンはきいた。

「ちくしょう、知るもんか。おまえたち二人とも、ディスコのミラーボールみたいに光りはじめたんだよ。おれは見たんだ、なのにいまでも自分の見たものが信じられない」

「いいかげんにしろ、デニス！　芝居がかったことはやめて、さっさと話せ！」

ボーディンが声を張り上げると、デニスの瞳孔《どうこう》が広がった。

「そいつがおまえを治したんだよ、こんちくしょう！　自分の両手でな。手術道具もなし。縫うのもなし。輸血もなし。何もかもなしでだ！　さっきまでおまえの内臓が急所の上に散らばってたと思ったのに、気がつくと、おまえの血は止まっていた」デニスはボーディンの傷跡を指さした。「あのときの証拠はそれだけだよ。ありがたいと思って、黙っていることだ」

ボーディンは何を考えればいいのかわからなかった。傷と痛みが消えたこと以外は。やがて誰かが着陸だと言うのが聞こえた。

気がつくと、もうシアトルの地面の上にいた。ボーディンはまだ両脚が少しふらついたので、停《と》めておいた車までゆっくり歩き、それから仲間たちが狩猟用具をまとめ、それぞれの迎えの車に積みこむあいだ、じっとそこにいた。自分を治療したという男のことをヘリコプターのパイロットにきこうと思いついたときには、相手はすでに燃料を補給していなくなっていた。

ボーディンは未知の世界《トワイライト・ゾーン》にはまりこんでしまったような気がした。彼は震える両手で腹をさわり、傷跡の隆起をなぞりつづけた。

こんなことがあるわけない。きっとすぐに目がさめ、こんなことは夢だったとわかるに決まっている。しかし、腕時計に目をやって、ぎょっとした。シアトルを発《た》ったのは木曜だった。時計は今日が土曜だと告げている。三日間も夢を見たことなどない。

考えるんだ。考えろ。おれたちはへらじか狩りをしていた。そうだ。おぼえているぞ、ちょうど薬室に弾をこめたところだったからな。後ろのしげみで何かが音をたてたんだ。

ボーディンはぞくっとした。

あのグリズリー。あれは現実だった。あんなに痛い夢など見るわけがない。彼は腹にさわってみた。傷跡も現実の感触がした。

ボーディンは落ち着かない気持ちで唾をのんだ。もしこれが夢じゃないなら、起きたことをどう説明すればいい？　彼は振り返って、友人を捜した。

「なあ、デニス」

デニスは自分のＳＵＶにせっせと狩猟用具を積みこんでいた。彼はいかなる意味でも宗教を信じていなかった。自分の目で見られないものなど信じない。しかし今日、彼は自分でも説明できないものを目にした。たしかに見たのだ。彼は心の底から恐ろしくなり、もうアラスカに足を踏み入れたことなど忘れたかった——自分の目で見たものを忘れたかった。メイジャー・ボーデインという名の男を知っていることも忘れたかった。

「なんだ?」デニスはようやく答えた。

「その男……おれを治したっていう男のことだが」

「彼がどうかしたか?」

「誰かそいつの名前を言ったか?」

「パイロットはジョーナと呼んでいたな」

「ほかには?」

デニスは肩をすくめた。「おれに言えるのは、そいつが若くて……二十代前半かな……長い黒髪で、肌が日に焼けてたってことだけだ。ネイティヴ・アメリカンだろうと思った」

それっきり、デニスは何も言おうとしなかった。

ボーデインはぶるっと震えると、バスルームの鏡から離れて、清潔なボディタオルを取った。彼は、いまではジョーナ・グレイ・ウルフという名前だとわかった男をとらえようとして、人をひとり殺していた。一度はジョーナをこの手につかまえた――はるか以前に。しかし、動物どもが邪魔をし、彼は逃げ去った。取り戻す手段はあるはずだ。ジョーナにも弱点はあるだろう――どこかに。どんな代価を払っても、ボーデインはそれを突き止めるつもりだった。あのヒーラーを自分の意のままにするためなら、なんでもやる。彼がいれば、自分は永遠に生きられるはずだ。

ジョーナとチョック・バレットが森で別れてから、二日がたった。ジョーナは警戒したままこの四十八時間を過ごし、少なくとも当面はまたひとりになれたことを確信した。それから、移動を始めた。もう食料も金もつきかけている。ひとところに長居しすぎるのは気が進まなかったが、仕事を探さなければならないようだ。運がよければ、冬を越す住まいも見つかるかもしれない。凍りつくような天候の中で、路上で暮らすのは過酷なことだった。以前にやったことはあるものの、選べるなら、雪が降りはじめるころには、やわらかいベッドとあたたかい火、それに頭上には屋根があってほしい。

ウェスト・ヴァージニアにある、人口二千四百九十七人のリトル・トップという小さな山の町に入ったとき、ジョーナはそんな気持ちだった。

そこはこれといった特徴のない、へんぴな場所で、まずまず安全に思えた。これで、仕事と住まいだけでも見つかれば、幸運だと思うことにしよう。

シャグ・マーテンが、アイダ・メイ・コーリーの一九八六年型のフォード製ピックアップトラックにガソリンを入れていると、よそ者が道路をやってくるのが見えた。町はずれでガソリンスタンドをやっているため、シャグはこの二十九年間に多くのよそ者が出たり入ったりするのを見てきたが、このよそ者はそれまでの者たちと違う気がした。シャグはその男をしばし見つめ、男の体つきや、歩幅の長さを観察した。男の服はほとんど値打ちのないもの――着古したデニムと革だった。ブーツは泥だらけで、ジーンズの裾《すそ》もそうだった。今日は凍るように寒いというのに、頭には何もかぶっていない。

シャグは男のコーヒーブラウン色の肌と、長くまっすぐな黒髪をしげしげと見て、自分の頭頂部にあの髪が少しでもあったらなあと思った。その部分はもう何年も前に禿《は》げてしまったのだ。

ポンプが止まり、シャグは向き直って、ノズルを持ち上げてフックにかけた。アイダ・メイは店の中にいて、支払いを待っている。シャグが店の中に入りかけると、地元の郵便配達人、マーク・エイハーンが遠隔住宅への配達の帰りに山から下りてきて、クラクションを鳴らし、手を振っていった。四時すぎだった。エイハーンにしては、この配達ルートを終えるのが少し遅い。今日は配達物がたくさんあったのだろう。たぶんそれで遅くなったのだ。

シャグは手を振り返し、アイダ・メイから金を受けとりに店へ入った。彼女が支払いをすませると、シャグはトラックのところまで彼女を送っていった。アイダ・メイは片足が不自由なうえ、目ももうあまりよくないのだ。リトル・トップ以外の場所に住んでいたら、もう運転などできないだろう。しかしここなら、彼女にでくわせば誰でも道端に寄り、自分が進む番でも、一時停止標識で停まっていてくれる。アイダ・メイは交差点で停まらずに通り抜けることが多いのだ。

「安全運転だよ、アイダ・メイ」シャグは彼女がトラックに乗るのに手を貸して言った。

「ちゃんと運転するわよ、ありがと」アイダ・メイはつぶやき、それからエンジンをかけて、道路に車がないかどうかたしかめもせずに、ガソリンポンプのところから車を出した。さいわい、通る車はなく、彼女は町へ入ってきたさっきの男の横を通りすぎ、メイン・ストリートへ向かった。

ジョーナはトラックがそばを通ったのも、ほとんど気づかなかった。彼の目には小さなガソリンスタンドと、ポンプのそばに立っている男しか映っていなかった。ここは親しみやすい土地なのか、そうでないのか。ジョーナは前者であってくれればと思った。ここまで山をのぼってくると、町は数少なくてたがいに離れているし、道路には心底、飽き飽きしていたのだ。

シャグ・マーテンはよそ者が近づくと、うなずいてみせた。

「いらっしゃい」

「ちょっと寒いですね」ジョーナは言い、シャグ・マーテンが立っているところから二メートル離れて足を止めた。

シャグは店のほうを指さした。「中に熱いコーヒーがあるよ」

「お金がないんです」ジョーナは答えた。

シャグはすぐ言った。「おれのおごりだ」

ジョーナは男について店へ入ると、ガソリン、油、煮つまったコーヒーの混じり合ったにおいに、わずかに顔をしかめた。それでも、贅沢《ぜいたく》を言える立場ではない。

「おれはシャグ・マーテン」男は言い、使い捨てカップに入った熱いブラックコーヒーをさし出した。

ジョーナはありがたく受けとった。「ジョーナです」彼は小さく答え、カップを口へ持っていった。コーヒーは濃くて苦く、体じゅうをあたためてくれた。

シャグはカウンターの向こうへ手を伸ばし、カップケーキの入った袋を取ってジョーナに渡した。

「コーヒーには甘いもんがなきゃな」

ジョーナはカップケーキもありがたくもらい、見えを張らずにかぶりついた。そして食べ終わると、袋をごみ箱に入れ、両手をジーンズでふいた。

「仕事を探しているんですが」彼は言った。「このあたりで何かありませんか？」

シャグは眉を寄せた。「いや、知らないな。このへんも厳しくてね、わかるだろ」

ジョーナはうなずいたが、彼が答える前に、店のドアが勢いよく開いた。赤いフランネルのシャツとジーンズ姿の小柄な女が、横を走りすぎるのが目に映った。女は息を切らして、シャグ・マーテンの両腕をつかみ、彼をドアのほうへ引っ張った。

「シャグ！ シャグ！ 助けてほしいの。ホーボーが罠《わな》にかかってしまったのよ、わたしじゃはずせない」

ジョーナが見ていると、シャグは青くなった。

「冗談じゃないよ、ルース。ほんとにすまないが、あんたのところのあの怪物が、助けられるところまでおれを近づけさせるわけがない。わかってるだろう」

女は気も狂わんばかりになった。ジョーナは彼女の声でそれがわかった。

「僕が助けるよ」ジョーナは言った。

ルーシア・マリーア・アンダハーはぎょっとした。助けを得ようと必死なあまり、店の中にほかの人間がいることに気づいていなかったのだ。ぱっと振り返り、その背の高い、琥珀《こはく》色の目とコーヒーブラウン色の肌をした、黒髪の男をまじまじと見た。

「あなたとは会ったことがないわ」彼女はぴしゃりと言った。

「僕もあなたとははじめて会った」ジョーナは答えた。「僕の手を借りたいの、それとも必要ない?」

「名前はなんていうの?」ルースがきいた。

「ジョーナ」

ルースはジーンズのポケットを叩《たた》いてみせた。

「そう……ジョーナ……わたしは飛び出しナイフを持ってるわよ」

ジョーナは笑いをこらえた。「警告してもらったと思っておく」

ルースは顔をしかめた。「変なまねをしたら命がないわよ」

ジョーナは彼女の葛藤《かっとう》を感じた。恐れが強い欲求と闘っている。彼は首を振った。「きみに手を出したりしない。約束するよ」

彼の口調に何かがあったのだろう。ルースはためらったが、彼を信じたかった。それに、ホーボーのことがある。選択の余地はなかった。彼女は賭けてみることにした。

「ついてきて」彼女は言い、ドアを走り出た。

ジョーナはバックパックをもっと背負いやすい位置に変え、彼女の後ろから走って出た。

ルースは店の外を回り、まっすぐ山をのぼって、木々の中へ入っていった。ジョーナは楽々とついていきながら、長く黒い三つ編みをした小柄な女を目で追いつづけた。彼女は体こそ大きくないが、もしその心が背骨と同じ強さを持っているなら、ざらにはいない人物のはずだった。

3

ルースはホーボーが心配でたまらず、後ろのよそ者のことなど考える余裕がなかった。彼女は助けを求めた。彼は応じてくれた。いまのルースはただひたすら、犬が出血で死んでしまう前に、そのもとへ戻りたかった。

ジョーナはその犬が死の危険に瀕《ひん》していることを知っていた。前方の木々のすぐ上を飛んでいくからすが教えてくれたのだが、二人が抜けていこうとしているやぶは走るのがむずかしかった。とはいえ、前を行く若い女性は、山の斜面をのぼることになんの苦労もないようだった。二人は山腹をまっすぐのぼっているのだが、彼女は速度を落とさなかった。

ルースは体の前に片手を出し、フットボールを抱えたランニングバックが、腕を張って敵を押しのけるように走っていたが、彼女の敵は山そのものだった。

枝の下をくぐり、走り抜けるたびに、その枝がルースの顔を打った。いばらが服を引っかけ、振り払われると、布地を裂いた。その日は涼しかったが、彼女は汗を流し、脇腹《わきばら》がひどく痛んで息をするのも苦しかったけれど、足を止めるわけにはいかなかった。さっきからずっとホーボーの鳴き声がしないかと耳をすましているのだが、何も聞こえないので恐ろしくてたまらなかったのだ。

ずいぶん長く走ったような気がしたが、サマー・ブラックベリーがしげっている、うろになった切り株をすぎると、もうすぐだとわかった。

「いそいで！」ルースは叫んだ。

ジョーナは彼女の狼狽《ろうばい》を感じとり、歩幅を広げた。じきに彼女のすぐ後ろに追いつき、それから走って追い越した。

よそ者が自分を追い抜いていったことに驚き、ルースはころびそうになった。いったいどういうつもり？　どこへ行くかも知らないくせに。しかし、そんな疑念にもかかわらず、彼は正しい方向へ進み、やがて視界から消えた。

どういうことなのかルースが考える前に、ホーボーの苦しげな鳴き声が聞こえてきた。それでジョーナの行動の説明がついた。彼はルースより早く、ホーボーの声を聞きつけたに違いない。だから先に走っていったのだ。ルースが追いつこうと必死になるにつれ、パニックのしこりが体の奥でいっそう硬くなった。

しかしジョーナには、いつ聞こえたかなど関係なかった。彼はただ傷ついた犬の苦痛だけを感じていたのだ。もはや寒さは問題ではなかった。空腹も疲れも、いまだけは消えた。犬に近づけば近づくほど、状況が深刻なものであることがわかってきた。近くの小川から水の流れる音が、それから、死の危機にある動物の甲高い吠え声《ほごえ》やうなり声が聞こえた。

まもなく、クロウメモドキのやぶを抜けると、そばの小川の土手に犬が横たわっていた。犬が自由になろうと暴れたせいで、周囲はめちゃめちゃに荒らされ、血だらけだった。犬はジョーナを見ると、ぱっと起き上がり、後ろへ下がって逃げようとした。

そこで、ジョーナが口を開いた。「落ち着いて」彼はやさしく言った。

ほとんどすぐに、犬はおとなしくなった。ジョーナは背中からバックパックを下ろし、犬の横に膝をついた。血がそこらじゅうに飛び散っており、犬がみずからの足を食いちぎって、罠《わな》から逃げようとしたことが見てとれた。

つかのま、ジョーナと犬の視線が合った。犬が悲しげな鳴き声をあげた。ジョーナは犬の苦痛を感じた。

「わかってるよ」ジョーナはやさしく言い、思わず犬の頭を両手でつつみこんだ。「わかってる」

彼に触れられて、犬はぶるっと震え、やがて彼の手をなめて、鳴くのをやめた。まるでジョーナに触れられたことが、待ち望んでいた麻酔であるかのように。

「一緒にがんばろう」ジョーナはそっと言った。「いま出してやるからな」

彼はすぐに罠の両側をしっかりつかんだ。すると、彼には理解できないさまざまな感情がどっと押し寄せてきた。この罠をしかけた人間が誰にせよ、悪意と怒りでいっぱいだったらしい。しかし、いまそのことを考えている暇はなかった。ジョーナはその感情を振り払い、罠を引きあけはじめた。

じきにルースが来た。彼女は震える声をあげ、ジョーナたちのそばに座りこんだ。彼女以外の人間には寄りつかないホーボーが、なぜこんなにおとなしくしているのかわからなかった。てっきり、何がなんでもこのよそ者に抵抗するだろうと思っていたのに。しかし、ホーボーはジョーナにさわられても動かずにいる。

「わたしにできることはない？」

「何か罠にはさむくさびを見つけてくれ……大きいやつがいい」ジョーナは言った。

ルースは躊躇《ちゅうちょ》しなかった。鉄のような血のにおいが鼻をつき、彼女はすばやく立ち上がると、木々の下を歩きまわって、すぐに落ちていた大きな枝を見つけた。

「これでいい？」

ジョーナは力が強かったが、罠のほうも強力だった。それに、犬の足に食いこんでいた歯が、今度は彼に食いこみはじめていた。その痛みもかまわず、彼は目の端でちらりと枝を見た。

「いいよ！　もっとそばに寄ってくれ。それで、僕が合図したら、それを隙間《すきま》に突っこむんだ」

ルースは姿勢を変えてほんの少しかがみ、枝を罠から十センチまで近づけた。

ジョーナは深く息を吸い、それからありったけの力を出し、体じゅうの筋肉を使って、罠の歯が犬の足から離れるまで引っ張った。

「いまだ！」彼は叫んだ。

金属の歯がジョーナの手に食いこみ、肉や腱《けん》を切り裂いて骨まで達した。ルースが突っこんだ枝の粗い樹皮が、ジョーナの指をすりむいたが、彼は力をゆるめなかった。そして枝が隙間に入った瞬間、罠から手を離して、犬を助け出した。

「出したぞ！」ジョーナは声をあげた。

枝をはさんだまま、ルースは罠を押しやった。ほんのわずかの間を置いただけで、罠の歯はやわらかな木を砕き割り、大きく不気味な音をたてて閉じた。枝がかけらや樹皮を舞い上げて、横にころがった。

ルースは体を縮めた。そこで、彼女はジョーナの怪我《けが》に気づいた。

「まあ……ひどいわ……あなたの指……血が出ているじゃない」ルースは叫び、彼の手を取ろうとした。

「いや……僕なら大丈夫だから」ジョーナは答え、手をこぶしに握った。

「でも血が……」

ルースは自分たちのまわりの空気が変わるのを感じた。近くの尾根のどこかで、狼《おおかみ》が突然、遠吠えをした。妙だわ。狼は昼に狩りをしないのに。不安をおぼえ、ルースは後ろを振り返った。ホーボーが自分の身すら守れないときに、野生動物と対決するなどごめんだ。

顔を戻すと、ジョーナが両手を開いていた。切り裂かれていた皮膚は、また茶色くなめらかに戻っていた。どうしてなのかをルースがまだ考えているあいだに、彼はかがみこんで、ホーボーの足を撫《な》でた。足の肉から、折れた大きな骨がいくつも飛び出しており、傷口からは血があふれつづけていた。

ルースは吐き気をおぼえた。そして恐ろしくなった――ここ何年ものあいだずっと恐れていたように。ホーボーはこの世界で彼女に残されたすべてであり、この犬のいない生活など想像もできなかった。

ルースが頭に手を置いてやると、ホーボーは悲しげに鳴いた。血が固まる気配はなく、ホーボーの目はショックと痛みでぼうっとしていたが、それでも彼はよそ者の手の下でじっと動かずにいた。

「この子の足が……」ルースは小さな声で言った。

ジョーナが彼女を見上げた。

ルースは喉の奥で息が止まってしまった。彼の目がきらきらと輝き、鼻孔が広がっていた。一瞬、ルースは人間ではなく、野生動物の目をのぞきこんでいるような気持ちになった。しかし、彼はすぐに目をそらし、そこで何もかもが動きを止めた。

森は押し黙り、冷たく身を切るようだった空気が急に厚く重くなり、ルースは息ができなかった。ジョーナがホーボーの傷を両手でおおった。すると、彼らの座っている地面が揺れはじめた。ルースはホーボーをそのまま支えていたが、何か熱い流れが手のひらに押し寄せ、腕を駆け上がった。

驚いて、ルースははっと息をのんだ。

ジョーナは彼女の声を聞いてすぐ、自分の発したエネルギーが彼女にも流れこんだのだと気づいた。彼は一瞬だけ左手を上げ、すばやく彼女を押した。

押されてびっくりしたルースは尻もちをついて倒れ、彼女には見えない力によって、そのまま動けなくなった。

頭上では、そばの落葉した木々の枝が震えはじめたように見え、体の下で地面がいっそう激しく揺れだしたのがわかった。ルースが見ていると、光のオーラがふいにジョーナをつつみ、それから、地上にのぞいている岩の上を水が流れるように、ホーボーへ広がっていった。ルースはその光の中へ這《は》っていって、彼の手の下で横になりたいという気持ちでいっぱいになったが、体が動かなかった。見ていたいのに、意識を保っていられない。どれくらいの時間がすぎたのだろうか。やがて目をあけると、ホーボーが小川の縁に立って水を飲み、ジョーナはその少し川下で両手の血を洗い流していた。

「ホーボー!」ルースは叫び、ぱっと立ち上がった。

犬は彼女の声に振り返り、ルースがそばに膝をつくと、彼女の顔をなめた。こんなの信じられないわ！

「いったい何をしたの？　まあ、こんな……こんなこと！　この子の足が！　これは……これは……」ルースは落ち着きなく体を揺らして、ジョーナを見上げた。「どうやったの？」彼女は声をあげ、ホーボーの足を上下に撫でた。茶色と白の毛は血だらけだったが、足には傷ひとつない。こんなことがあるはずはなかった。

ジョーナは手から水をたらしながら彼女を見おろした。苦い経験の末、説明しようとしても無駄なのは学んでいた。彼女には気に入らないだろうとわかっていたが、それでもジョーナは答えた。

「僕が治した」そう言って、ジーンズで手をふいてから、上着を取ってそれを着た。

ルースは信じられないといった顔で彼を見ていた。

ジョーナはその表情を知っていたし、次はどうなるかもわかっていた。彼はため息をつき、この女性はいま見たものをどう受け入れるんだろうと思った。

ルースは彼の言葉を聞いたが、わけがわからなかった。わたしはどこか別の宇宙に落っこちてしまったの？

「まさか。違うわ。あなたは消毒薬でふかなかったし、折れた骨をつぎもしなかった。なのに、まるで怪我なんかしなかったみたいに、この子の足をもとどおりにした。そんなことありえないわ」

ジョーナは笑いをこらえ、そのせいで唇の端がひくひくした。

「ありえないことなら、本当は起きなかったんじゃないかな」

ルースは納得できないという顔をした。「でも――」

「望んだとおりになったんだから、何を見たかなんてどうでもいいじゃないか?」

ルースは寒気をおぼえた。彼の声はやさしく、言葉には説得力がある。彼女はこの五カ月間というもの、ずっと恐怖の中で暮らしており、見知らぬ人間を信頼するのはむずかしかった。だが、彼のしたことを見たいま、疑惑の念が彼とのあいだに距離を置かせた。もしこの人がいまみたいなことをやれるんだったら、ほかに何ができるかわかったものじゃない。

けれども、ルースが答える前に、小さな茶色の鳥が木から下りてきて、ジョーナの肩に止まった。その思いがけない光景に、ルースは言おうとしていたことを忘れてしまった。

彼女は鳥を指さした。

「あの……そこに、その……それは……」

ジョーナは顔を回して鳥を見ると、頭を横にかしげ、それからまたルースに目を戻した。

「こいつがきみはいい人だと言ってる。きみがパンくずをくれるってさ。それから、こいつは全粒粉のパンが好きだって」

ルースはよろよろとあとずさり、さっきのばね式罠と割れた枝につまずいて、どさっと尻もちをついてしまった。

ジョーナは彼女を助け起こそうと駆け寄った。

「大丈夫かい？」彼はきいて、手をさし出した。

ルースは彼の手を見つめ、それから彼を見上げた。ジョーナの顔は心配そうだった。肩に止まっていた小鳥はもういない。ホーボーは驚いて彼女の顔をなめていた。ルースは、不思議の国のアリスがうさぎ穴に落ちたときにはこんな気分だったのだろうか、と思った。

「離れてよ、二人とも」ルースは言い、体を回してひとりで起き上がると、ジーンズの尻から木の葉や土をはたき落とした。

彼はまだルースを見つめていた。そのまなざしにあるのが親しみなのか、残忍さなのか彼女にはわからなかった。どちらにしても、この男といるとなんだかぞわぞわする。それからルースはホーボーへ目をやった。茶色と白の大きな雑種犬はすっかり元気になっており、それでルースの世界はやっともとどおりになった。彼女は腰に両手を置いて、またジョーナを見た。

「名前はなんていうんだっけ？」彼女はきいた。

「ジョーナ・グレイ・ウルフ。きみの名前は？　小さな闘士さん」

ルースは赤くなった。「ルーシア・マリーア・アンダハーよ。でもみんなルースって呼

した。彼女は自分の名前を、人によってはだらしないという言葉を言うときのように発音《ルース》ぶわ」

が、ジョーナは、彼女にはだらしのないところなどないんじゃないかと思った。彼女の何もかもが――立ち居ふるまいから、きつく結んだ唇にいたるまで――ベッドのスプリングよりぴんと張りつめている。

彼女はジョーナの顔から視線をはずさずに、古いチェーンで首にかけている旅人の守護聖人、聖クリストフォロスのメダルをいじった。ジョーナをじっくり見たのはそのときがはじめてだった。顔つきはいかついけれどおだやかだ。肌は彼女と同じように浅黒いが、ラテン系ではなく、ネイティヴ・アメリカンだろう。いまこの瞬間、彼の唇はかすかにカーブをえがいていて、まるで笑いたいのをこらえているように見える。目は、さっきは恐ろしかったけれど、いまはやわらかい琥珀《こはく》色で、表情はまったく揺らがない。でも、さっき彼のしたことが気になる――ひどい傷を跡形もなく消してしまうなんて。

そのとき、ふいにルースはわかったと思った。

「あなたは天使ね……そうでしょう?」

ジョーナはほほえんだ。「そんなことを言われたのははじめてだ」

ルースは顔をしかめた。「それじゃ答えになってないわ」

彼の声はやさしかったが、ほほえみは消えた。「僕は天使なんかじゃないよ。天国から来たんでもない」ジョーナはためらい、それからこう付け加えた。「どこから来たんでもない」

「それじゃ、どうやってさっきみたいなことをしたの？」ルースはきいた。

「僕にもわからない」ジョーナは答え、それから自分のバックパックを捜してあたりを見まわした。そしてそれを見つけると、持ち上げて肩にかけた。

「もう行くの？」ルースが言った。

ジョーナは手を止めた。「もう僕に用はないんだろう」

ルースの中で、何かが抗議した。それが不安にせよ、警告にせよ、もし二度と彼に会えなくなったら、取り返しのつかないものを失う気がした。

彼女は顔を上げた。いまくらい一年の終わりが近くなると、夕暮れどきは短い。太陽はもう西の空にかかって、二人が立っている木立の向こうに入ってしまいそうだ。

「町へ戻る前に暗くなってしまうわよ」

「暗いところで眠るのは毎晩のことだから」ジョーナはおだやかに答えた。

ルースはそわそわと足の位置を変え、やがて大きくため息をついた。

「ねえ。自分でもなぜこんなことを言うのかわからないわ。だって、頭の中の声はあなたを行かせてしまえって言っているんだもの」

ジョーナはどきりとした。彼女が何を言うつもりかわかったのだ。これまでの年月を振り返れば、自分と彼女に何が起こるかはわかる。問題は、自分がここにとどまって彼女を危険にさらすか、それとも立ち去って自分の心のほうを傷つけるか、ということだ。彼はそのまま待った。決めるのは彼女だ。

ルースは彼の目をのぞきこみ、そのとたん焦点を失って、あとから考えると夢としか思えないものに落ちていった。自分とジョーナが一緒にいるのが見えたのだ。日々の暮らしの中でも、ベッドの中でも。笑いや涙も見え、それから、突然、危険が迫ってくるのを感じた。まばたきをすると、その時間は消えた。

ジョーナは自分でも意外だったが、彼女が黙ったままでいたのでがっかりした。彼は一度だけ、彼女の判断を受け入れるかのようにうなずくと、背中を向けた。

「待って！」ルースが叫んだ。

ジョーナは振り向いた。

「どこへ行くつもり？」

「当てはない」

「なぜこの土地へ来たの？」

「冬のあいだの仕事と住まいを探しているんだ」

ルースは狼狽したが、何か言わなければという気持ちに圧倒され、黙ったままではいられなくなった。

「紹介してあげられるかもしれないわ」彼女は言った。「明日きいてみるまで待ってもらうことになるけど。その気があるなら、今夜はわたしの家と食事、それからあたたかい寝床を提供するわ」

ジョーナには願ってもないことだった。

「その気はあるよ」彼はおだやかに答えた。

「それじゃついてきて」ルースは言い、ホーボーに口笛を吹いた。犬はすぐさま彼女の横に来た。ルースは犬を横に連れて、山をさらに上へのぼりはじめた。

ジョーナは彼らのあとをついていった。しばらくすると、木立を抜けて、開けた場所に出た。

ルースは足を止めて、ジョーナが追いつくまで待った。

「着いたわ」彼女はそう言い、指さしてみせた。「なつかしきわが家よ」

ジョーナは自分が目を丸くしているとはわかっていたが、こんな家を見るのははじめてだった。玄関と、ポーチのある張り出した屋根は、山肌に食いこんで建てられたように見えた。家への小道はたいらな自然の岩で舗装され、階段の両脇には――いまは花がなかったが――小さな花壇があった。

「きみの家？」ジョーナはきいてみた。

「まさか。わたしが持っているのはいま着ている服だけよ。ホーボーだって誰のものでもない。わたしのところにいるのは、彼が選んだことで、わたしが飼い主だからじゃないの。この家はブライディ・チューズデイのものよ、この山の少し上に住んでいるおばあさん。彼女はわたしをここに住まわせてくれて、わたしはお返しに、手のあいているときには彼女の手伝いをするの。それ以外のときは、リトル・トップのダイナーでウェイトレスをしてるわ」

冷たい風がその場所を吹き抜け、ルースはぶるっと震えた。

「中に入って、この風から逃げましょう」

彼女は早足で歩き、じきに家のドアのところに着くと、横に立って、ジョーナを先に中へ通した。

その家に対する彼の最初の反応は予想どおりだった。家は洞窟《どうくつ》の中に建てられているのだ。とはいえ、建てた人間はわざわざ仕切りをつけていくつか部屋を作り、床板を張っていた。年月を経た床は釘《くぎ》を使わずに作られており、時の流れによってガラスのようになめらかになっていた。自然光が入る開口部は、玄関ドアの両側にある大きな窓だけだった。部屋のあちこちにろうそくやオイルランプが置かれていたが、ルースがスイッチを入れると、ジョーナはこの家に電気も引かれていることを知って驚いた。

「電気があるのかい？」

「電気式の湯沸かし器もあるし、水道も、プロパンガスもあるわよ。暖房はほとんどその古い暖炉だけだけど」

「すばらしい家だね」彼は言った。

「そうでしょう？　ブライディはご主人とここに三十年以上住んでいたのよ。それから彼がもう少し上に新しい家を建てたの」ルースは話し、はにかみながらほほえんで、まったく知らない人間が自分の家にいる気まずさをやりすごそうとした。「こっちへ来て。あなたの寝る部屋を教えるから」

ルースがメインルームから短い廊下へ出ると、そこに一対のドアがあった。彼女は左側のドアをあけ、また明かりをつけて、横へどいた。

ジョーナは彼女の困惑を感じて、しばらくそこに立っていたが、何を言えばこの状況をもっと楽なものにしてあげられるのかわからなかった。結局、彼はルースの横を通って、部屋へ入った。

片側の壁際に古い金属のベッドが置かれ、ベッドから一メートルほど離れて古い大きなキャビネットがあり、ヘッドボードのそばには小さなテーブルがあった。手作りの、いろいろな色が交ざった端切れ織りのラグが床に敷かれ、テーブルの上の棚には本も少しあった。

ルースはポケットに手を突っこみ、また出し、体の後ろで組み合わせ、ほんの少し戸口から中へ入った。

「誰もここでは眠らないから、シーツは清潔よ、洗いたてじゃないけど。夜に寒くなったら、あのキャビネットに余分のキルトが入ってる。それじゃゆっくりくつろいで。わたしは夕食を作ってくるわ」

ルースが行きかけたとき、ジョーナは彼女のほうへ手を伸ばしたが、すぐに思いとどまり、かわりにこう言った。

「こんなにしてくれてありがとう」

「わたしもあなたと同じだったことがあるの……路上で暮らしていたのよ、つまり。あなたは手を貸してくれた。だから喜んでお返しをするわ。体を洗いたければ、バスルームは隣のドアよ。キャビネットにタオル類が入っているから。自由にしてね」

ジョーナは何か言おうとしたが、考え直したような顔で短くうなずくと、ルースは出ていった。ほかに何を言えばいいのだろう?

彼はバックパックをキャビネットのそばの床に下ろし、洗濯ずみの服を出し、バスタオルとボディタオルを取って、バスルームへ行った。

バスルームは狭かったが、古い猫脚つきのバスタブは長くて深さがあった。ゆっくり湯につかることを考えただけで、服を脱ぐ手が速くなった。しばらくすると、ジョーナは胸まで湯につかり、目を閉じ、湯のあたたかさと、ルーシア・アンダハーの石鹸《せっけん》の清潔なにおいを味わっていた。

彼女はどうしてこの家にひとりきりで住んでいるんだろうと思ったが、すぐに手近なことに気持ちを移し、体を洗いはじめた。

洗い終えると、彼女のシャンプーを少し使わせてもらった。こんなことは予想もしていなかった贅沢《ぜいたく》で、ジョーナは湯から出たくなかった。しかし、ドアのすぐ向こう側にはあたたかい食事があるはずで、誰かに食事に招かれたのはずいぶん久しぶりだった。空腹のほうが勝ちをおさめた。もう少し湯につかっていようという気になってしまう前に、栓を抜いて立ち上がった。タオルを取ろうとしたとき、ルースがドアをノックした。

「あと五分で夕食ができるわ」

「すぐ行く」ジョーナは答え、体をふいた。

ルースはアルファベットを後ろから言いながら、こんろのところへ戻った。バスルームのドアの向こう側に、見知らぬ人間が裸でいるということから気持ちをそらすには、それしか思いつかなかったのだ。

ジョーナが服を着ていると、ルースの作っている料理の香りがしてきた。腹がぐーっと鳴り、またしても、最後にちゃんとした食事をしたのはずいぶん前だということを思い出した。湿ったバスタオルとボディタオルを壁のフックにかけ、汚れた服を拾って、自分の部屋へほうりこんだ。ソックスをはいた足でメインルームへ入っていくと、ちょうどルースが大きな鍋《なべ》をこんろから持ち上げようとしていた。

「あ、僕がやろう」彼は言い、鍋を取ってテーブルに置いた。「これがにおいどおりの味だったら、天国に行った気分になれるよ」

ルースは彼の言葉で湧《わ》き上がってきたうれしさに驚いた。誰かに体目当てでなくほめてもらったのは久しぶりだった。しかしすぐに顔をしかめた。どうしてこの人は違うと思うの？　家には連れてきたけれど、この人のことなんか何も知らないくせに。でもひとつだけ……ルースは暖炉のそばに寝そべっているホーボーに目をやり、ジョーナのしたことを思い出した。彼みたいな人なら――その両手に生命の希望を持っている人なら――危害を加えてくることはないはずだ。きっと大丈夫。

「ただの野菜スープよ」ルースは言い、オーヴンのところへ戻って、天板いっぱいのコーンブレッドを出した。

ジョーナは目を丸くした。「全部きみが作ったの？」

ルースはうなずいた。「座って。バターと蜂蜜《はちみつ》を持ってくるから」

ジョーナは腰を下ろし、それから少しのあいだ目を閉じて、彼女の家と料理のあたたかさやにおいにつつまれるままになった。ルースは彼が天使かと尋ねたが、いまジョーナの座っているところから見れば、彼女こそ翼を持った天使だった。この住まいと料理は、ジョーナがこの何年かに出合ったものの中では、いちばん天国に近かった。

目をあけると、ルースが鉢にスープをよそっていた。ジョーナは手を震わせながら、あたたかい黄色の四角いコーンブレッドを取り、そのほかほかのパンにバターを塗って口にしたときには、体まで震えてしまった。

ルースは眉を寄せた。「大丈夫?」しかしすぐに自分でもあきれたように天をあおぎ、少し恥ずかしそうな顔をした。「ごめんなさい、奇跡を起こせる人にきくにはばかな質問だったわ」

ジョーナはパンをのみこみ、それからテーブルをはさんで彼女を見つめた。

「ただちょっと……ずいぶん久しぶりで……」言葉がうまく出てこないことに自分でも驚き、ジョーナは思っていることをはっきりさせようと、深呼吸をした。「誰かの家に入れてもらったのはずいぶん久しぶりなんだ」

ルースは自分の鉢にスープをよそいながら、この人はどうしてひとりぼっちで放浪することになってしまったのだろうと思った。コーンブレッドにバターを塗るあいだも、好奇心はおさまらなかったが、尋ねるまでには踏みきれなかった。

ホーボーが火のそばの自分の場所から目を上げ、ちらりとテーブルを見たが、すぐに噛《か》んでいた骨に戻った。ホーボーは絶えず、さっき罠にはさまれた足をなめていたが、もうその必要はなかった。傷はない。痛みもない。ただ傷があったこと、そばにいる男がそれを消してくれたことだけはおぼえていた。ホーボーにとってはそれでじゅうぶんだった。

二人はとりあえずの空腹感がおさまるまで、ほとんど黙って食べていた。先に話を始めたのはルースだった。

「どこから来たの？」

自分の育った狩猟キャンプを思い出し、ジョーナの体の奥で古い痛みがねじれてしこりになった。

「アラスカ」

ルースは目を見開いた。「本当に？　あそこでは半年はずっと暗くて、半年はずっと明るいって本当？」

ジョーナはほほえんだ。「そんな感じだ」

「まだ向こうにご家族はいるの？」

たちまち、アダムのことが思い出された。最後にジョーナが彼を見たときの姿――家のキッチンで、血まみれになって死んでいる姿が。「父は……実際は養父だけど……医者だった。まっとうなね。でも父は……もう亡くなった」

ルースは〝養父〟という言葉を聞いて、そこを話題にしてきた。

「本当のご両親は？」

「知らないんだ」ジョーナは答えた。さしあたって、自分が教えられた話をルースにするつもりはなかった――僕は狼に育てられたんだ、などとは。あまり突っこんだことをきかれる前に質問をやめてもらおうと、ジョーナは形勢を逆転させた。「きみのほうは？　どうしてここにひとりきりで住むようになったんだい？」

「ひとりじゃないわ。あなたのおかげで、まだホーボーがいてくれるもの」

ルースが本当のことを話さないようにしようとしているのを感じとったのは、これがはじめてではない。彼女は何かから逃げているのだろうか。

「子どものころはどこにいたの？」ジョーナはきいてみた。

ルースの顔が明るくなった。「育ったのはロサンゼルスのヒスパニック人街よ。パパはタイル張りをしていた。ママ《ミ・マードレ》はお金持ちの家の掃除。わたしは四人きょうだいの末っ子だった。つましい暮らしだったけど、本当にすてきだった」

彼女が話を終えるずっと前に、ジョーナは彼女の悲しみを感じとっていた。

「毎夏、学校が終わると、みんなでロサンゼルスからテキサスへ行って、ママの実家で過ごしたの。わたしが十四の夏、車でニューメキシコを抜けてテキサスへ向かっていたときだった。わたしたちはみんな眠ってしまっていて、だからあとで聞いたことしか知らないんだけれど、トラックの運転手が居眠り運転をして、センターラインを越えて、わたしたちに正面から突っこんできたんですって。わたし以外はみんな死んでしまった」

ルースは喉の奥がつかえたまま食べ物をのみこんでしまい、すぐに水を飲んだ。

ジョーナはため息をついた。彼女の悲しみは、そのことが起きた日と同じように深く、生々しかった。

「きいたりしてすまなかった」彼は言った。

ルースは肩をすくめた。「悲しい話だものね」それから顎を上げた。「十六まであと少しというころまでおば夫婦と暮らして、そのあとは家を出たわ。二人とはそれっきり」

「どうして？ なぜ親戚《しんせき》と縁を切ってしまったんだい？」

ルースの目尻近くの筋肉がぴくぴくした。

「言ってみれば、おじの愛情を避けるのにうんざりしたからよ」ルースは低い声で言い、目をそらした。

ジョーナはぎくりとした。「また言うけど……すまなかった」

「あなたが謝ることないわ」ルースはいきなり立ち上がった。「昔話はもういいでしょう。お皿を洗うわ」

「僕も何かしようか？」ジョーナはきいてみた。

「暖炉にくべる薪《まき》を少し持ってきてもらおうかしら。ポーチのすぐ左側に積んであるから、わかると思う」

いまの会話でおたがいの古傷が開いてしまい、二人が無言のまま日は暮れた。ジョーナが薪を運んで家を出入りするたびに、ホーボーが彼についてまわった。

日が落ちたとたんに、雨になった。ジョーナが運びこんだ薪は暖炉の横に積まれた。彼が最後のひと抱えを持ってくるときに、最初の雨粒が落ちてきた。

「雨が降ってきたよ」彼が言うと、ルースは彼が持っている束から薪を一本取って、すでに火のおきている暖炉にくべた。

彼女はジョーナを見上げ、彼の顔についた雨粒と、それから髪にきらきら光っている雨粒を見て、すぐそばでおしゃべりする相手としては、ずいぶんセクシーだという思いをやりすごさなければならなかった。

「そうなの、残念」ルースは言い、火かき棒をつかんで、薪をつついた。「ここにいると、外の音が聞こえないのよ。雨が通りすぎてくれればと思ってたんだけど。これじゃ明日は泥の中を歩いて仕事に行かなきゃ」

「車はないの？」

ルースは肩をすくめた。「あってもしかたないわ。運転を習ったことがないもの」

ジョーナは彼女が町のダイナーでウェイトレスをしていると言ったことを思い出し、眉を寄せた。そして最後の薪を置くと、体を伸ばして、家の中を見まわした。

いまいる部屋はキッチンとリビングルームを兼ねていた。家具は古いが、実用的だ。ひとつ気づいたのは、何もかもがひどく清潔だということだった。洗濯機も乾燥機も見当たらないが、彼女は洗濯物を町へ持っていくんだろうか。

「洗濯は町でするのかい？」彼はきいてみた。

「いいえ、まさか。キッチンの向こう側の青いカーテンの陰に、古い洗濯機と乾燥機があるのよ。もし服を洗濯したいなら、自由に使って」

「そうさせてもらうよ。ありがとう」

ルースはふっと息を吐いた。「いいえ、お礼を言うのはホーボーとわたしのほうよ」彼女は言い、それから、なんの気なしに彼の胸に手を置いた。

一瞬、手のひらに彼の鼓動を強く感じたかと思うと、次の瞬間、ルースは雷に打たれたような気がした。

息が止まり、つかのま、呼吸さえできなくなった。さまざまな色が目の前に広がり、混ざり合い、流れていき、やがてルースは、自分は溺《おぼ》れているのだろうかと思った。しゃべろうとしたが、舌が上顎に張りついてしまったように感じる。頭がおかしくなりそうだと思ったとき、オーガズムが体じゅうを爪先まで揺さぶった。両脚から力が抜け、目が裏返る。ジョーナがとっさにつかまえてくれなければ、床に倒れていただろう。

彼女の絶頂の波動が自分のもののように激しく襲ってきて、ジョーナは息をのんだ。いま彼女とのあいだに起きていることがなんであれ、これまでにはなかったものだ。女性と関係を持ったことはあるが、性欲を解放したにすぎない。こんなことははじめてで、まるで、自分の体の中にいるのが自分だけではないような感覚だった。

ルースはぼうぜんとしていた。いまあったことが本当とは思えず、恥ずかしがるべきなのか、もう一度とせがむべきなのかもわからなかった。顔を上げると、ジョーナも信じられないという表情でこちらを見ていた。

「いまのはなんだったの？」彼女はかすれた声できいた。

ジョーナは首を振った。「わからない……これまでは一度も……」彼は深く息を吸うと、彼女から手を離した。「すまなかった。わざとやったんじゃないんだ」

ルースは震える手で髪をかき上げ、シャツの前を撫でつけた。胸がうずき、全身の肌が敏感になっていて、さわるのも痛いほどだった。ルースはぞっとして、一歩あとずさりした。

「いったいなんなの」そうつぶやき、また一歩下がった。

ジョーナは途方に暮れてしまった。これまではわからないことなどなかった。ずっと、さまざまなことを知っては、それを自分という人間の一部として受け入れてきた。しかし、これは……。

ルースの顔におびえた表情が浮かんでいることに困ってしまい、彼は降参だという身振りで両手を上げてみせた。

「頼むよ。僕を怖がることなんてないから。絶対に……」彼は言葉を切り、震える手で顔をこすると、また両手を下ろした。「ごめん。もう手伝うことがなければ、部屋に戻るよ。嵐《あらし》の中、外で眠らなくてすんで本当に助かった」

ルースが止めるより早く、ジョーナは歩いていってしまった。彼女は自分がいまのできごとをどう思っているのかわからなかったが、二人のあいだに起きたことがなんであれ、それはいまの嵐よりはるかに強いものだった。

4

ジョーナは混乱した、落ち着かない気持ちでベッドに入った。ルースにしたような反応を、これまで女性にしたことはない。彼にとって、あれは肉体を超えたものだった。ソウルメイトなどというものは信じていなかったが、いまではそれもわからなくなった。それに、妙なものだが、これから先のことを考えていると、思いが過去へ戻ってしまった。

スノー・ヴァレーのことはあまり思い出さないようにしていた。つらすぎて、思い出したくないことがあるのだ。しかし今夜は、眠りが彼をあの日に連れ戻した。彼の知っていた世界が終わりを迎えた日に。

もし時間をさかのぼれるものなら、ジョーナはハーヴ・デューボイスとヘリコプターに乗って、ウィルソン・ティングリットの狩猟キャンプになど行かなかっただろう。しかし、ウィルソンからの連絡は必死の様子だった。彼がガイドしていた一行のひとりがグリズリーに襲われたのだが、医師のアダム・ローソンは二時間かかるところで赤ん坊を取り上げていた。

その傷ついたハンターの命を助けたおかげで、どんなひどいことになるのかわかっていたら、ジョーナは決してハーヴのヘリコプターに乗ったりしなかっただろう。あの悲劇を思い出せば、あのときのハンターを助けたために、父親を死なせることになってしまったのだと認めなければならない。それでも、先のことを知るすべはなかったのだし、アダムならきっと真っ先に、ジョーナに助けに行けと言っただろう。しかし、目を閉じたときに、あの恐ろしいときを繰り返し夢の中で体験し直さなければならないこともたびたびあった。

それはいつも、裏のドアの網戸にびっしり張りついた黒蝿《くろばえ》の雲で始まる。そして血。その鉄のようなにおいがあたりに濃くただよっている中を、ジョーナはキッチンへ入っていく。スライドショーのように、頭の中の画像は蝿から、固まりかけた血だまりの中で床に倒れている父親の体に変わる。アダム・ローソンの伸ばした手のすぐ先には、彼の血管から流れた血で書かれた言葉がひと言だけあった。

〝逃げろ〟

もう命が消えてしまっているのは感じられた。それに、体にさわらなくても、父が死んでしばらく時間がたってしまっていること、自分に何もできないことはわかった。目にしている恐ろしい光景がどういうことなのか考える暇もなく、後ろで何か音がして、ジョーナは振り返った。

黒ずくめの服に覆面をした三人の人間が、リビングルームから彼に近づいてきた。ジョーナはいったい何があったのか、なぜ彼らがそこにいるのかもわからなかったが、自衛本能と父の最期のメッセージが何をすべきか教えてくれた。

ジョーナは全速力で走り出した。心臓はばらばらになりそうで、まわりで世界がどっと崩れはじめる。網戸を手のひらで押し開くと同時に、黒蝿が隊形を変え、大きなかたまりとなって宙に舞い上がった。ジョーナはポーチを飛びおりた。人殺したちの足音がすぐ後ろに迫っていた。

「逃がすな！」彼らのひとりが叫んだ。

ジョーナは彼らの声を聞き、ゲートをよけ、裏庭を囲んでいる高さ一メートルあまりの木製フェンスを飛び越えた。スピードを上げるにつれて、長い髪が翼のように後ろになびいた。そのとき、何匹もの狼《おおかみ》が森の中からこちらへやってくるのが見えた。なぜ彼らが自分の危機を察知したのか、ジョーナは不思議だとは思わなかった。しかしそれを目にしたとたん、彼らが来てくれたおかげで、逃げられるかもしれないと思った。

隣家の裏口の前を走りすぎたとき、誰かが出てきて、彼に叫んだ。

「おい、ジョーナ！　どうかしたのか？」

トーマス・クリングキットだった。ジョーナが子どものころ、たびたび一緒に釣りに行った。ジョーナが彼にできた警告は、伏せろ、と言うことだけだった。

トーマスが言われたとおりにしたかどうか、足を止めてたしかめるわけにはいかなかったが、銃声と、その後に苦しげな悲鳴が聞こえてきた。

ジョーナの心は沈んだ。友人が撃たれたことはわかったが、止まるわけにはいかない。助けることもできない。ただ逃げるしかなかった。

狼たちが近くまで来ていた。彼らの雷鳴のような鼓動が耳に伝わってくる。狼たちがみずからの安全もかえりみず、ジョーナの敵を攻撃してくれることはわかっていたが、人間のほうは武装しており、ジョーナも争いをやめさせるすべがわからなかった。

やがてまた銃を撃つ音がして、ジョーナから選択の余地を奪った。肩の刺すような痛みは衝撃だった。一瞬にして体のコントロールがきかなくなったことも。自分でも気づかないうちに、地面に倒れこんでいた。

あっという間に狼たちが彼を取り巻いた。ジョーナはあおむけになり、立ち上がろうとしたが、狼たちがぴったりと体をつけていて動けなかった。

まもなく人殺したちが追いついてきたが、獲物が手に入ったいまになって、彼をどうすればいいのかわからなくなっていた。反射的に狼たちを撃とうとしかけたが、追っ手たちはすでにジョーナを撃つという失策を犯してしまっていた。ここで狼を撃てば、彼を殺してしまう恐れがある。まだ殺していなければだが。ジョーナ・グレイ・ウルフを依頼主のもとへ連れていけば大金になるが、それには彼が生きていなければだめなのだ。

その問題は、大きな狼が射撃マニアの男に向かってうなり、飛びかかったときに、その男が片づけた。男が発砲したとき、狼はまだ宙を跳んでいた。ジョーナは狼が地面に落ちる前にその痛みを感じ、顔に血のしぶきを浴びていた。

ジョーナは男たちに向かって叫び、両手を振った。

「撃つな！　撃つな！　頼むから、もう撃たないでくれ！」

男たちのひとりが、射撃マニアがもう一度撃つ前に、彼がライフルを持っていた腕を払った。

「やめろ、ヒックス。ボーディンから聞いてるだろう。そいつは傷をつけずに連れてこいって。おまえが肩にあけちまった穴を見て、やつがなんて言うと思う？」

しかしヒックスはすでに理性を失っていた。彼は声を一オクターヴもうわずらせて、狼の群れに向けて銃を振った。

「ボーディンなんか知るか！　狼と面突き合わせてるのはやつじゃねえ！」

死んだ狼が足もとに倒れ、ジョーナは必死で立ち上がろうとした。彼は動きながら、肩の傷がふさがっていき、自分の体がみずからを癒《いや》していくにつれて、痛みも引いていくことに気づいていた。狼の何頭かが彼の顔をなめ、肩に鼻を寄せるいっぽうで、ほかの狼たちは男たちにうなり、牙《きば》をむきつづけていた。

ヒックスはジョーナに銃を向けた。

「そいつらに離れろと言え、さもないとおまえらみんな、弾をぶちこんでやるぞ！」

ジョーナは立ち上がろうとしたが、大きな灰色の雄狼が彼の前へ動いた。ジョーナは男の声にパニックが混じっているのを聞きとっていた。やつらが何をするかはもうわかっている。これ以上、自分のために命が失われるのはいやだった。しかし、狼たちはいっそうジョーナにぴったりと身を寄せ、やがて腹や脚にのってくる彼らの息づかいや重みまで感じられるようになった。悲しみのさなかにあっても、狼たちが自分を守るためなら命すら捨ててくれるのがわかると、頭がはっきりしてきた。

「撃たないでくれ」ジョーナは必死に言い、ようやく立ち上がった。「頼むから。もう撃たないでくれ」

ヒックスの手はぶるぶる震えていた。「だったらその狼どもを追い払え」

ジョーナの声が涙でくぐもった。「父さんを殺したのはあんたたちなのか。どうしてそんなことをした？」

「あいつが協力しなかったからだ」ヒックスは答えた。「さあ、友達がこれ以上ばたばた死んでいくのがいやなら、こっちの言うとおりにしろ」

ジョーナにはどうすることもできなかった。「あんたたちは誰なんだ？　僕をどうしようっていうんだ？」

「黙ってろ。いいからさっさと歩け」

狼たちがジョーナを囲み、彼のまわりを左右に回り、彼のかかとに鼻をつけ、脚のあいだに入って止めようとした。

ジョーナは足を止め、狼たちを見おろして両手をさし出した。彼らの鼻は冷たく、舌はあたたかく、一頭残らず彼の手に触れてきて、彼が自分たちの仲間だと認めてくれた。

「ありがとう、きょうだいたち《マイ・ブラザーズ》。さあ、もうお帰り。もう行くんだ」

狼たちが彼を残していくことを案じているのは明らかだった。彼らは悲しげな声で、うなり声で、甲高い声で、そんなことはしたくないと告げた。

引き金にかかったヒックスの指に、目で見てもわかるほど力がこもった。

「早くそいつらを追い払え、さもないと本当に撃つぞ！」

ジョーナの顔を涙が流れ落ちた。胸の中の痛みは、銃で撃たれた傷よりも激しかった。彼は顔を上げ、家の裏手をじっと見つめ、わが家と呼んだ家を……そしてそこの床に死んで横たわっている父の姿を思い浮かべた。

スノー・ヴァレーのほかの人々の身を案じる以上、ジョーナの意志はすでに奪われてしまっていた。彼は狼たちに顔を向けた。

「行くんだ！」彼は鋭く言った。

音もたてず、狼たちはひとつになって森へ引き返し、消えた。

ジョーナはスノー・ヴァレーの住民たちが見ているのを感じながら、ハーヴ・デューボイスの古く黒いヘリコプターの隣にある、あざやかな青いヘリコプターへ歩きはじめた。

近所の男がジョーナを助けようと、家からライフルを手に飛び出してきたが、ヒックスは彼が目に入ると、ジョーナの頭に銃を突きつけて叫んだ。

「家の中に戻れ、でないとこいつの脳味噌《のうみそ》をそこらじゅうにばらまくぞ」

男はためらった。

ジョーナは自分を連れ去ろうとしている人間たちがおびえているのを感じとった。彼らはもうすでに人を殺している、だから必要とあればまた同じことをするだろう。

「家に戻って」ジョーナは声をかけた。「戻るんだ」

男はまだためらっていた。

ヒックスが宙に向けて一発撃ち、それから銃を強くジョーナの頭に押しつけたので、ジョーナはよろめいてしまった。

こんなふうに脅されてはどうしようもなく、男はライフルを下ろして、家の中へ戻った。ほかの人々は子どもたちをしっかり抱き寄せて、窓から見ていた。彼らが見ているなか、ジョーナは待っていたヘリコプターに乗せられた。機が離陸すると、人々は家から走り出て、アダムの家へ向かった。医師が死んでいるのを見たとき、彼らは気づいた——自分たちが手をこまねいていたせいで、ただひとり残った治療者《ヒーラー》まで連れ去られてしまったのだと。

夢によって、より深い地獄へ連れていかれるに従い、ジョーナの脚は眠ったままぴくぴくと動いた。リビングルームでは、ホーボーが彼の苦しみを感じて悲しげな声をあげ、暖炉のそばの寝床から起き上がり、ジョーナの部屋のドアの前へ行って腹這《ば》いになった。

隣の部屋では、ルースがどうにも寝つけず、何度も寝返りを打っていた。彼女はとうとうベッドを出た。スウェットパンツと古いTシャツを着て、はだしでリビングルームを歩いていく。嵐《あらし》は通りすぎただろうかと、玄関のドアをあけて、ポーチに出てみた。

今夜は、嵐の通りすぎたあとときどきあるように、霧が山をおおい、すぐ近くの物音以外はくぐもって聞こえなくなっていた。ポーチの端へ歩いていくと、霧の粒が、顔や、何もはいていない足についた。嵐はおさまっていたが、ルースがこの五カ月間抱えている脅威はまだ居座っていた。思わずぞっとして両腕を体に回し、かすかに見える木立のほうへ目を凝らした。あの男がそこにいてこちらを見ていないか……待ち伏せしていないかと。

絶え間ない恐怖の五カ月が、ルースを消耗させていた。いつか家に帰ったとき、ついにあの男がやってきて、待ち伏せしているかもしれない。命がけで戦う力が自分にあるのかどうかわからなかった。それに、戦えば、どちらかが死ぬことになるのはたしかだった。勝負を投げ出すつもりはないのだから。

すべては玄関にあった手紙から始まった。彼女が仕事から帰ってくると、ポーチの柱の古い釘《くぎ》に、それがかかっていたのだ。

〈いつもおまえを見ている〉

ルースは翌日、その手紙を町へ持っていき、保安官に見せた。彼はその手紙と彼女の話の両方を疑わしげに受けとり、好いてくれる男がいるだけじゃないかと言った。それに、実際に命の危険がなければ、警察としてはどうしようもない、と。

不安になったものの、くじけはせず、ルースは周囲の人々に注意を払いはじめた。しかし、そうすればするほど、接する人々に変わったことはないように思えた。誰も普通以上に彼女の行動に興味はなさそうだったし、彼女がひとりでいるとき、デートに誘う人間もいなかった。

もう終わったのだろうと思ったときに、また手紙があらわれ、それからまた次の手紙、次の手紙……どれも、その前の手紙より脅迫的になっていた。

最近のはほんの数日前に来た。赤いインクで、ルースにははっきりした脅迫としか思えなかった。

〈おまえを襲ってやる、おまえの中に入ってやる。そうされるのがいい気持ちでたまらなくなったあとで、今度は後悔させてやる〉

それからあの罠《わな》のことがあった。ホーボーが罠にかかっているのを見たとたん、ルースはなぜあれがしかけられたのかわかった。例の男が彼女の唯一の逃げ道を取り除こうとしたのだ。

そこへジョーナがあらわれた。

突然に。

まったく知らない人間が。

彼が来たことが、長い目で見ればどんな意味をなすのかルースにはわからなかったが、いまこのときは、ジョーナがいてくれることを心からありがたく思った。冬がすぐそこまで来ているというのに、自分はリトル・トップに来てから五カ月近くたっても、いまだに人のお情けでここに住んでいるにすぎない。

ずっと前、ブライディ・チューズデイに出会ったのは偶然だったが、その出会いは運がよかったとしか言いようがなかった。ルースにとって、ホームレスでなくなることは大きな意味があった。とはいえ、この家に住み、町でウェイトレスをしていても、人生でさほど多くのものを得たわけではない。彼女を受け入れてくれた野良犬を除けば、ルースはいまもひとりぼっちだった。

彼女は予備の寝室で眠っている見知らぬ男のことを思い、彼は夜明けにもまだいてくれるだろうかと考えた。長いことひとところにいるタイプには見えない。しかしルースはすぐにその考えを修正した。ジョーナは自分がこれまで出会った誰とも似ていない。彼がどういう行動に出るかは、予想がつかなかった。

もう一度、霧のかかった木立を目でたどってから、不審なものは何もないとわかると、いそいで家の中に戻り、入ると同時に鍵《かぎ》をかけた。床板のコンセントにさしてある小さな夜間灯が行く手をほんのり照らす中を、何か飲もうと冷蔵庫のほうへ行きかけた。

そのとき、暗がりから彼があらわれた。

「ルーシア」

ルースは心臓がどきっとして、まるで弾丸のようにはねたような気がし、思わず古いソファの背をつかんだ。

「もう、やめてよ」彼女はつぶやいた。「これから一週間、ずっと縮み上がったままになっちゃうじゃない」

見たばかりの夢がまだ心に残っていたせいで、ジョーナの声には実際の気持ちほど謝罪の響きがこもらなかった。

「ごめん。きみが入ってくるのが見えるまで、起きているとは思わなかったんだ」

まだ心臓がどきどきしたまま、ルースは明かりをつけた。しかしそうしたとたん、暗闇《くらやみ》にいたほうがよかったと後悔した。

ジョーナは彼女がこれまで見た誰よりも、完璧《かんぺき》に近い男らしさをそなえていた。スポーツ用のショートパンツ以外は、何も着けていない。肌は全身がなめらかなコーヒーブラウン色。筋肉は固くくっきりついているが、体は細くてちょっぴりやせすぎだった。髪はからすの翼のような黒で、背中の真ん中までたれている。長く、何もはいていない脚はわずかに開き、いつでも攻撃にかかろうとしているかのようだった。そして彼の目は――そのいっぷう変わった、美しい目は――ひたと彼女の顔を見つめていた。彼に触れただけで感じた、骨まで砕けるような絶頂感を思い出し、ルースは震えた。思わず、本当に彼とセックスしたら、自分は死ぬだろうかと考えてしまった。どこの誰ともわからない男に心を惹《ひ》かれるなどごめんだ。しかし、実際にはそうなってしまっていた。

「寒くないの？」彼女はきいた。

ジョーナは自分がいるとルースが落ち着かないことに気づいた。彼もルースがいると落ち着かない。二人のあいだに生じた性的な吸引力は、見知らぬ者同士が持つものではなかった。

「慣れているから」彼はおだやかに答えた。

ルースはたちまち自己嫌悪を感じた。自分だって、ホームレスであることが――路上で生きるのがどんなものかは知っているのに。生き物としての不自由さに無頓着《むとんちゃく》になるのは、そうした暮らし方の一部なのだ。

「そうね、でも……今夜は無理に我慢しないで。言ったでしょう、あなたの部屋には余分のキルトもあるし」

「うん、おぼえているよ」彼は静かに答えたが、その場を動かなかった。「きみも眠れなかったんだろう」

それは質問ではなかった。ルースはぎゅっとこぶしを握った。「雨がやんだわね」彼女は言った。

ジョーナは話題が変わったことには何も言わなかった。

ホーボーがくうんと鳴いた。

ルースははっとした。ホーボーのことをすっかり忘れていた。

「外に出たいの？」彼女はそうききながら、玄関のところへ戻って、ドアをあけてやった。冷たい風がルースの足もとで円をえがき、大きな犬は出ていくときに彼女の足をなめていった。

「あの子はしばらく外にいるわ、わたしは起きて待っているから」ルースは言った。「もう一度眠るといいわ」

ジョーナは背中を向けて、自分の部屋に戻ったが、ルースが楽に呼吸できるようになる間もなく、ジーンズをはいて戻ってきた。そしてはだしのまま、暖炉のところへ行き、あかあかとした熾《おき》に新しい薪《まき》を足した。すぐに薪の樹皮が炎をとらえた。そこから植物の蔓《つる》のような煙がぐるぐるとのぼって、煙突へ上がっていき、ジョーナは暖炉の前にしゃがんだ。

ルースは彼の背中で筋肉が動くのを見つめ、彼に触れたくなる衝動を抑えた。ただ、彼の肌が見たとおりなめらかな感触なのか、たしかめたかったのだが。それから、彼にさわったときに何が起きたかを思い出し、身を守るように一歩あとずさった。

「ベッドへ戻らないの？」彼女はきいた。

「いやな夢を見たんだ」

そんな答えが返ってくるとは思わなかった。

「天使が悪い夢を見るなんて、知らなかったわ」

ジョーナは落ち着かないように体を揺らし、それから膝に手を置いて体を支え、そのまま炎を見つめていた。

「僕は天使じゃないよ」

「わたしにはそうだもの」彼女は静かに答えた。

ジョーナはためらったが、そのまま火の前に腰を下ろした。炎は輝きつづけていた。

「そのようだね」彼も静かに言った。

ルースは暖炉の反対側に行って、やはり腰を下ろした。二人のあいだは少なくとも一メートル半はあいており、これなら彼もルースがただあたたまりたいだけだと思うはずだった。

沈黙がたがいのあいだに広がった。ルースはときどき彼のほうへ目をやったが、彼がこちらを見ていないと感じたときだけだった。ようやく、好奇心が勝った。

「ジョーナ？」

彼は次に何が来るのかわかっていた。自分でものごころついたときからずっと、自分について抱いていた疑問だ。そして、彼女に話せることは何もない。それでも、彼女が尋ねてくることはわかっていた。尋ねずにはいられないのだ。

「なんだい？」

「あなたは誰なの……本当は？」

長いこと、ジョーナは無言でいた。やがて彼が顔を上げると、ルースは彼の目に涙が浮かんでいるような気がした。しかし彼がまばたきすると、ルースは自分の想像だったのだと思った。

「僕はジョーナ・グレイ・ウルフだよ」

ルースは顔をしかめた。そんなことをきいたのではない。

「あなたの本当のご両親はどうしたの？　家族の中に、あなたと同じことのできる人はいるの？」

彼女の問いかけはジョーナを驚かせた。自分の知らない人たちのことを、そんなふうに考えたことはなかったのだ。自分と同じような人間がほかにもいるんだろうか？　その人たちはいまもどこかにいるのか？　もしそうなら、なぜ自分は彼らからこんなにも遠くはぐれてしまったんだろう？

「両親はいないんだ」

ルースは軽く笑った。「誰だって両親がいるわ、というか、少なくともいたときはあるはずよ」

「僕が知っている親は、養父のアダム・ローソンひとりさ」

「でも、いまなら本当の両親を捜す手段はいくつもあるでしょう。ウェブサイトに登録して――」

「何も手がかりがないんだよ」

ルースは意味を取り違えた。「生まれた日さえわかっていればいいのよ、それと生まれた場所。そういうサイトではもっと少ない情報でも両親を捜し出していたわ」

「どっちもわからないんだ」

ルースは自分でもなぜなのかわからなかったが、食いさがった。

「育てのお父さんが何か知っていたはずでしょう……たとえば、あなたが自分のところへ来た経緯とか、あなたの生まれた場所とか、そんなことを」

ジョーナの目が火の光にきらりと光った。

「人から聞いた話だと、僕はスノー・ヴァレーにあらわれたときには二歳足らずで、僕をキャンプまで運んできてくれた雌狼の毛皮につかまっていたそうだ。その雌狼は僕の顔をなめ、僕を地面に座らせて姿を消したと父は言っていた」

ルースは腹を蹴《け》られたような気がした。しゃべろうにも息ができず、ましてや、すじの通った言葉など出てこなかった。自分の表情が好奇心からショックに、それから恐怖に変わったことにも気づかなかった。

ジョーナは火に目を戻しながら、彼女がどう思っているかを気にしている自分に驚いていた。うちひしがれた気持ちになることはめったにないが、今夜はそういう時のようだった。

玄関ドアを引っかく音がし、それからかすかな吠《ほ》え声が聞こえて、居心地の悪い沈黙を破ってくれた。

「ホーボーだわ」ルースは言わずもがなのことを言い、すぐに走っていって犬を中へ入れた。

ホーボーの足は濡《ぬ》れて、少し泥で汚れており、霧のせいで毛に水滴がついていた。彼はただいまと言うようにルースにひと声鳴き、それから、申し訳なさそうな顔で彼女から離れ、火のところへ歩いていった。そしてジョーナの耳に鼻をくんくんつけると、彼のそばに体を伸ばし、かすかに鼻を鳴らしながら、暖炉の前に落ち着いた。

ジョーナはホーボーが自分を受け入れてくれていることを、実際に体を撫《な》でられているかのように強く感じ、いつか人間からも同じように感じられる日が来るのだろうかと思った。たいていの場合、彼が人間から感じるものには、安堵《あんど》と恐れが混ざり合っていた。安堵は、ジョーナが彼らの愛する人々を治したために。恐れは、それがおこなわれたやり方に。

ジョーナはホーボーの頭に手を置き、犬の濡れた毛や鼓動を感じると同時に、ルースの不安も感じていた。それから、また別の感情も。何かよくわからないもの。これまで彼の行動には影響してこなかったもの。

彼とルーシア・アンダハーのあいだに生じているものが現実になる可能性は高い。それが起きるか起きないかはジョーナしだいだった。なぜなら彼は、ルースに及ぼす自分の力のほうが、彼女がかき集められる力よりはるかに大きいとわかっていたから。しかし、どんな種類のものであれ、誰かと絆《きずな》を持てば、相手は死ぬとまではいかなくても命の危険にさらされてしまう。自分を思いとどまらせるには、父親の打ちのめされた、血まみれの体を思い出すだけでじゅうぶんだった。

もうこれ以上誰かがあんなふうに死ぬのは耐えられない。自分にはそれを防ぐ力もないのだから。やがてルースが火のそばに戻ってきて、彼からほんの少し後ろで立ち止まった。

「ジョーナ……」

「ベッドに戻るんだ」彼は静かに言った。

「でも……」

彼が振り向き、その顔に浮かんでいた表情に、ルースは心臓が止まりそうになった。

「ベッドに……戻ってくれ」
その言葉はこぶしのようにルースを強く打った。彼女はその背後にある気持ちを感じとり、自分が彼とのあいだにあるものを受け入れる用意ができていないことに気づいた。この先もできないのかもしれない。それ以上何も言わず、ルースはくるりと体を回して寝室へ行き、ドアの鍵をかけた。
ジョーナは鍵のかちゃっという小さな音を聞くと、目を閉じた。ルースがもしその鍵はまったく役に立たないと知っていたら、もう一度眠ろうなどとは思わなかっただろう。

その夜、過去の悪夢を見たのはジョーナだけではなかった。最近雇った追っ手の失敗は、メイジャー・ボーデインの心に重くのしかかっていた。もう十年もジョーナ・グレイ・ウルフの力の裏をかく方法を見つけようとしているのに、みじめな失敗に終わってばかりだ。憤懣《ふんまん》やるかたなく眠りにつくと、ボーデインはジョーナと二度めに直接会ったときの夢を見た。

電話が鳴ったとき、ボーデインは昼食を食べ終わるところだった。ベルの音が耳に入り、顔をしかめながら、好物のチーズケーキの最後のひと口をのみこんだ。執事が電話機を持ってくると、彼のしかめっ面はいっそう深くなった。食事中に邪魔されるのは好きではない。

「なんだ?」

その応答のそっけなさも、電話をしてきた相手には気にならなかった。彼はボーディンの待ちに待っていた知らせを伝えようとしていたのだ。

「やつをつかまえたぜ!」ヒックスは言った。

ボーディンは笑みを浮かべた。「いまどこだ?」

「ヘリに乗るところだ」

「首尾はどうだった?」

「ちょっと問題があったが、なんとかなるだろう」

ボーディンは眉根を寄せた。「どういう意味だ……問題とは?」

「あいつの親父《おやじ》が……抵抗したもんで」

ボーディンはさらに眉を寄せた。「どう抵抗したんだ?」

「もう死んだよ」

ボーディンは大声で長々と悪態をついた。「それこそ、絶対にやるなと言っておいただろう! 言ったはずだぞ、騒ぎを起こすなと。なんてことをしてくれたんだ!」

「すんじまったことはすんじまったんだ。二、三時間でそっちへ着く」

「警察を引っ張ってきたりしたら、わたしは知らぬ存ぜぬで通すからな」

「ばか言え、ボーディン。命令したのはあんただろうが」

「証明してみせるんだな」ボーディンは言った。「現金の受け渡しはない。わたしに関するかぎり、おまえはうちの庭師の弟にすぎない。警察がなぜおまえの電話とうちの電話で通話があったのかときいても、こっちはおまえの兄を指させばすむんだ」

「いいか、よく聞け」ヒックスが言った。

「いいや。話を聞くのはおまえだ」ボーディンは言った。「口を閉じて、できるだけ早くここへ来るんだ、話し合いはそれからだ」

ボーディンはうんざりして電話を切ったが、そんな気分もすぐに消えた。目的は手段を正当化する。そして彼は、戦争に些細《ささい》な犠牲はつきものだと考える人間だった。それに、いい面に目を向けるなら、雇った追っ手たちを彼に結びつけるものは何もない。彼らがスノー・ヴァレーへ飛ぶのに使ったヘリコプターに塗装してあったのは、でたらめの証明番号なのだ。機がボーディンの敷地に着陸して荷を降ろしたら、塗装し直され、跡をたどるのは不可能になる。追っ手たちはついに、ボーディンが彼らを送りこんだ目的を果たしてくれた。ボーディンは、新たな客の到着にそなえて、すべて用意が整っているかたしかめようと、いそいで立ち上がった。

屋敷の中でいちばん広い寝室を客のために用意させ、ミニバーや大型スクリーンつきのテレビを加え、ビデオ機器も最新のものを入れてあった。ボーディンはジョーナがテレビゲームなどさわったこともなく、テレビ番組や酒に心を惹かれることもないのを知らなかった。ボーディンの世界では、誰が最高の、そして最多の遊び道具を持っているかが大事なのだ。ジョーナの世界では、大事なものは家族と自由だった……ボーディンはまさにそれを叩《たた》き潰《つぶ》してしまったばかりだった。

寝室のカーペットはやわらかくて厚く、ベッドも寝具も豪華なものだった。六メートルもある窓にかかったバーガンディ色のカーテンは最高級の布だった。しかし、ドアの外には鍵が、窓には格子がついており、それが部屋の雰囲気をだいなしにしていた。

ボーディンはあらゆる事態を想定していた。ただし、自然そのものが、彼に反旗を翻すとは思ってもいなかった。

屋敷の裏のベランダに出て、ヘリコプターの到着を待っていたとき、また電話が鳴った。彼はフランス窓の内側へ戻り、受話器を取った。

「もしもし」

何人もの男が呪《のろ》いの言葉を吐き、わめいているのが聞こえ、それから何か鈍い衝突音がして、ヒックスの悲鳴が聞こえた。

「どこもやつらだらけだ！　どこもかしこも！　窓から飛びこんできやがる！　ヘリの回転翼にも飛びこんでくる！　そこらじゅう血と羽根だらけで――」

ボーディンはぎょっとした。いったい何が起きているんだ？　あいつらは墜落しかけているのか？

「ヒックス！　ヒックス！　落ち着け！　こっちはわけがわからん——」

「鳥だよ！　ありとあらゆる鳥が……まわりじゅうにいるんだ！　鷲《わし》。鳩《はと》。鴨《かも》。鷹《たか》。小さいのも、大きいのも。みんな、おれたちを追いかけてくる。こっちは逃げようがないんだ！」

「いったいどういうことだ……まわりじゅうに鳥がいるだと？」

「このインディアン野郎のせいだ。最初は狼で……今度は鳥なんだよ！　やつは追い払おうとしない。追い払わないと、銃弾をぶちこんでやると言ったんだが——」

「ヒックス！　ヒックス！　ヒックス！」

「なんだよ？」

ボーディンの口調が危険なものに変わった。「その男に傷をつけたら、この手でおまえを殺してやる。わかったか？」

ヒックスは声をあげて笑ったが、その声には狂気の響きがあった。

「おれを殺すだと？　へっ！　あんたにそのチャンスはねえよ。あんたのほしがってたこの野郎が、かわりにやってくれそうだからな」

「いいから彼を生かしたままここへ連れてこい！」ボーディンは叫んだ。

「おれたちみんな、生きていようとしてるさ！」ヒックスがわめき返してきた。それからまた笑いだし、その声がボーディンの五感をナイフのように切り裂いた。「これは一度きりの警告だと思うんだな。その豪勢なお屋敷に警戒態勢を敷いておけ。おれたちが無事にそっちへ着けたとしても、あんたのトラブルは終わりじゃない。まだ始まったばかりだろうよ」

ダイヤルトーンの音は、ヒックスの言葉と同じように、ボーディンを驚かせた。彼より先に電話を切る者などいなかったのだ。これまでは。しかしヒックスはそれをしただけでなく、ボーディンを脅すようなまねまでした。

ボーディンは乱暴に受話器をフックに戻した。いったいあいつはなんの話をしていたんだ？　最初が狼で、今度は鳥だと？　ボーディンは足音も荒く外に出ると、一行がやってくる気配はないかと、空に目を凝らした。

目をさまさないまま、ボーディンは寝返りを打ち、やがてまた夢に戻り、中断したところからあとの数時間を見はじめた。

書斎で本を読んでいたボーディンは、あたりが暗くなってきたことに気がついた。腕時計を見てみると、まだ日没には早すぎる時間だ。ほかに唯一考えられるのは、嵐が近づいているのかもしれないということだった。彼は眉根を寄せ、本を置いて、雲のふくれていくのが見えるだろうと外に目をやった。しかし、雲のせいではなかった。空は鳥でびっしりおおいつくされていた。

とたんに、さっきヒックスが、鳥がヘリコプターに襲いかかってくると言っていたことを思い出した。ボーデインは息が止まりそうになった。いったい何が起きているんだ？

外に出たが、すぐさま、耳障りな音に襲われた。あたかも、千の千倍もの鳥たちが、彼の屋敷を取り巻く木々ややぶから、向こうの森から、空高く旋回している仲間たちとたがいに呼び合っているかのようだった。ボーデインはうなじが総毛立ち、あわてて家の中へ戻って、思いきりドアを閉めた。

しかし、安全は望むべくもなかった。この部屋は広い壁に窓がたくさんあって気に入っていたのだが、いまやその窓は外にいる翼の生えた恐ろしいものどもを見せ、部屋の欠陥に変わってしまっている。そのとき、家政婦がおびえた顔で書斎に駆けこんできた。

「ミスター・ボーデイン！　どこもかしこも鳥だらけです！　これはきっと何かの前触れですよ！　何かよくないことが始まるんです、あたしにはわかります！」

「厨房《ちゅうぼう》に戻って、わたしがいいと言うまで出てくるな！」

二度命令する必要はなかった。家政婦は両手で頭をかばいながら、走って部屋を出ていった。

しばらくすると、ヘリコプターが近づいてくる聞きなれた音が耳に入ってきたので、ボーデインはフランス窓へ駆け寄った。ちらっとヘリコプターが見えたかと思うと、それはまた新たな鳥の雲にのみこまれてしまった。

同時に、電話が鳴りだした。ヒックスに違いない。彼が何を言うか、ボーデインはすでに聞きたくない気分だった。

「ヒックスか？」

相手の声は震えてかすれていた。まるで何時間も悲鳴をあげていたように。「ちくしょう……くそったれ……いま裏手に入るところだ。ドアの鍵をあけとけ！」

ボーデインは電話をほうり出し、屋敷の裏へ走った。たどり着いたときには、三人の男がもうひとりをあいだにはさんで引きずり、全速力で屋敷へ走ってくるところだった。そのあいだも鳥たちは四方八方から彼らめがけて突っこみ、彼らの顔をつつき、爪で服を引き裂き、髪を引っこ抜いていた。ボーデインの立っているところからも、彼らの悲鳴が聞こえた。

男たちがドアから十五メートルまで近づいたとき、大きなカリフォルニアコンドルがいきなり猛スピードで舞い降りてきて、そのがっしりした鉤爪《かぎづめ》でヒックスの隣を走っていた男を襲い、頭を引きちぎった。血が間欠泉のように宙にしぶきを上げ、次の瞬間、男は地面に倒れた。体はまだぴくぴくしていたが、もう死んでいるのは明らかだった。

「なんてことだ」ボーデインはつぶやき、あとずさりを始めた。

「ドアをあけろ！　ドアをあけろよ！」ヒックスがわめいた。

ボーデインはしばらくその場に立ちつくしていたが、巨大な鳥が窓へ向かって飛んでくるのが見え、すぐさま逃げ出した。あとを追うようにガラスの割れる音が聞こえてきた。やがてドアがばたんと閉まる音がし、男たちが屋敷の中の部屋へ走ってくるにつれて、悲鳴と悪態が近づいてきた。

窓は彼らが走りかかると同時に割られ、ガラスのかけらが降りそそぎ、怒り狂った自然のすさまじい叫び声が彼らの耳を満たした。

ボーデインは顔にガラスを浴びる直前に床に伏せ、両手で頭をかばった。

男たちも同じ部屋に入ってきて、ボーデインにわめいたり、あのインディアンの男を逃がさないとみんな死ぬぞと言ったりしていた。

鳥たちはいまや思うがままボーデインに襲いかかり、翼で彼を打ち、鉤爪とくちばしで皮膚を破った。ほかの男たちと同じように、ボーデインも悲鳴をあげ、悪罵《あくば》をわめき散らした。彼は体をころがし、ソファからクッションをつかんで頭をおおった。

「あいつを自由にしろ！　あいつを自由にするんだ！」ボーデインは叫んだ。

「もう自由になってるよ。やつを出ていかせろ！」ヒックスが叫び返してきた。

ボーデインが振り返ると、そのとたん、あらゆるものがスローモーションになったかのように変わり、彼はかつて自分の命を救ってくれた男の目をのぞきこんでいた。

どこもかしこも鳥でいっぱいで、その鳥たちがたがいにくっついて飛びまわるので、部屋の中は空気が消えてしまったかのようだった。

「出ていけ！　出ていけ！」ボーデインは叫び、鳥たちが彼の目を引っかこうとするので、クッションをほうり出して顔をかばった。「こいつらを止めろ！　ちくしょう……こいつらを止めてくれ！」

ネイティヴ・アメリカンの男は身動きもせず、何も言わなかったが、やがて、彼が床からふわりと浮き上がったように見え、ボーデインは恐怖でいっぱいになった。

男の長い黒髪がふいに肩から持ち上がり、後ろへなびいた。まるで強い風の中を歩いているように。男は両腕を頭の上に上げ、それから円をえがいて回り、何か言ったが、ほかの男たちには聞こえなかった。たちまち、部屋から鳥が消えた。外も空には何もなく、男たちの上に降りた静寂は、それまでの騒がしさよりも恐ろしかった。

ネイティヴ・アメリカンの男はボーデインを見つめた。

「父さんを殺したのはあんただな」

ボーデインは震え上がった。「わたしじゃない……そんなつもりはなかった……」大きく息を吸い、話をしようとした。「金ならいくらでもあるんだ。埋め合わせはする――」

若い男の顔に、何を言っているんだという表情が広がった。

「金を払えば父さんの死を帳消しにできると思ってるのか？」

「違う。そんなことになるはずじゃなかったんだ。わたしは――」

ジョーナ・グレイ・ウルフはボーディンの顔に指を向けた。「あんたのせいだ」彼はそう言い、やがて出口のほうへ、来た道を戻りはじめた。

「待て！　行かせるわけには――」

ネイティヴ・アメリカンの男は振り返り、もう一度、ボーディンにまっすぐ指を向けた。彼の目に浮かんでいる怒りに、ボーディンは一歩あとずさりしたが、それではまったく足りなかった。目にも見える電気の矢が男の指から放たれ、ボーディンの胸に当たって、彼を突き飛ばした。

ボーディンがまだ息をしようとしているあいだに、男は消えた。ボーディンはヒックスたちを手で促したが、男たちは命令を聞かずに反対の方向へ逃げていってしまった。彼らは外に出たかったし、逃げるときにはあのネイティヴ・アメリカンの男に、自分たちが彼を追いかけているとは思ってもらいたくなかったのだ。

ボーディンはなすすべもなく悪態をつき、やがて床にあおむけになると、騒ぎでめちゃくちゃになった部屋を見上げた。

彼はまだ震えている手で胸にさわった。それからシャツをまくって見てみた。心臓のすぐ上に火傷《やけど》ができていた。考えたくはなかったが、自分の体に穴を焼きとおすことなど造作もなかっただろう。

「なんてことだ」そうつぶやくと、彼はデスクの下へ這っていき、両膝に頭をつけて目を閉じた。

ボーデインははっと息をのみ、ベッドの上に起き上がったときには震えて、汗をびっしょりかいていた。彼は悪態をつき、ベッドを下りて、よろよろとバスルームへ向かった。

時計は午前三時をさしていた。

夜の終わるのが待ち遠しかった。

5

ルースがホーボーを朝のランニングに外へ出そうとしてドアをあけると、冷たい空気が服を通して切りつけてきた。ゆうべ見た霧はもう消えはじめており、ホーボーがポーチを抜けていくやいなや、ルースはいそいでドアを閉めた。

暖炉の火はあかあかと燃えていたが、薪《まき》を足したのは彼女ではなかった。ルースはジョーナの部屋のドアへ目をやった。わずかに隙間《すきま》があいている。まるでいそいで出ていって、閉め忘れたかのように。ということは、彼は出ていく前に薪をくべていってくれたのだろう。ルースはため息をつき、彼が行ってしまったことにがっかりしている自分を意外に思った。またひとりぼっちになってしまった。それに、脅しをかけてくる誰ともわからないストーカーの恐怖も消えていない。

のろのろと部屋のキッチン側へ行き、古いコーヒーメーカーに水を入れ、コーヒーをはかってフィルターに入れた。

「僕のぶんもあるかな?」

ルースはびっくりして、コーヒーの粉をカウンターにまき散らしてしまい、あわててそれを流しへ払い落とした。ジョーナが部屋から出てきたときには、体じゅうを満たしたうれしさに、自分でもひどく驚いた。

「まだいたの！」

彼女の言葉の意味を取り違え、ジョーナは顔をしかめた。「まずかったかい？」

ルースは彼に触れようとしたが、そうしたときにどうなったかを思い出し、ぎゅっと両手を握り合わせた。

「あの……違うの……うれしいのよ。つまりね、すてきってこと。てっきり……」ルースはため息をつき、彼の長い脚や広い肩から目をそらした。自分が思っていることをジョーナに知らせる必要はない。さらに言えば、自分がそんなことを思う必要もない。「最初からやり直したいんだけど」

ジョーナは笑ったが、そのほほえみのせいで表情が人の目を引くものから、抵抗できないものに変わったことに、本人は気づいていなかった。

「だったら僕もそうしよう。それじゃ……ルーシア、僕のぶんのコーヒーもあるかい？」

ルースは思わずほほえんだ。彼がルーシアと呼んでくれたのはこれで二度めだ。母が亡くなって以来、彼女をルーシアと呼んでくれる人間はいなかったが、ジョーナの口からそう呼ばれるとなんだかなつかしく、もうずっと前から彼を知っているような気がした。ルースは大きく息を吸い、そんな甘い感情はやりすごし、朝食作りという日常の仕事に戻ろうとした。

「ええ、たっぷりとあるわ」

ジョーナは彼女の声にある落ち着かなさを聞きとった。彼に見られていないと思うときに、ルースがちらちらと彼を見ていることにはもう気づいていた。しかし、たがいに惹《ひ》かれている気持ちを口にするのは、ジョーナには渡ることのできない橋だった。

「何か手伝おうか？」

「何も」ルースは答え、卵を割ってフライパンに入れた。「わたしだけで大丈夫だから」

「よく眠れたかい……つまり、ベッドに戻ったあとは？」ジョーナがきいた。

ルースはうなずきながら、また彼を盗み見た。「あなたはどうだった？」

ジョーナはあの悪夢のことを考えた。最悪だったが、嵐《あらし》のあいだも家の中で眠れたのは、思いがけない贅沢《ぜいたく》だった。

「眠れたよ。あたたかい部屋とやわらかいベッドは、僕にとっては贅沢なんだ。どうもありがとう」

ルースは肩をすくめた。「あなたがホーボーにしてくれたことを思えば、そんなのものの数にも入らないわ」

二人はたがいを見て、また何かぎこちない話題が出されるのを待った。しかし、どちらも何も言いださず、ルースは料理に戻り、ジョーナはそれを見ることにした。

彼女の動作は自信に満ちていて無駄がなく、まるで彼女自身のようだった。ジョーナには、この世界で女性であり、ひとりぼっちであることがどんなに生きづらいか想像できず、それに、彼女をおびえさせているのは誰なのかがまだ気になっていた。

「ルーシア……？」

ルースは歯を食いしばり、フライ返しを握る手に力をこめた。彼のあの呼び方……。そっと息を吸い、顔に笑みを張りつけた。

「なあに？」

「あの罠《わな》のことを考えていたんだが」

ルースは眉を寄せた。「あれがどうかした？」

「誰がしかけたのか、心当たりがあるんじゃないか？」

ルースは彼に目を向けたが、すぐにまたそらした。ことの次第を彼に話したかったが、どこから始めればいいのかわからなかった。

ふいに、ジョーナはあれがはじめてのことではなかったのだと気づいた。

「誰がやっているんだ？」彼はきいた。

「何をやっているって？」

「きみを脅していることだよ」

ルースの顔からいっさいの血の気が引いた。「なぜそう思うの?」彼女は言った。

ジョーナは顔をしかめた。「それは問題じゃない。肝心なのは、誰かがきみを怖がらせているってことだ」

「わたしは誰のことも怖がったりしてないわ。さあ、あと五分待ってくれれば、朝食が用意できるから」

ジョーナは彼女がどぎまぎしているのを感じた。ルースは何も話してくれなかったが、彼女が話を終わりにしてしまった以上、無理じいはせずにおいた。ただ彼女が、知っていることを自分の胸だけにおさめておこうとする理由が気になった。

ジョーナは彼女を見つめつづけ、とうとうルースを求める気持ちで苦しくなってしまい、顔をそらした。そして暖炉で燃えている薪を二度ほど強く突き、新しい薪をくべ、それから後ろへ下がって両手をはたいた。

いまの状況が——人の家の中にいて、ごく普通の家事をしていることが、ひどくぎこちないものに思えるのが妙だった。あまりに長いあいだ路上生活をしていたため、どこかに定住するというのがどんなものかすっかり忘れてしまっていた。もう手伝えることはなかったので、ジョーナは外へ出た。

ゆうべの嵐と、それが残していった霧のせいで、空気は静かで冷たかった。ジョーナはポーチへ出て、前庭へ歩いていき、地面の具合を見てみた。やわらかくなっているが、ぬかるんではいない。ジーンズのポケットに手を入れ、地面に埋まっていない石を足で持ち上げ、それから左手の、木のない開けた場所のほうを向いた。

残っていた朝霧が地面のすぐ上をせわしなくうねり、吹きはじめた風に舞い上げられた。ジョーナが立っていると、堂々とした雄鹿《おじか》がその開けた場所へ歩いてきて、少しだけ立ち止まり、彼を見た。

「僕からもおはよう」彼はやさしく言った。

雄鹿のあたたかい息が水蒸気の雲になって形をなし、鼻のまわりで小さい軌道をえがいた。鹿の頭には、十六の枝角が王冠のようにのっており、その先端には霧の水滴があまたのダイヤモンドさながらについていた。まさに王であるその雄鹿にふさわしい装身具だ。ジョーナはその鹿の鼓動を聞き、血管を脈打つ血潮を感じ、力のみなぎった体の強さを知った。

「気をつけて行けよ、きょうだい」彼は言った。

大きくひとっ跳びして、雄鹿は消えた。しばらくすると、ホーボーが反対側の木立から駆けてきた。

「やあ」ジョーナが言うと、大きな犬は尻尾《しっぽ》を振りはじめた。「ありすに逃げられたんだろう？　大丈夫さ、次のチャンスがあるよ」

ホーボーはかすかに息をはずませて、ジョーナの足もとで立ち止まり、彼の手をなめてそっと挨拶《あいさつ》をした。ざらざらした犬の舌が指先をこすって濡《ぬ》らし、ジョーナはかがみこんでホーボーの顎の下をかいてやった。

「いい子だ」

ホーボーはくうんと声をあげ、それからジョーナの顔を通りすぎて上を見上げた。アカオノスリが彼らのほうへ飛んできて、木のてっぺんより下を舞っている。アカオノスリがジョーナの肩に止まると、ホーボーは低くうなって挨拶をした。

ジョーナはアカオノスリが止まった衝撃を感じたが、少しも怖がらず、顔を向けて手をさし出した。

「僕からもおはよう」

アカオノスリは羽ばたきしながら、ジョーナの肩から、伸ばされた手へ移動した。そして鉤爪《かぎづめ》でジョーナの腕をぎゅっとつかみ、鋭く鳴いた。

その声はジョーナの魂をナイフのように切り裂いた。それは警告であり、彼にはそれでじゅうぶんだった。アカオノスリが腕を離れて飛び去ったときには、ジョーナはもう家へ向かっていた。走りながらドアをあけ、寝室から上着をつかんでまた飛び出そうとしたとき、ルースが彼を止めた。

「ちょっと！　何をあわてているの？」

「どこかのおばあさんが倒れたんだ。助けないと」

　ルースはこんろの火を消し、卵がいっぱいのったフライパンをこんろの向こう側へ移した。気持ちがはやり、怪我《けが》をしたのは誰だろう、なぜジョーナがそれを知っているのだろうと思った。

「人が車で来た音はしなかったわ。誰に聞いたの？」彼女も上着を取りながらきいた。

「どうでもいいだろう」ジョーナは答えた。

　ルースは顔をしかめた。「待ってよ！　もし誰かがわたしに言いにここまで車で来たのなら、なぜその人たちはここへ寄って時間を無駄にしたりしないで、そのおばあさんを助けなかったの？　あなたは何を隠しているの？」

　ジョーナはため息をついた。彼女に真実を教えていけない理由はないだろう。もう彼の能力は見ているのだから。

「教えてくれたのはアカオノスリだよ。きみも来るなら、いそいでくれ。アカオノスリはその人が死にかけていると言っていた」

　ルースは自分がぽかんと口をあけているとわかっていたが、言う言葉がまったく思いつかなかった。この人は恐ろしい。きっと恐ろしいほど狂っているのよ。でも違うかもしれない。しかし、われながら見上げたものだと思ったが、ルースは言い争わなかった。

「わたしも行くわ」彼女はそう言い、上着のボタンをはめながら、一緒にいそいで外へ出た。

けれども、ジョーナがリトル・トップのほうへ山を下りていくのではなく、のぼりはじめると、彼女はぎょっとした。彼女より山の上に住んでいる人間は、大家のブライディ・チューズデイしかいない。

「ねえ待って。方向を間違えていない?」

ジョーナはちらりとルースを振り返った。「いや。もう走らないと」

ルースの心は沈んだ。倒れたのはブライディに間違いない。

「行って。行って。わたしはそのうち追いつくから」

ルースは遅れまいとがんばったが、ジョーナのほうがずっと脚が長いうえ、道はゆうべの雨ですべりやすくなっていた。ホーボーをすぐあとに連れて、ジョーナはじきに見えなくなった。ルースは何が起きているのか理解できなかったが、動物とジョーナの親密さと、彼の手の魔法はすでに目にしていた。彼女にできるのは、もしジョーナの話が本当なら、手遅れになりませんようにと祈ることだけだった。

ブライディ・チューズデイは目をさましたときに頭痛を感じた。八十という年齢なので、自分の体のことは医者よりもよくわかっている。だから彼女は、朝食をとって、いつものようにブラックコーヒーを二杯飲めばいいのだと思った。しかし、食事をしても、思ったようにはよくならなかった。それでも、鶏には餌《えさ》をやり、雌牛は乳を搾ってやらなければならなかったので、朝の不調はあとまわしにしようと考えた。

今朝は冷えこんだだけでなく、湿気もあるとわかっていたので、ブライディはあたたかく着こみ、それからミルク用のバケツを取って、裏のドアを出た。

予想どおり、霧と冷気が真正面から飛びかかってきたが、ブライディの意志はぴくりとも揺らがなかった。モリーの乳を搾らなければならない。鶏に餌をやらなければならない。生活は続いていくのだ。自分がそこに溶けこんでいると感じても、感じなくても。

一時間もしないうちに、雌牛は餌を与えられ、乳を搾られ、牧草地へ出された。鶏も小屋の外へ出され、ブライディが地面にまいた餌をついばんだ。ブライディは鶏の巣のところへ行き、卵を集めながら、今日はミルクと卵がいくらかあるから、カスタードパイを作ろうかと考えた。

カスタードパイのことを考えると、きまってフランクリンを思い出す。フランクリンはよく、僕の好きなパイはふたつしかないと言った――あったかいパイと、冷たいパイだ、と。そう言っては、自分が何か変わったことを言ったかのように、大声をあげて笑った。ブライディはいつも彼と一緒に笑った。そのジョークは数えきれないほど聞いていたけれど。

ブライディは夫をあまりに激しく愛していたため、フランクリンが亡くなったとき一緒に死んでしまいたいと思ったが、その方法がわからなかった。自殺は彼女の考えに反していたので、ブライディはたっぷりひと月かふた月を悲しみのうちに無為に過ごし、フランクリンが先に逝ってしまったことを怒っていた。やがて、ときには強い悲しみをもたらす人生との断絶を乗り越えると、ブライディは残されたもので精いっぱいやっていくことにした。そんなわけで、十年たったあとも彼女はここにいて、雌牛や鶏の世話をし、ひとりで食べるカスタードパイを作っているのだった。

鶏小屋から出て戸を閉め、それからぬかるんだ庭を慎重に、家まで歩いていった。着いたころには、いつになく息が切れ、頭痛はますます強くなってきた。

びっしょり汗をかいてキッチンへ入り、卵の入ったかごを置いたとき、突然、吐き気がした。

「出ていくときに、家の中を暑くしすぎたのね」ブライディはつぶやき、冷たい空気に当たればいいだろうと、引き返してポーチに出た。

最後におぼえているのは、フランクリンがフェンスの向こうからほほえんでいる姿を見たことだった。

アカオノスリがジョーナに話を伝えてから、十分近くがたっていた。ジョーナはできるかぎり速く走り、ホーボーもぴったり歩調を合わせてくれていたが、もう手遅れではないかと心配だった。やっと道の行き止まりにある家に着いたとき、ジョーナは泥のはねだらけで、息を切らしていた。ここのはずだが、命の気配がなく、確信が持てなかった。上を見てみる。さっきのアカオノスリが頭上を旋回していた。ここに間違いない。一メートルほど上に細い車寄せがあり、年老いた女性が正面階段の下で倒れているのが見えた。

ジョーナが深く息を吸うと、酸素と一緒に、彼女の生命力が伝わってきた。彼女の乱れた鼓動と同じように、弱くてかすかだったが、ともあれそれはまだ存在している。手遅れにはならなかったのだ。ジョーナは残りの道を走っていき、彼女のかたわらに膝をついた。ホーボーが鳴き声をあげ、彼女の頬をなめるいっぽうで、ジョーナは彼女の体に手をかざして動かし、衰弱と痛みの源を探した。

「下がっておいで」ジョーナがぴしゃりと言うと、ホーボーはすぐに腹這《ば》いになり、じっと動かずに待った。

彼女が骨折していないことはすぐわかったが、脳の中で裂け目から血がどくどく流れ出している音が聞こえた。脈拍はかすかで、鼓動はほとんどないに等しい。彼女はかなり小さく、かなり年老いており、おそらく喜んであの世へ行くだろうと思われたが、このまま死なせるつもりはなかった。家の中へ運んで、この寒気や、濡れた地面から遠ざける必要があったが、彼女の生命力は弱っており、もう一刻の猶予もなかった。

ジョーナは彼女の体を回してあおむけにし、それから深く息を吸った。たちまち、周囲の空気がエネルギーを帯びた。ホーボーの体の毛も逆立った。犬は落ち着かない様子で鳴いたが、動こうとしても、動けなかっただろう。

ジョーナは自分の中でいつもの力が大きくなるのを感じた。それを理解できたことはないが、使い方はわかっている。説明するとしたら、心の中で、彼女の壊れた部分に気持ちを集中し、あるべき状態に戻す、としか言いようがなかった。彼女の脳に出血があるのはわかった。そこで何かが壊れたのだ。医者なら動脈瘤《どうみゃくりゅう》と言っただろう。ジョーナはむずかしい治療だと思った。おだやかな、小さな声で祈りながら、彼はブライディ・チューズデイの泥のついた額に両手を置き、目を閉じた。

ブライディの家に着いたとき、ルースは息を切らし、脇腹《わきばら》の強い痛みに顔をゆがめていた。しかし、ブライディが地面に横たわり、ジョーナがそばに膝をついているのを見たとたん、恐怖がどっとふくらんだ。

じきにルースは二人のそばに座りこんだ。鼓動が耳の中でがんがん鳴り、崩れるように膝をついたが、今度はジョーナたちにさわらないように気をつけた。それに今度は、ジョーナとブライディを取り巻くオーラに驚きはしたものの、それほど衝撃を受けずにすんだ。そのオーラがあまりに明るく白く輝くので、目が痛くなり、それに、前と同じように、その光の引き寄せる力があまりに強く、ルースは光の中に横たわりたくてたまらなくなった。手助けできることは何もなかったので、彼女は頭をたれて祈りはじめた。いま目にしている光景には、そうすることがふさわしく思われたのだった。

フランクリンはブライディに投げキスをして消えた。

ブライディは叫んだ。〝待って、フランクリン、待って！〟そこで目をあけると、自分が地面に横たわっていることに気づいて驚いた。

外で休憩しようとしたなんてばかだったわ、と彼女は思った。視界をはっきりさせようと、二度ほどまばたきしたが、上のほうに男がひとりいるのがわかっただけだった。

「フランクリン？」

ジョーナは彼女の額についた泥を払い落とし、それから首を振った。彼はブライディが目ざめる前に見ていたものを見ていた。彼女があの男性と分かち合っていた愛を感じたし、彼も人を失う悲しみは知っていた。しかし、ジョーナにはそんな愛は決して手に入らず、愛する女性を守ることもできないのは、父の死で証明されていた。

「僕はフランクリンじゃありませんよ」彼はやさしく言った。「フランクリンはもう行ってしまいました」

ブライディがあなたはうちの土地で何をしているのかときく前に、ジョーナが彼女を抱き上げた。ブライディは思わず彼の目をのぞきこみ、言おうとしていたことを忘れてしまった。彼が家の中へ運んでくれ、ブライディは逆らわなかった。そうしてもらうのが当たり前のように思えた。そのとき、ルースが後ろから一緒に入ってくるのが見え、見慣れた顔に気分が楽になった。

「おや、いらっしゃい。お客さんが来るとは思わなかったわ」

ルースは涙が出そうになり、ほほえんでみせるのが精いっぱいだった。ジョーナが立ち止まると、ルースは廊下の先をさした。

「彼女の寝室は左手の最初のドアよ。わたしが体をふくのを手伝うから」

ブライディの服は濡れて泥だらけで、両手も同じだった。ほかのところがどうなっているかは想像するしかなかったが、ブライディは震える手で顔をぬぐい、指にも泥がつくと、ぶつぶつと言った。

「ああ、まったく。わたしはいったいどうしたの?」

「ポーチから落ちたんですよ」ルースに寝室へ先導されながらジョーナが答えた。「さあ、ベッドの片側に下ろしますよ。ルーシアが体をふいてくれますから。いいですね?」

ブライディは彼に下ろされるあいだ、じろじろと目の前の見知らぬ人間を見つめていた。

ジョーナが後ろへ下がろうとすると、彼女はいきなり手首をつかんだ。

ジョーナは彼女の頭の中で渦巻いている疑念を感じ、彼女の好奇心や混乱を読みとって、ほほえんだ。

「ええ、奥さん、僕はよそ者ですよ」彼は言った。

ブライディは目を見開いた。「わたしは言わなかったわよ」彼女の手の力が強くなった。「頭では思ってたわ、でも声には出さなかった」

ジョーナは彼女を上から見おろさないよう、膝をついた。「震えていますよ。その濡れた服を脱がないと」

それでも、ブライディは彼を放そうとしなかった。「わたしがいま何を考えているかわかる？」

ジョーナはためらった。じきに、彼の表情は閉ざされていった。

「僕がどこの出身か聞いたところで、どんな人間かはわかりませんよ」

ブライディは目を細くし、ルースに視線を移した。「わたしはどうしたの？　嘘《うそ》はつかないで。赤ん坊扱いされるのはごめんよ」

ルースはなんと言っていいのかわからなかった。

ブライディの視線はルースから、かたわらにいる背の高い、黒い髪の男へ向けられた。

「それで？　わたしは答えを待っているのよ、ミスター」

ジョーナは彼女の頭に触れた。

「頭が痛かったのをおぼえていますか？」

ブライディは額をこすった。そのことはすっかり忘れていた。

「今朝起きたら、頭痛がしたわ。でも仕事をして、それからきっと……たぶん……ええと、外に出て、それから……」彼女は顔をしかめた。「そのあとは思い出せない」

「お宅の牛小屋の上を飛んでいたアカオノスリが、あなたの倒れたのを見ていたんです。彼は僕のところへ来て、あなたには助けが必要だと教えてくれました。それでここへ来て……あなたを治したんです」

誰も口を開かなかった。

誰も動かなかった。

ブライディは座ったまま、男の揺るぎないまなざしを見つめていた。フランクリンがいつも言っていたものだ。相手の目を見れば、その人のことがたくさんわかると。この男はひるみもせず、目をそらしもしなかった。

「あなたがわたしを治した？」

ジョーナはうなずいた。

「どうやって？」

彼は両手をさし出した。

ブライディはそれをじっと見つめ、やがて彼に目を戻した。「正確に言って、わたしはどこがおかしくなったの？」

「それが大事ですか？」

「わたしには大事なのよ、ミスター」

「あなたの頭の中で何かが破裂したんです。もう少しで死ぬところでした」

ブライディはぶるぶる震えだした。八十年も生きてきたいまになって、くだらない迷信でしか聞いたことのないものを信じろと言われるとは。

「あなたが両手をかざしてくれたおかげで、わたしが助かったと言うの？」

ルースがため息をついた。「本当なんですよ、ブライディ。わたし、彼がそうするのを見ていたんですから」

「わたしは気絶したのよ、それだけですよ」ブライディは言った。

ジョーナは肩をすくめ、立ち上がって後ろへ下がった。

「あなたがどう思おうとかまいませんよ。もうよくなったんですし」彼はルースに目を向けた。「きみが着替えを手伝っているあいだ、向こうの部屋にいるから」

彼は二人が止める間もなく出ていった。

ブライディはルースが彼女の服を脱がせはじめると、じろりとにらんだ。

「自分でできるわ」彼女は言った。

「そうですね」ルースは答えた。

ブライディは服を脱ぎ、それからバスルームへ行って、顔や手から泥を洗い落とした。

「髪がめちゃくちゃだわ」彼女はそうこぼしながら、濡らしたタオルで泥をぬぐった。

ルースは彼女についてバスルームへ入った。手伝いましょう、と言って、タオルを取り、ブライディの頭の横から、泥や草をふきとりはじめた。

ブライディは腰を下ろし、ルースに汚れを取ってもらいながら、頭の中ではめまぐるしくいろいろなことを考えていた。

「あの男の人はどこから連れてきたの？」彼女はきいた。

「町で知り合ったんです」

嫌悪の表情がブライディの顔に広がった。「それで、少しばかり楽しもうと、家に連れてきたわけ？　あなたはもっとちゃんとした人かと思っていたわ」

怒りがルースの体を激しく、すばやく切り裂いた。

「わたしも、あなたはわたしのことをもっとよくわかってくれていると思っていました」

ルースはぴしゃりと言い、ブライディにタオルを渡した。「もうきれいになりましたよ。あとは自分でどうぞ」

ブライディはため息をついた。ルースがドアへ向かったので、謝るべきだろうという気がした。

「待って。話してちょうだい、ルース」

ルースは立ち止まり、やがて振り向いた。

「アカオノスリが来て彼に何か話したのを実際に見たわけじゃないんです、わたしは家の中にいて、朝食を作っていたから。でも、彼はしばらく外に出たあと、走って戻ってきました。それから、まるでずっとここで暮らしてきたみたいに、あなたの家へ一目散に上がっていって。教えてもいないのに。わたしがこの家に着いたときには、彼があなたのそばにいて、あなたは地面に倒れていました」

「すごく頭が痛かったのはおぼえているの」ブライディは言い、それから、ルースにというより自分に向かって、こう付け加えた。「フランクリンにも会ったわ」

ルースは鼻を鳴らした。「今度はあなたのほうが、亡くなって十年になる人に会ったのを信じろと言うんですね。でもご自分は、本当は事実だとわかっていることを信じようとしないんでしょう?」

ブライディは顔を伏せて答えを避け、清潔な服に着替えはじめた。沈黙が二人のあいだに長く続いた。とうとうブライディが方向を転じた。

「それで、ゆうべ彼を家に連れてきたの?」

「正確には違います」ルースは答えた。「家の近くにある小川のそばに、誰かが罠をしかけたんです。きのうの午後、ホーボーが罠に足をはさまれてしまったけど、わたしではほずせなくて。それで助けてもらおうと、下のガソリンスタンドへ走っていったんです。そこにジョーナがいて、わたしと一緒に来てくれたんです」

そこでルースは身震いし、そばの椅子に座りこんだ。

「ああ、ブライディ……あんなひどい光景はなかったわ。ホーボーの足は腿からちぎれかけていたんですよ。血がそこらじゅうに飛び散って。ジョーナも罠をはずすときに手がずたずたになっていました。だからわたしはてっきり……」すすり泣きで喉が張り裂けそうになった。「てっきりホーボーは死んでしまう、この見知らぬ人もわたしを助けるためにひどい怪我をしてしまったと思ったんです」

ブライディは眉を寄せた。「彼の手は見たわ。どこも悪いところはなかったけれど」

「そのとおりです」ルースは言った。「ずたずたになって血だらけだと思ったら、次の瞬間にはもうそうじゃなくなっていた。彼がホーボーの体に手を置くと、光が二人をつつんで、わたしはまぶしくて目をあけていられませんでした。それが終わると、ホーボーは何もなかったみたいに元気に歩きまわっていたんですよ。わたし、あの人に、あなたは天使なの、ってきいてしまいました。いまでもそっちの説に傾いているんです。だって、そうでなければ、自分の見たことを信じなければならないけれど、そんなの不可能に近いんですもの」

ブライディの目が大きく見開かれた。「もしいまの話が本当なら、きっと治療者《ヒーラー》を見つけたのよ」

「何を?」

「ヒーラー。うちのおばあさんがよくそういう人たちのことを話していたわ。でもわたしはおばあさんが作り話をしているだけだと思っていた」

「ブライディ……」

「なあに、ハニー？」

「その人たちはどうしてそういうことができるんでしょう？」

「誰が？　ヒーラーの人たち？」

ルースはうなずいた。

「そうね、わたしにはわからないけれど、おばあさんは、その人たちは神様の御手《みて》に触れられたんだと言っていたわ」

「それじゃ……だったら、あなたはつまり彼が……本当の天使みたいなものだと？」

ブライディは肩をすくめた。「そこまでは言わないわ……でも、あの人は、地上に降り立った天使にいちばん近いんじゃないかしら」

ルースはため息をついた。「鳥が飛んできて、彼の肩に止まったんです、まるであの人が大きな木みたいに。彼はその鳥と、わたしがあなたと話すように話していました」

「動物は人間よりも、人間のことがわかりますからね。それで……あなたが連れてきた人が何者なのか、はっきりとはわからないわ……でも、あなたの言ったことがすべて本当なら、あの人に危害を加えられることはないでしょう。さあ、リビングルームに来て、あなたの天使にきちんと紹介してちょうだいな。少し謝らなければならないし」

「彼は仕事を探しているんです」ルースは言ってみた。

ブライディはにやにやと笑った。「今度はわたしに後ろめたさを感じさせようとしているの?」

ルースは肩をすくめた。「ただ、彼の言ったことを伝えただけですよ」

ブライディはため息をついた。「そう、それじゃ、どういうことになるか見てみましょう」

6

二人がダイニングルームへ入っていったとき、ジョーナはダイニングテーブルのそばに膝をついていた。彼はその姿を見られたことに少し驚いて、顔を上げた。そして何も言わず、片手を開いた。ややあって、一匹の小さなもりねずみが手のひらから走り出し、サイドボードの下へ駆けていった。

「まあ、驚いた……あのねずみだわ！　この一週間ずっとつかまえようとしていたのよ。どうして逃がしたりしたの？」ブライディは声をうわずらせた。

ジョーナは立ち上がり、ちょっと恥ずかしそうな顔をしたが、はっきりと自分の意見を言った。

「彼はあなたに迷惑をかけてすまないと言っていました。でも、この家に来たのは、彼が住んでいた牛小屋の干し草の下に、蛇が住みついてしまったからだそうです」

ブライディはぽかんと口をあけた。そして何やらぶつぶつ言いながら、二度ほど息をすると、ダイニングテーブルの椅子にどさっと座りこんだ。

「まさか」彼女はつぶやき、やがてジョーナを見上げた。「干し草の下に蛇がいるの?」

ジョーナは肩をすくめた。「彼はそう言っていました」

ブライディはジョーナをにらみ、それからサイドボードのほうへ目をやり、その下に隠れている小さな灰色の害獣を思い浮かべた。

「それじゃ……ねずみに出ていってもらうにはどうすればいいのかしら?」

ジョーナはほほえんだ。この老婦人は、彼がねずみと交渉できることを信じようとしているのに、彼女を治したことは信じようとしないなんて、おかしなものだ。

「あなたが鶏小屋の床板の隙間《すきま》から、鶏の餌《えさ》を少しまいてくれると約束すれば、ブラザー・マウスは引っ越しを考えるでしょう」

ブライディは鼻を鳴らした。「ブラザー・マウスとはね、驚いたこと。ええと、それじゃ、いまの条件でいいなら、取り引きは成立だと伝えて。でも……あと一度でもこの家でねずみを見たら、取り引きはおしまいよ」

ジョーナはダイニングルームを抜けて、玄関へ歩いていった。

「ちょっと! あなたは……ミスター・マウスに……それとも、ブラザー・マウスでもなんでもいいけれど、あのねずみに鶏小屋へ引っ越すよう言ってくれるんじゃないの?」

「彼には聞こえていましたよ」ジョーナはやさしく言い、ドアをあけた。

ルースは喜び、ブライディは信じられなかったが、サイドボードの下から、さっきの小さな灰色のねずみが頭を出した。ねずみは一瞬、動きを止め、サイドボードから開いたドアまでの距離をはかるように、ひげを震わせた。

「まあ、驚いた！」ブライディが黙っていられず、甲高い声をあげた。

その声を聞いたとたん、ねずみはドアへと飛び出し、猛スピードで床を走ったので、爪が古い木の床を引っかく音まで聞こえた。

ねずみがドアのそばまで来ると、ジョーナはいっときだけしゃがみ、手をさし出した。ねずみはまっすぐ彼の手のひらに飛びこんだ。

ジョーナはねずみが隠れ場所から出てくるには勇気がいったことを知っていた。こんな小さな動物にしては、本当に勇敢な心を持っている。ジョーナにしてやれるのは、この小さな友達を鶏小屋まで運んでいってやることくらいだった。

「すぐ戻りますから」彼は言い、手の中にねずみを持ったまま出ていった。

ブライディはルースを見上げた。「彼はあのねずみとどこへ行くつもりだと思う？」

ルースがドアへ歩き、ポーチへ出てみると、ジョーナは鶏小屋のほうへ歩いていた。

「ねずみを鶏小屋へ連れていってやるようですけど」

「あんな男をわたしに雇わせようというの？」

ルースは振り返り、ほほえんで肩をすくめた。「少なくとも、この山では最高の家畜世話係が手に入りますよ」ブライディの目にきらめきが浮かび、やがて消えたが、ルースには古い友人が説得されたのがわかった。

「さあどうかしら」ブライディは言い、ジョーナが戻ってくるのを待った。

しばらくすると、彼は戻ってきた。そして玄関ドアのところまで来て、足を止めた。

「まだここでは歓迎されているんでしょうか？」

「ルースが言うには、あなたは仕事を探しているそうね」ブライディが言った。

ジョーナはちらりとルースに目をやり、彼女が頬を赤くすると、ブライディに視線を戻した。

「ええ。仕事がほしいんです。路上で暮らすにはもう年の瀬が近いですから」

ブライディは眉を寄せた。「ご家族はいないの？」

「ええ」

「どこにも？」

「そうです」

「警察に追われているの？」

「違いますよ」

「嘘《うそ》をついているんじゃない？」

「嘘なんかつきません」

ブライディは胸のところで腕を組んだ。「牛の乳搾りはできる？」

ジョーナは笑いたくなるのをこらえた。「ええ」

「お金はそんなに払えないけど、わたしの邪魔をしないなら、冬のあいだここに寝泊まりしてもらってかまわないわ」

「わたしの家にも余分の部屋はあります」ルースは言ったが、すぐにため息をついた。なぜ彼にいてほしいと直接言わないのだろう？　ひとりぼっちになりたくないのに。

ジョーナはひとりの女からもうひとりの女へと目を移した。明らかに決定権は彼にあった。ブライディの家に住むほうが楽なのはわかっていた。仕事の場はそこなのだから。しかし、ルースがいる。彼女は不安を抱えていた。理由は知らないが、彼女が誰かにつけ狙《ねら》われていると感じているのはわかっており、そういう気持ちがどんなものかもよくわかる。

「仕事のことはありがたくお受けします」ジョーナはブライディに言った。「でも、もしよければ、ルーシアのところにいようと思います」

ブライディはうなずいた。別に意外ではない。自分がジョーナだったら、やっぱり若い女のほうを選んだだろう。

「かまわないわ。週に百ドルは払えるでしょう。それで足りなければ、ほかを探してもらうことになるけれど」

「結構です」ジョーナは言った。

ブライディは笑いを押し殺した。彼が交渉してきたら、あと五十ドルは払っただろうに。

「モリーは朝の八時には乳を搾ってやらないといけないの。それじゃ明日また会いましょう」

「わかりました」

「運転免許は持っている?」彼女はきいた。

ジョーナはうなずいた。

「フランクリンの古いピックアップトラックが物置にあるわ。あなたがここへ来る前に毎朝、ルースを仕事へ送っていくなら、使ってもいいわよ」

「わたしならひとりでちゃんと仕事に行けます」ルースは言った。

ブライディはあきれたように目を動かした。「あなたが免許を持っていたら、とっくに使わせてあげていましたよ、わかっているでしょう」

ルースは意地を張ろうとしたが、事実には逆らえない。免許を取らないうちに家を出てしまったので、運転のしかたを知らないのだった。

ジョーナは何も言わずに立ったまま、二人の女が言い合うのを見ながら、彼女たちのあいだの愛情を感じていた。そうしているのはいい気持ちだった。たとえ他人が感じていることであっても。彼の父も、そんなふうにジョーナを愛してくれたものだ。ジョーナは震える手で髪をかき上げ、それから庭とその向こうの森へ目を向けた。

空は灰色だった。雲は風に流されてほとんどなく、糸のようだ。もし目を細くして、木々の並んだ丘やそのまわりの山々を見たら、自分がアラスカに戻ったのだと思えそうだった。だが、本当にアラスカにいるのなら、もう闇《やみ》の季節に入っていて、何もかも雪でおおわれているだろう。

「ジョーナ？」

振り返ったとき、彼の顔にはなんの表情も浮かんでいなかった。

「うん？」

何かがおかしかったが、ルースにはいまそれが何か突き止めている時間がなかった。

「キャビンに戻って、仕事に行く支度をしなきゃならないの。ブライディのトラックの鍵《かぎ》はこれよ」

ルースは彼の手に鍵をのせ、それから振り返って、ブライディを抱きしめた。

「あなたは大切な人なんですよ、元気になって本当に、本当によかった」

ブライディもほほえんで抱擁を返した。「いろいろ考えてみると、わたしはもう一度この古い世界でがんばってみなければならないようね」彼女はジョーナに厳しい目を向けた。

「今朝は命を救ってくれたようだから、明日の朝、仕事に遅れたりして、その善行をだいなしにしないでちょうだい」

「またあとで来ることにしました」彼は言った。

「え……必要ありませんよ。始めるのは明日からでかまわないわ」

しかし、ジョーナは譲らなかった。「今夜、雪が降る前にやっておかなければならないことがいくつもありますから」

ブライディは小さく鼻を鳴らした。「今夜は降らないわ」

「降ります」ジョーナは言い張った。

彼女は顔をしかめた。「どうして降ると思うの？」

「ただわかるんです」ジョーナは言い、女二人が向けてくる疑わしげなまなざしには取り合わなかった。「鶏に餌をやらなければならないし、雌牛の乳を搾るときにいつもやる糖《とう》蜜《みつ》入りの飼料の袋がほとんどからになっています」

「それはそれは」ブライディは早口に言った。「ここにはまだ短い時間しかいないのに、ずいぶんいろんなところを見たのね」

「見たんじゃありません。牛小屋を寝床にしているふくろうが——」

「そこまでにして！」ブライディは言った。「あなたがどうやって知ったか、これ以上とんでもない話は聞きたくないわ。誰かが正気のものさしってものを持たなきゃならないし、どうやらそれはわたししかいないようね。ルースを仕事に送っていったら、〈ミドルトン飼料店〉に寄ってきて。うちで働いていると言えば、いつもの注文品をトラックに積んでくれるわ。請求書は月末に送られてくるから」

「わかりました」

「もうひとつ、ジョーナ」

「はい？」

「あなたのフルネームはなんというの？」

ジョーナはためらった。彼について知られることが少なければ少ないほど、ボーディンに見つけられにくくなる。それでも、嘘をつく気にはなれなかった。

「ジョーナ・グレイ・ウルフです」

ブライディは手をさし出した。

「うちのフランクリンがいつも言っていたわ。誰かと取り引きをするときには、握手をするべきだって」

ジョーナも手をさし出し、双方が握手をすると、ブライディは満足げにうなずいた。

「仲良くやりましょう」彼女は言った。

ジョーナは驚いて目をぱちくりさせた。やがて、彼の顔にゆっくりと笑みが広がった。

「こちらこそ」おだやかに言った。「二時間で戻りますから」

「今日はカスタードパイを作ろうと思っているの」

「僕が好きなパイはふたつしかないんです」ジョーナが言った。

ブライディは心臓が止まりそうになった。彼女は怖いような気持ちできいた。

「それはどんなパイ？」

「あたたかいパイと冷たいパイです」ジョーナは答えた。そして、背中を向けて歩き出すほんの少し前に、彼女にウインクしてみせた。

思いがけない来訪者たちが出ていったあとも、ブライディはまだ震えていた。鼓動が耳にどきどき打ちつけ、心臓が破裂しそうだった。こんなに驚きつづきの朝ははじめてだったが、一日はまだ始まったばかりなのだ。

ブライディは両手を上げて、髪を頭に撫《な》でつけ、それから空を見上げた。

「オーケイ、フランクリン……さっきみたいなやり方で、わたしのしたことは正しかったと教えてくれるなら、前もって教えてくれればよかったのに。あの人の口からいきなりあなたのせりふを聞かされるなんて、本当にびっくりしたわ」

彼女はポーチに立って、フランクリンの古いトラックのテールランプが消えるまで見送っていたが、やがて中へ入った。パイの生地を作らなければ。

リトル・トップの町への境界線を通ったとき、ジョーナはルースが作っておいてくれたフライドエッグ・サンドイッチを食べ終えようとしているところだった。ブライディの古いトラックは少し左へ曲がる癖があり、タイヤを交換する必要がありそうだったが、そのほかはスムーズに走った。

「サンドイッチ、おいしかったよ」彼は言い、ルースに目をやった。「ありがとう」ルースはうなずいた。「ちゃんとした食べ物を無駄にすることはないものね」彼女は、二人でブライディの家へのぼっていくときに、火から下ろしておいたフライパンの卵のことを言った。

ジョーナはもう一度彼女を見た。ルースは服をあれこれいじっており、そのあいだに、彼は〈ハロルドの食堂〉の前に車を停《と》めた。朝の七時半を少しすぎたばかりだったが、もう起きてから何時間もたったような気がした。

「仕事が終わるのは何時？」彼はきいた。

「このダイナーは朝食とランチしか出さないの。たいてい三時ごろには終わるわ」

「迎えに来るよ」

ルースはうなずき、トラックから出ようとしたが、ふと動作を止めて彼を見た。

「ありがとう」

「何が？」ジョーナはきいた。

ルースはため息をついた。「ブライディじゃなく、わたしと一緒にいてくれて」

「なぜ僕がそうしたと思う？」

彼女は答えをためらった。やがて肩が落ちた。「あなたには……わかっているんでしょう？」

「きみが何か……あるいは、誰かを怖がっているのはわかっている」

「そうよ」

「どうしてそのことを話してくれないんだ？」

ルースは肩をすくめた。「誰がやっているのかわからないんだもの」

「あの罠《わな》のほかに、そいつはこれまでに何をしたんだい？」

「手紙よ……いやらしくて、脅すような内容の手紙が山ほど」

「警察には相談した？」

彼女はうんざりしたように上を向いた。「もちろんしたわ。でも危害を加えられたわけじゃないから、警察には何もできないの」

「誰だか心当たりはないのかい？」

ルースは首を振った。「全然」

「僕がいたら、ことを防ぐより、エスカレートさせてしまうかもしれないのはわかっている？」

「いいほうに向かうかもしれないじゃない。わたしはただ、こんなことはもう終わってほしいだけなの」

「おたがい正直になろうとしている以上、僕についても知っておいてもらわなきゃならないことがある」ジョーナは言った。

ルースはまた上を向いた。「動物と話ができる天使だってこと以外に、まだ何かあるの？」

「僕には百万ドルの賞金がかかっているんだ」

ルースは息をのんだ。「警察から？」

「いや。ただの男だよ……そいつはもう何年も僕を追っている」

「百万ドルだなんて！　なぜなの？」

「一度だけ、彼の命を助けた。たぶん、彼は永遠の命をほしがっていて、僕ならそれを可能にできると思っているんだろう」

「救ってあげたのに、たいしたお礼をされたものね」ルースは言った。

「知っておいてもらったほうが公正だと思ったから話しただけだよ。だから、もしきみがいまの話で不安になったなら、いまからでも、僕はブライディのところにおいてもらうけど」

ルースは顔から血の気が引くのを感じた。「だめよ。一緒にいて……お願い」そう言いながら、自分の声に狼狽《ろうばい》が混じっていることがいやになった。

ジョーナも彼女と一緒にいる以上に望むことはなかった――永遠にそうしていたかった。

しかし、彼にとっては、何かを望むことと実際に手にすることはまったく別のものだった。

「きみしだいだから」彼は言った。

ルースの体のこわばりがほどけた。それだけ聞ければじゅうぶんだった。

「それじゃ問題は解決ね。午後にまた会いましょう」

ジョーナは彼女の表情をじっと見つめ、知っておくべきことのすべてを記憶に刻んだ。いつか、彼女の名残はその記憶だけになる日が来るとわかっていた。

「わかった。それじゃいい一日を、ルーシア」

トラックを降りるとき、ルースの顔にはほほえみが浮かんでいた。久しぶりに、気分がよかった——それ以上だった。安全だという気持ちになれたのだから。


彼はドラッグストアのカウンターのところに立って、処方箋《しょほうせん》の薬をもらうのを待っていた。そして、振り返ったとき、ブライディ・チューズデイの古いトラックがダイナーに停まるのが見えたのだった。ルーシア・アンダハーが降りてきて店に入っていくと、腹の奥がこわばった。彼はルースがこの町にあらわれた日に、彼女を手に入れたくなり、それからは毎日ずっと、彼女を自分のものにしたいと思っていた。そんなふうに女を求めるのは罪だったし、彼はすでに結婚しているのだから、罪はさらに重かった。

しかし、彼はルースを心の中から追い払うことができなかった。痛くなるまで膝をつき、こんな肉欲の狂気からお救いくださいと祈った。妻を抱いているときには目を閉じ、彼女がルースであるつもりになった。妻に何かを買うときには、ルースを思い浮かべた。そんな汚れた欲望がこの五カ月というもの、彼をむしばんでいき、とうとう彼のルースへの思いは常軌を逸してしまった。妻と結婚したときには、ほかの女をこんなに求める気持ちは消えるだろうと考えていた。しばらくはたしかにそうだった。しかし、それからルースが町にやってきて、彼が必死になって忘れようとしていたことすべてがよみがえった。彼は必死にその欲望と闘ったが、もはやこれ以上は無理だった。

数カ月前のある夜、夢を見た。目をさましたとき、彼はそれが神の啓示だと信じた。夢の中で、彼はついにルースをわがものにしていたのだ。何度も何度も彼女を思いのままにし、最後には彼女の裸体を見ることすらいやになったほどだ。そしてその夢の中で、彼は肉欲から解放され、その行為によって神に清められた。これまで何度もそうだったように。

起きたときには、もう頭の中で計画ができ上がっていた。彼はルーシア・アンダハーを手に入れる……そしてそのあとは、もちろん、殺さなければならない。彼女をそのままほうっておいて、こちらのしたことを誰かに話させるわけにはいかないのだ。しかし、肉欲は去ってくれるだろう。

そんなわけで、彼は自分では求愛の行為と思っているものを、ルースの家に手紙を置いてくることから始めた。それが約束というより警告に近いことなどかまわなかった。それから何週間かで、彼はその〝狩り〟によって力を得、手紙は彼がするつもりでいる行為の汚らわしい予告に変わっていった。

　そして、数日前、妻の母親が病気になった。彼は妻をダラス行きの飛行機に乗せ、それから家へ帰り、これは啓示だと思いこんだ。行動を起こすときが来たのだ。

　リトル・トップへ戻ったのは晩の六時すぎで、彼は友人や近所の人々が義母の病気のことをあれこれきいたり、回復を願ったりするのに応対しながら、燃えるような気持ちで夜が更けるのを待った。

　真夜中をすぎたころ、彼は車でブライディの昔の住まいへ行き、家からほんの少し離れたところに停めた。外科用の手袋、コンドーム、それからすべてが終わったら使うつもりのナイフが入ったダッフルバッグを取った。ドアのハンドルに手を伸ばしたちょうどそのとき、いきなり巨大な犬があらわれた。

「ちくしょう！」彼は息をのみ、ハンドルを離した。

　犬は猛烈に吠《ほ》えた。このままでは、誰にも見られずにルースをものにするのは無理だ。

　彼は憤懣《ふんまん》を抱えたまま、車を出していそいで走り去った。

　彼女が犬を飼っていることは知っていたが、その存在を勘定に入れるのを忘れていた。

　肉欲からの解放を邪魔した思いがけない障害物に腹を立て、彼はそれを取り除く方法をはやくも考えはじめていた。

　仕事に行く途中、彼はルースがダイナーへ入っていくのを見かけた。それから彼女の犬を見ていると、犬はそのブロックを歩いて、図書館の通りの向こうにある小さな公園へ入っていった。犬が大きな松の木の横で丸くなり、眠ってしまうと、彼はチャンスが来たと気づいた。

勤務時間のあいだに、彼はルースの家の下手の小川へ行って、罠をしかけた。動物はみんな、この小川に水を飲みに来る。たいがいの野生動物は、罠についた人間のにおいをいやがって近づかないだろうが、飼い犬ならただ興味をそそられて、彼がおとりに使った肉を食べようとするだろう。彼はこれで問題は解決したと確信し、その場を離れた。

そして、きのうの夜に山の上へ行ってみた。あの犬が死んでいるか、少なくとも動けなくなっているだろうと思っていたのに、罠は閉じて何もかかっていなかった。もう一度しかけ直そうかとも考えたが、やめておいた。今夜はピストルを持ってこよう。引き金を引けば、それで犬は終わりだ……そしてあの女は彼のものになる。彼女を手に入れるのが早ければ早いほど、この狂気も早く終わる。だから彼は家へ帰った。

そうしたらこれだ。

彼は事態がどうなっているのかわからなかった。好奇心に負け、いそいで店の前へ出たとき、トラックがバックして、通りを走り出した。

誰が運転しているのか見ようとしたが、ぼんやりと男のような姿が見えたところで、トラックは視界から消えてしまった。彼は通りの向かい側へ目をやった。あれはブライディ・チューズデイのトラックだった、それは間違いない。だが運転していたのはブライディではなかった。

「処方薬はあとでまた取りに来る」彼は言い、ダイナーへ向かった。仕事に遅刻することはわかっていたが、そんなことはどうでもよかった。

ルースは一時間近くも遅刻してしまった。彼女が入っていったときには、ダイナーははやばやと満員になりかけていた。ハロルドが小言を言おうとしたが、ルースはすばやく、ブライディが倒れたのでその世話をしていたのだと釈明した。そのほうが、説明が簡単になると思ったのだ。ある男が両手を置くだけで、ブライディを死の淵《ふち》から連れ戻したのを見た、などということを信じてもらおうとするよりは。

ハロルドは彼女の言い訳をあっさり信じてくれたので、ルースは一日の仕事にかかった。最初のオーダーをふたつ、厨房《ちゅうぼう》に伝えるころには、店内は常連客でいっぱいのうえ、誰かが出ていくやいなや、さらに客が入ってきた。

ハロルドが受け渡し口に一対の皿を出したところで、ルースは小走りに駆け寄った。

「ねえ、ハロルド……今朝は町で何かあるの？　いつものお客さんの倍もいるじゃない」

彼は卵とハッシュブラウンズののった皿を彼女のほうへ押し、それからそこにあたためた小さなパンとグレイビーのつけ合わせをのせた。

「月の初日ってこと以外にはわからんな。そら……これはジュニア・コーカーの注文だ。持っていってくれ、そしたら戻ってくるまでにマイクとステューのを作っておくから」

ルースはうなずき、遅刻したことをハロルドが怒っていないのをありがたく思った。この仕事をなくすわけにはいかないのだ。この小さな山の町にある働き口はここだけで、彼女がうまくやれる仕事もこれしかなかった。ジュニアの料理を運び、それからコーヒーポットを持って店内を回り、歩きながらあちこちのカップを満たし、常連客からのいつものからかいに笑った。

「おーい、ルース……わたしにも一杯ついでもらえるかね？」

ルースはカップを振ってみせている地元の銀行家、ウォルター・フェリスにほほえみでこたえたが、牧師のカップについでいるあいだに、ポットはからになってしまった。

「ソーセージと目玉焼きを頼めるかい？」マーク・エイハーンが、フェリスの横のあいていた椅子に座りながら言った。「ハロルドにいそいでって言ってくれ。新しい電話帳が出たんだ。おかげでそれがいつもの郵便配達に加わっちまって。今日はてんで仕事が進まない」

「わかったわ」ルースが言い、厨房へいそぐと、フェリスがエイハーンの背中を叩《たた》いて、彼にフットボールの話を始めた。

ワグナー牧師は彼女の背中にたれた長い三つ編みが揺れるのを見ていたが、やがてゼリーに手を伸ばした。

反対側では、ハンク・コリンズが壁際のいつもの席に座り、小柄なルースが店の中を走りまわるのを見ていた。しかし、彼女が自分のほうへ来ると、さっと視線を自分のパンとグレイビーに戻した。心に浮かんでいることは恥ずかしくて口に出せなかった。

シャーマン・トゥルーズデイルは、ルースが自分のテーブルを通りかかったときに、彼女の手首をつかんだ。「ヘイ、かわい子ちゃん……いつになったらデートしてくれるんだい？」

「ガーティーがいいわよって言ったらね」ルースはやり返した。

シャーマンも含めて、みんながどっと笑った。シャーマンの妻のガーティーが、そんなことを許すわけがない。

ドアのベルがちりんちりんと鳴り、またもや客が来たことを告げた。ルースは振り返って誰が来たのか見ようとしたが、ハロルドに呼ばれて気がそれてしまった。次の料理を持ってテーブルへ運ぶころには、忘れてしまっていた。

朝食客の混雑がようやく終わり、テーブルにねばって三杯めのコーヒーを飲んでいる老人二人を除いて、店はからっぽになった。

「やれやれだわ」ルースは言い、ハロルドの横を通って、新しい紙ナプキンの袋を取りに貯蔵室へ行った。

紙ナプキン入れはどれも中身を補充しなければならず、ケチャップのボトルも大半がそうだった。ルースは朝食の料理にケチャップをかける理由を理解できなかったが、彼女は彼女で、スクランブルエッグにサルサソースをたっぷりかけるところに、ラテンの血があらわれていた。自分でいまそれを考えてみると、どちらも似たようなものだった。

仕事が暇になったので、ジョーナのことを考える時間ができた。長い目で見た場合、自分にとって彼の存在がどういう意味を持つのかわからなかったが、彼に出会えたことは生涯の幸福になる気がした。

時計に目をやった。もう十時近い。あと五時間ちょっとで、また彼に会える。

7

ジョーナはすぐに〈ミドルトン飼料店〉を見つけ、荷物の積みおろし場所に車を停《と》めて、横のドアから店へ入った。フランネルのシャツ、オーバーオールに、有名な用具メーカーの宣伝用キャップという恰好《かっこう》の年老いた男が二人、黒く塗られたばかりの丸みを帯びたストーブの前に座り、ストーブの発する熱で暖を取りながら、最近の政治状況の是非を論じていた。

カウンターの向こうにいた男が、入ってきたジョーナに目を上げた。店に入ってきたのがよそ者だとわかると、男は彼をよく見ようと体を伸ばした。

ジョーナは老人たちのそばを通りすぎ、まっすぐその店員のところへ行った。彼が名乗ろうとしたとき、年とった灰色の縞《しま》の雄猫がカウンターに飛びのってきた。

「やあ、ハロー、ボーイ」ジョーナはやさしく言い、猫の顎の下をかいてやった。

猫がにぎやかにごろごろと喉を鳴らしたので、皆がほほえんだ。

「おれはポール・ビンジャー」男は言った。「こいつはタイガーだ。誰でも気に入るわけじゃないんだが、あんたは試験に合格したらしい」

「認めてもらってうれしいよ」ジョーナは言い、それから猫の向こうへ手をさし出した。「僕はジョーナ。ミセス・チューズデイに雇われて、この冬は彼女のところで働くことになった。彼女に言われて来たんだ、いつもの注文品を積んでもらって、請求書を送ってもらうようにって」

ポールはまじまじとジョーナを見た。「ふうん、そうか……ミズ・ブライディが手伝いを雇ったなんて話はこれまで聞いたことがないが」

ジョーナは肩をすくめた。「じきわかりますよ」彼はトラックに親指を向けてみせた。「ミセス・チューズデイはいつもどれくらい、鶏の餌《えさ》と糖蜜《とうみつ》入りの飼料を買っているのかな?」

「両方ともふた袋ずつ」ポールは答えた。

ジョーナは首を横に振った。「その倍にしてもらったほうがいいな。今夜は雪になるから、僕がまた行く前に餌を切らしてしまうと困る」

ストーブのところにいた老人の片方が大声で笑いだし、もう片方の肩を叩《たた》いた。「それみろ！　雪になると言ってるのはわたしだけじゃないぞ！」

ジョーナはストーブのほうに目を向けて、二人の旧友たちが今度は天気のことで議論を再開したのを見て、少しほほえんだ。

ポールは窓の外へ目をやり、眉を寄せた。「雪が降るようには見えないがな」

「必ず降る」ジョーナは言った。

ポールは肩をすくめた。「あんたが買うものは全部積むよ」

ジョーナは年寄り猫の耳のあいだを最後にもうひとかきしてやった。「どこにあるか教えてくれれば、自分で積むから」

「そりゃ願ってもない」ポールは二人で倉庫へ入りながら言った。「背中が昔みたいにはいかなくてな」

ジョーナは店員について奥へ入り、袋を手押し車に積んで、積みおろし場所へ運んでいってから、ブライディのトラックの荷台にのせた。

屋根のひさしの下に止まっていたつがいの鳩《はと》が、くうと挨拶《あいさつ》をした。ジョーナは彼らを見たが、何も言わないほうがいいだろうと思った。人の注意を引くことが少ないほど、ほうっておいてもらえる。彼はポールの出した伝票にサインをし、店を離れた。ダイナーの前を通ると、ルースのことを思った。テーブルはあらかた満員のようだったから、きっと忙しくしているだろう。ふと、彼女をストーキングしている男は簡単に店に入れ、彼女の働く姿を見られるのかもしれない、という考えが浮かんだ。こういう小さい町では、それもありうる――いかにもありそうだとさえ言える。彼女が危険にさらされていると思っただけで、ジョーナは胃がむかついてくるのを感じた。もし自分が、彼女をつけまわしているやつをつかまえられたら……。

いらだった気持ちで、そんな思いを振り払い、ブライディの家へ山をのぼっていく、曲がりくねった道へ注意を戻した。彼女の家へ戻り、袋を降ろし、暖炉用にいくらか薪《まき》を割って、牛小屋のそばのゲートを修理するころには、昼食の時間になるだろう。

数時間後、作業小屋から出てくると、ブライディが裏のポーチに出て、こちらにふきんを振っているのが見えた。彼は食事ができた合図だろうと思い、家へ向かった。この老婦人のところで働くのは、いろいろな意味で恵まれたものになるという気がした。

しばらくすると、ジョーナはブライディの手料理を前にしていた。カスタードパイまでふたつ、サイドボードの上でさましてある。あふれるばかりの料理から考えて、ブライディは目いっぱい腕を振るってくれたようだった。かりかりのフライドチキンが山盛りになった皿があり、中国風の模様の鉢にはマッシュポテト、揃《そろ》いのグレイビー入れにはチキン・グレイビーがたっぷり入っており、古い黄色の鉢にはブラウンビーンズ、また別の鉢にはコールスローが盛られている。ジョーナの肘のそばにはパンのバスケットがあった。そこにかかったおおいの下からただよってくるあたたかいパンの香りに、ジョーナは腹が鳴った。

彼はブライディ・チューズデイが今朝、あと少しで死ぬところだったことを思った。なのに、もうキッチンの熱で頬を紅潮させ、目を輝かせている。働きすぎなのは明らかだ。

ここまでしてくれなくてもいいとわかってもらわなければ。

「すごいごちそうですね」彼は椅子の横に立って言った。

「座って、座って」ブライディはそう言いながら、アイスティーのピッチャーをテーブルに運んできた。

ジョーナはピッチャーを受けとり、彼女が二人の席に置いておいてくれたグラスにアイスティーをそそぎ、それから彼女の椅子を引いた。

「お先にどうぞ」

ブライディは驚いて、落ち着かなげにジョーナに座らせてもらった。

「ごていねいに、ありがとう」彼女は言い、膝にナプキンを広げた。ジョーナが席に着くと、彼女は祝福の祈りを唱え、それから料理の鉢を彼のほうへ押しながら、好奇心の浮かんだ目で彼を見た。「うちにいるほかの動物とも話をしたの?」

ジョーナはにやりとした。「本当に知りたいんですか?」

ブライディは彼に挑発されてむっとし、顔をしかめた。「今朝はだいぶ忙しくしていたでしょう」

彼は皿に料理を取りながら答えた。「ええ、奥さん《マム》。やったほうがいいと僕にわかる範囲のことをやっていました。何かしておいてほしいことがあったら、遠慮なく言ってください」

「まずは……わたしのことはブライディと呼んで。〝マム〟じゃ年寄りみたいな気がするわ」

ジョーナはにっこりした。ブライディは実際に年寄りだし、おたがいにそれはわかっている。

「オーケイ……ブライディ、それじゃおわかりでしょうが、僕はこんなごちそうは食べなれてないんです。こんなにたくさん料理を作ろうとしてくたくたにならないでください。サンドイッチがあればじゅうぶんですから」

ブライディは照れくさそうに髪を撫《な》でつけ、それからフォークを取った。「料理をするのが好きなのよ、とくに誰かに作ってあげるのはね。だから召し上がれ」

ジョーナは言われたとおりにし、最初のひと口が喉を通ったとたん、おいしさのあまり目を見開いた。

「すごくおいしい」彼は言った。「こんなにおいしいものを食べたのはいつ以来か思い出せませんよ」

ブライディの顔が輝いた。「フランクリンはいつもわたしの料理を気に入ってくれたわ」

ジョーナが食べているあいだ、ブライディはフランクリンのことを語りはじめた。彼女は孤独なのだろう。ジョーナにはその気持ちが理解できたが、彼女は料理に手をつけず、冷えていくままにしている。体が弱ってしまっているのも無理はない。

ジョーナはバスケットからパンを取り、バターを塗って、彼女の皿に置いた。

ブライディは彼のしたことに驚いて、言葉を切った。

「食べなきゃいけませんよ」ジョーナは言った。

ブライディは言葉を失った。誰かが彼女のことを気にかけてくれたのは本当に久しぶりだったのだ。むろん、ルースはいたが、彼女ともそれほど顔を合わせるわけではない。ブライディはパンを取ってひと口食べ、噛《か》みながらまばたきで涙を払った。

ジョーナは涙に気づき、いそいで話題を変えた。「ブラザー・マウスが新しい住みかをありがとうと言っていましたよ」

ブライディはかすかに鼻を鳴らし、やがてほほえんだ。「そうなの?」

ジョーナはうなずき、もうひと口チキンを食べ、マッシュポテトにグレイビーをかけた。頼まれはしなかったが、ブライディにも同じようにした。

彼女は紅茶を少し飲み、それから皿の上にかがみこんだ。それ以上はたがいに何も言わず、二人は食事をした。食べ終わったとき、ようやくブライディがまた口を開いた。

「わたしのパイを食べる余裕は取ってある?」

ジョーナは彼女を見て、ウインクをした。「どうだと思います?」

ブライディは忍び笑いをし、その瞬間、ジョーナにはかつての彼女が見えた——ブロンドの巻き毛と青い目、笑みの絶えないほっそりした少女。フランクリンが彼女に心奪われたのも不思議はない。

　ブライディは立ち上がり、サイドボードからパイとデザート皿を取って、テーブルに運んできた。ナイフを持ってパイを切り分けるときには、手が震えてしまったが、がんばってやりとおした。

「最高です」ジョーナはひと口食べるなり言った。

　ブライディは笑顔になった。「フランクリンもいつもそう言ってくれたのよ」

「ご主人はとても頭のいい方だったようですね」

　彼女の笑みが消えた。「彼がいないと寂しくてたまらないわ」

　ジョーナはためらったが、彼女の腕に手を置いた。手のひらに小さな骨が感じられた。

「お気持ちはわかります」彼はやさしく言った。「僕の父は十年以上前に亡くなりましたけれど。僕にはたったひとりの家族だったんです」

　ブライディはテーブルに座っている男から目をそらせなくなった。あたたかいコーヒーブラウン色の肌、高い頬骨、がっしりした顎と鼻すじのわずかな隆起は、ネイティヴ・アメリカンの血のしるしだ。でも目は違う……変わっていると言ってもいい。こんな色の目をした人間には会ったことがない。光を受けると、まるで……金色？　そんなはずはない。

　ブライディはいまの思いを追い払い、もう一度目を凝らした。ジョーナは屈託なく食べ、彼女に話しかけてきて、まるで長年の知り合いのようだった。

「パイを食べないんですか?」ジョーナはきいた。

ブライディはきょとんとし、自分の皿に目を落とした。まだ手もつけていなかった。

「ああ。食べますとも、もう少しは入ると思うわ」

二人はふたたび黙って食べた。やがてどちらも食べ終わり、ジョーナが彼女を手伝って
テーブルの後片づけをしているとき、またブライディが話を始めた。

「わたしはルースがとても好きなの」

ジョーナは手を止めた。この話になるだろうとは思っていた。

「ルースもあなたのことがとても好きですよ」彼は言った。

ブライディも手を止め、突き刺すような視線をじっと向けてきた。

「どんな形であれ、あなたが彼女を傷つけるような人じゃないといいんだけれど」

「そんなことはしません」

彼女は口をすぼめ、誰の許可もいらない大人二人のことに批判的な言い方をしないよう
つとめた。

「ひとつ屋根の下に住んでいれば、簡単にややこしいことになるものよ」そう言って、顔
を赤らめた。

「彼女は怖がっているんです」ジョーナは言った。

ブライディは、まさかそんな答えが返ってくるとは思っていなかった。

「どういうこと……ルースが怖がっている？　何を怖がっているの？」

「誰かが彼女をつけ狙《ねら》っているんです……脅すような手紙を残していって。そいつが誰かはわかりませんが、小川の近くに罠《わな》をしかけて、ルースの犬を厄介払いしようとしました。彼女がひとりぼっちになるように」

ブライディは信じられないというように目を見開いた。「まあ驚いた！　あなたたちは知り合ったばかりなんでしょう、それなのに彼女はいまの話を全部したの？」

ジョーナはためらい、やがてため息をついた。「正確には違います。ただわかったんです。彼女が話してくれた部分もありますが」

ブライディはふうっと息を吐いた。「あなたがふくろうの話すことや、ねずみの話すこと、わたしが倒れたとアカオノスリが教えてくれたことをわかったみたいに？」

「こういうことを受け入れるのがたいへんなのはわかっています」ジョーナは言った。

「彼女をわずらわせているのが誰か知っているの？」

「まだわかりません……でも、何かの形でそいつと接触すれば、すぐにわかります」

「かわいそうなルース」ブライディはつぶやいた。「彼女はわたしには何も言わなかったわ」

「とても意志の強い人ですから」ジョーナは言った。「自分で自分の面倒を見られないと思いたくないんでしょう」

「気をつけてあげて」ブライディは言った。

「そのつもりです」ジョーナは言った。「それじゃ……今夜は雪になりますから、その用意で何か手伝えることはありますか？」

「雪？　あら、こんな早い時季に雪にはならないでしょう」

ジョーナは頑として首を振った。「なります……それから、モリーはもう乳が止まりかけていますよ」

ブライディは声をあげて笑った。「乳の出が悪くなっているのは気がついてたわ。いいのよ。わたしはもう年をとりすぎてきたから、もうそういうことを続けていけないの。ただ、昔からの暮らしを変えたくなくて」

「暖炉の薪をもう少し運んできておきましょう。ほかに何かありますか？」

「ルースはいつ迎えに行くの？」

「彼女は三時ごろと言ってました。ルースを連れて帰ってきたら、またここへ戻ってきて、夕方の仕事をします……もしよければ」

ブライディはほほえんだ。「わたしはかまわないわ。余分のパイを作っておいたから、ひとつ家に持ってお行きなさい」

ジョーナは〝家〟という言葉の衝撃を、まるで平手で叩かれたように感じた。彼はもうずっとわが家というものを持たずに来た。そしていまも自分に言い聞かせた。メイジャー・ボーデインが彼を見つけておのれの支配下に置こうと追跡を続けるかぎり、それを持てることはないのだと。

「その余分のパイはきっとすごく喜ばれますよ。それじゃ……彼女を迎えに行く前に、暖炉の薪をもう少し運びこんでおきます」

「パイを食べてしまいなさいな」ブライディは言った。「すぐ戻るわ」彼女が部屋を離れたあいだに、ジョーナは最後のふた口を食べた。

しばらくして、ブライディはひと握りの紙幣を持って戻ってきた。

「はい」そう言ってジョーナに金を渡した。「最初の一週間ぶんは前払いのほうがいいんじゃないかと思って」

「ありがとう」ジョーナは言い、彼女を両腕に抱きしめてブライディを驚かせた。「あなたをがっかりさせたりしませんから」

彼の腕の中にいたつかのまに、ブライディはひどく平穏な気持ちで満たされた。それは記憶にある何よりも強いものだった。その感情にのみこまれて、彼女はふうっと息を吐いた。

ジョーナが出ていったあとも、ブライディはそのあたたかみを、どんなことでもありうると信じる気持ちを思い出すことができた。彼女はこのときになってようやく、ルースが彼について言っていたことは正しかったのかもしれないと信じる気持ちになれた。もし、ジョーナ・グレイ・ウルフと名乗るあの男が本物の天使でないとしても、普通の人間以上に神の祝福を受けているのは間違いない。

ジョーナがダイナーに入ってきたのが見えたとき、ルースはちょうどエプロンをはずしているところだった。

「ハロルド……わたしの迎えが来たわ。それじゃまた明日ね、いい？」

「今夜は雪になるよ」ジョーナは言った。

ハロルドは七十一歳だが、頭はまだしっかり働いていた。たとえ、体重は五十キロほどオーバーしていても。しかし、ドアを抜けて入ってきた男を見たときには、彼はなんと言っていいのかわからなかった。よそ者が、しかもネイティヴ・アメリカンが、彼のかわいいルースを家に送っていこうとやってきたり、これから雪が降ると言ったりするなんて。

「ええと……ちょっと待ってくれ――」

ルースはハロルドの目に浮かんだ驚きを見てとり、噂話《うわさ》になるのを避けるためにいちばんいいのは、自分が二人を紹介することだと考えた。

「ハロルド、この人はジョーナ。ブライディがこの冬、手伝いに雇ったの。ジョーナ……この人はわたしのボス、ハロルド・カーターよ」

「どうぞよろしく」ジョーナはおだやかに言い、ハロルドと握手をした。

手を握り合うとすぐ、ハロルドがこのよそ者に抱いていた不安は消え去った。彼はただ、安らかな気持ちだけを感じていた。

「ええと、その……こちらこそ、よろしくな」ハロルドは答え、それから、ジョーナが天気について言っていたことを思い出した。「正午の天気予報を聞いたが、雪のことは言っていなかったよ」

ジョーナは肩をすくめた。「必ず降ります」

ハロルドはその言葉に笑い、ルースの肩を叩いた。

「さあて、それじゃ、お嬢ちゃん、もしたっぷり雪が降るなら、一日休みをとったらどうだい。どうせそんな天気じゃ誰も外に出てうろうろしたりしないだろうし、客が来ても、おれひとりでさばけるだろう」

朝寝坊できると思うとうれしかったが、ルースはハロルドひとりを忙しくさせておきたくなかった。

「本当に？　わたしならいいのよ――」

「いいんだ、いいんだ」ハロルドはまだ笑いながら言った。「でも忘れないでくれよ……雪になったらの話だからね」

ルースはさよならと手を振り、トラックへ歩いていく途中でジョーナが背中の真ん中に手を置いてくれたことは、意識しないようにした。

「ブライディは大丈夫？」彼女はきいてみた。

ジョーナはゆっくりほほえんだ。「僕たちにカスタードパイを作ってくれた」

「まあ、おいしそう」

「たしかにおいしいよ。僕はもう、お昼のぶんに作ってくれたパイをたっぷり食べたんだ。今晩また食べるのが待ち遠しいな」

ルースは体がぞくっとした。彼と一緒に夜を過ごすのだと思うと落ち着かない。二人のあいだに流れているセクシャルな緊張から、何かいま以上のものが生まれてくるのだろうか？　それとも、もうすでに体験した、あの爪先がきゅっと縮こまるような絶頂感だけで我慢しなければならなくなるのだろうか？　ルースはシートに座って、ため息をついた。

「疲れたのかい？」ジョーナはドアを閉める前に手を止めてきいた。

「ええ、そうみたい」ルースはそう答えておいた。自分が興奮していることを認めるより、疲れていると言うほうが簡単だった。そして話題を変えた。「夕方、ブライディのところへ戻るの？」

「うん」

「降ろしてもらう前に、スーパーマーケットに寄っていく時間はある？」

「時間なら作ろう」

ルースは笑った。「もし雪になるなら、いくつか買っておきたいものがあるから」

「必ず降るよ」ジョーナは言った。「店はどっちの方向？」

自分のことをストーカーとは思いたくなかったが、朝食を客たちに出しているルースを見ているとき、彼はまさにストーカーになった気持ちだった。ダイナーでねばり、客が来るたびに次から次へと挨拶しに行ったが、やがて店を出て一日を始めなければならなくなったので、そのあとは仕事に没頭しようと努力してその日をやりすごした。しかし、一日が終わるころには、気分が荒れていた。家へ帰り、かぎなれたいろいろなにおいや、妻が彼らの住まいを家庭というものにしようとして加えたさまざまな気づかいを味わって、ようやく気分がよくなってきた。

玄関ホールのテーブルに鍵《かぎ》をほうったとき、電話が鳴った。彼は走っていって出た。

「もしもし」

「もしもし、あなた、わたしよ。ちょっと電話して、ひとりでちゃんとやっているかどうかきこうと思ったの」

彼は壁にもたれ、妻の声に心配が混じっていることに気づいて、かすかにほほえんだ。

「大丈夫だよ。お義母《かあ》さんの具合はどうだい？」

妻は母親の治療のことを説明しはじめたが、彼はどうしても関心を持てなかった。いつのまにかルーシア・アンダハーのことを考えてしまう。今夜こそ彼女をわがものにできる

だろうか？　彼女に自分の存在を気づかせずに、あの犬を厄介払いできるのか？　彼には
わからなかったが、やってみるつもりだった。
「あなた？　あなた？　どう思う？」
彼ははっとした。妻がなんの話をしていたのかまるでわからなかったが、すばやく自分
が聞いていなかったことをごまかした。
「そうだな……いいことを教えてあげようか？　きみにまかせるよ。どちらを選ぶかは、
きみのほうが僕よりうまく判断できるだろうから」
「まあ、ありがとう……あなたってやさしい人ね。それじゃこのまま、もう一週間、母の
ところにいるわ。そのあとでまた考えてみる」
彼は歓声をあげたくなるのをこらえた。「僕もそのほうがいいと思う。体に気をつける
んだよ、お義母さんにもよろしく伝えてくれ。それと、また連絡して」
「もちろんよ」妻は言った。「愛してるわ」
彼は目を閉じ、ルースの顔を思い浮かべて答えた。「僕も愛しているよ」そう言いなが
らも、それが事実でなかったらよかったのにと思っていた。こんな拷問を受けながら生き
ていくなどまっぴらだ。ときどき、自分が徐々に狂っていっているという気がする。この
解決方法が普通でないのはわかっていたが、ルースのことを思うのをやめられない。彼女
のあたたかい茶色の肌に、その血がどれほど赤く際立つだろうと思うのをやめられない。

その血は、彼女の涙と同じように、塩の味がするだろうか。それもじきにわかるだろう。

彼は仕事部屋へ行き、デスクの引き出しから青いメモパッドを出して、彼女に新たな手紙を書きはじめた。そこで短くほのめかしたのは、自分と彼女が一緒にするはずのことだった……やがてその時が来たら。

ボーデインはビジネスパートナーたちを昼食会でもてなしていた。彼らはいま席に着いたばかりで、最初のコース料理が運ばれてくるのを待っていたのだが、そのとき、客のひとりで、カール・カイザーという男がそわそわしはじめた。

ボーデインは彼の顔が灰色になり、屋敷の中がそれほどあたたかいわけでもないのに、額に汗をかいていることに気づいた。

「カール？　大丈夫か？」ボーデインはきいた。

答える間もなく、カールは胸を押さえて前のめりに倒れ、顔から皿に突っこんだ。

「どうしたんだ！」誰かが叫ぶと同時に、ボーデインはぱっと立ち上がって電話へ走った。すぐに救急に連絡がとれ、助けが来るのを待つあいだに、ほかの二人の男たちがカールを床に下ろして、心肺蘇生《そせい》をおこなった。しかし、ボーデインにはもう手遅れだとわかっていた。

カール・カイザーは昼食にやってきたが、帰るときには遺体収容袋に入っているだろう。

ボーデインは吐き気をおぼえながら、頭をたれ、膝のあいだで両手を握りしめていた。命というものがいかにあっけなく悪いほうへ道をそれてしまうか、じかに思い知らされた。ずっと遠くから、救急車のサイレンがこちらへ向かってくるのが聞こえた。カールにはもうなんの役にも立たないが。

ボーデインは目を閉じ、ジョーナ・グレイ・ウルフのことを考えた。もし彼がここにいたら、カールは死なず、自分たちが作ろうとしていた合弁企業も立ち往生しなくてすんだだろうに。

じりじりする思いでいたとき、玄関のベルが鳴った。

メイドが救急隊員たちを中へ入れるのが聞こえた。彼は立ち上がり、大きく息をして、これからの数時間に立ち向かう覚悟をした。ひとつたしかなのは、カール・カイザーが死ぬのを見ていたおかげで、あのインディアンの治療者《ヒーラー》をとらえようという自分の意志が、いっそう強固になったことだった。彼と話す機会さえ持てれば、必ずや自分の思う方向へ説得できる自信があった。あのインディアンは好きなだけ金を要求し、死ぬまで贅沢《ぜいたく》に暮らすことができる。ただボーデインといればいいのだ。

彼の食べるところで食べる。ボーデインの行くところへ行く。

彼の声が聞こえるところで眠る。

ボーディンを生かしつづけるために必要なことはなんでもする。

数時間後、警察や検視官がカールの遺体とともにようやく帰ったあとも、ボーディンはまだジョーナをとらえるための新しい手を見つけようとしていた。賞金を値上げしてもその答えにはならないだろうし、この十年間は世界でもっともタフな賞金稼ぎたちを狩りに送りこんできたのだ。相手はたったひとりだというのに、彼らは全員失敗した。ジョーナに迫れたときも、彼を守るためなら喜んで死のうとする獣どもから逃れることはできなかった。ボーディンには理解できないものだったが、あのインディアンの持っているパワーがほしかった。だからいつかは必ず手に入れる。ただ方法を見つければいいのだ。

そのとき、ある考えが浮かんだ。D・J・コーフィールドだ。あのいかれたハンターのことをなぜもっと早く思いつかなかったのか。ボーディンは両手を打ち合わせ、大声で笑いだした。そうとも、今度こそ成功させてみせるぞ。

8

ホーボーは暖炉の前の、燃えさしがはぜて飛んでくる距離のわずかに外側で、さっきジョーナがたっぷり運びこんでおいた薪《まき》の束にもたれて眠っていた。ジョーナは薪を運んだあと、ブライディの夕方の仕事をしに、また山をのぼっていった。

少し前、ルースはポーチに立って、ジョーナが行くのを見送ったが、そのあとで、気がつくと並ぶ木々を不安な目で見てしまっていた。そうしているとき、車寄せの端にある郵便受けから郵便物を取ってくるのを忘れたことに気づいた。

うんざりした気持ちでポーチを下り、ぬかるんだわだちを避けながら、道の端の草のところを歩いていった。郵便受けのすぐそばまで行ったとき、下ののぼり道をダークブルーのジープが上がってくるのが見えた。この山でここから先にある家は二軒だけ、彼女の家とブライディの家だけだったので、ルースはいったい誰だろうと思った。しかしすぐに、郵便配達のマーク・エイハーンだとわかった。最初に頭に浮かんだのは、彼が配達ルートを回る時間が遅れている、ということだった。エイハーンは郵便受けのところに車を停《と》めて手を振った。

「やあ、ルース……ダイナーの外で見かけるのは珍しいね」

ルースはにっこりした。「ハロルドの店で仕事を終えるころには、家へ帰ったら足を高くして休む以外、何もできないもの」

エイハーンはうなずいた。「わかるよ。僕も配達ルートを回り終わったあと、いちばんしたくないのは運転なんだ」

ルースは声をあげて笑った。

エイハーンは、笑ったときの彼女はなんて美人なんだろうと思ったが、すぐに自分のしていたことを思い出した。「それじゃ行かなきゃ」彼は言い、シートの横の箱を叩《たた》いてみせた。「ミセス・チューズデイの注文品を配達しないといけないんだ。彼女、また通販買いを始めたみたいだよ」

ルースは大きな小包に貼《は》られた〈J・C・ペニー〉の郵送ラベルを見た。ブライディが通信販売好きなのは知っている。

「こっちがきみ宛《あて》の郵便」エイハーンは言い、雑誌を二冊渡した。

「ありがとう」ルースは答え、後ろへ下がった。エイハーンはタイヤを少し空転させてしまったものの、すぐにわだちをとらえた。

彼は行ってしまい、ルースはキャビンに戻った。中へ入ると、郵便物を置いて、ジョーナと買ってきた食品をしまい、それから自分の部屋へ行った。仕事から帰ったときには、まず仕事着を脱いで、シャワーを浴びたい。仕事が終わるころには、いつも料理油と煙草《たばこ》のにおいがついてしまっているのだ。

四時半すぎに、キッチンへ行って夕食を作りはじめた。材料を用意していると、子どものころの夕食の光景が思い出された……両親が亡くなる前、そしてあんなに幸せだったことはないとルースが気づく前の。

彼女や姉はキッチンをちょろちょろしながら、両親がそれぞれ日中に仕事でしていたことを話すのを聞き、つまみ食いをした。いちばん好きだったのは、手作りのトルティーヤ。母親が自分たちのつまみ食いをずっと知っていたと気づいたのはもっと年を重ねたあとで、あのころは、母親の目を盗むのが大きな楽しみだった。

自分や姉があつあつのやわらかいトルティーヤを取って逃げると、父親の褐色の目がきらきらしたのを思い出す。外に出て、道路に続く階段の上で戦利品にぱくついたあとまで、父の笑い声が響いてきたものだった。

ルースはゆっくりと震えながら息を吸った。こらえた涙で喉が痛くなった。

ああ。みんながいてくれたら。

悲しみを振り払い、野菜入れから玉ねぎを出した。あの事故で家族がみんな死んでしまったのに、なぜ自分だけが助かってしまったのかと思うのははじめてではない。これが最後でもないだろう。

　玉ねぎとじゃがいもの皮をむき、ひと口大に切ってから、トマトの缶詰をあけ、シチューに入れるセロリとにんじんを切った。手を動かしながら、ルースは誰か特別な人がいてくれたら、どんなふうになるだろうと思いえがいた。いつも彼女のためにそばにいてくれる誰か。母に――家族みんなに、父がいたように。

　たちまち、ルースの思いはジョーナへと飛んだ。きのう知り合ったばかりの人のことを空想するなんて、自分でもどうかしていると思ったが。シチュー用の肉を取り、古い鋳鉄の鍋《なべ》を火にかけて油を入れ、しばらくしてから肉を加えて火を通した。少し塩と胡椒《こしょう》を振り、ふと思いついて、自分のラテンの血に敬意を表し、チリソースをたっぷり入れた。肉の色が変わるとすぐに、切っておいた野菜と、トマトひと缶とビーフスープ二缶を加え、蓋《ふた》をした。

　ほどなく、小さなキャビンの中は、こんろの奥でぐつぐつ煮えるシチューの香りでいっぱいになった。片目で時計を見て、コーンブレッドの生地を混ぜ合わせ、オーヴンに入れて焼いた。ブライディのおかげで、デザートにはカスタードパイがある。ルースには、これが彼女にできる精いっぱいのごちそうだった。

　ホーボーは火のそばで横になって眠ったまま、くうんと声をもらし、かすかに脚を蹴《け》っている。ルースはほほえみ、ホーボーが夢の中で、小川の先の大きな樫《かし》にいるりすをつかまえようとしているのかしらと思った。彼がそのりすを追いかけているのはたびたび見ていたが、いまのところまだ成功はしていなかった。

なんということもなく、ルースの視線は自然にホーボーの足へ向かった。しかし、彼女はすぐにまた別のものへ目を移した。ジョーナ・グレイ・ウルフが自分たちの暮らしに入ってきてから、彼女が見た光景に論理的な思考の入る場所はなくなったのだ。

暖炉に薪を足しに歩いていったときには、どれくらいの時間がたったのかわからなかったが、外がずいぶん暗い気がした。どうしたんだろうと、正面側の窓のところへ行ってみた。ふくらんでいく雲が、はやばやと夜を連れてこようとしている。こんろを振り返って、何も焦げていないことをたしかめてから、もっと空をよく見ようと外に出てみると、凍るような風がどっと吹きつけてきた。家に帰ってきてから、十度は気温が下がったようだ。ジョーナは雪になると言っていたが、このままいけば、本当にそうなりそうだった。

ぶるっと震えて、家の中へ戻ろうとしたとき、視界の隅で何かが動いた。なんだろうとポーチの端へ行って、少し目を細め、黒くなっていく森の影をじっと見てみた。夕方のこの時刻にはよく、小川へ行く鹿《しか》を見かけるし、ときどきあらいぐまもいる。ホーボーが外に出ているときは、決してあらわれないけれど。

ルースは影を見つめつづけ、とうとう冷たい風のせいで目が痛くなってきたが、動くものは何もなかった。気のせいだったのだと思うことにして、中へ戻ろうとした。ドアをあけたとたん、ホーボーが彼女を突き倒さんばかりに走り出してきて、ポーチを飛び出した。そしてすさまじい勢いで吠《ほ》えながら、木々のほうへ走っていった。ルースはいぶかるように、ホーボーが走っていくのを見ていた。ホーボーはまっすぐに、さっき彼女が見ていたあたりへ駆けていく。やはり彼は何かを見つけていたらしい。それでも、こんな日暮れになってしまってはホーボーが狩りに出るには遅すぎる。何か動物を追いかけていったら、ひと晩じゅう外にいることになってしまうだろう。

「ホーボー！　ホーボー！　戻ってらっしゃい！」

しかし、呼びかけても無駄だった。犬は行ってしまった。

ホーボーはさっきまでキャビンで眠っていた。いったい何を警戒して出てきたのか、ルースには見当もつかなかったが、ホーボーが獲物に吠えているのが聞こえた。もうしばらくそれを聞いていたときに、その意味がわかった。ホーボーがたてている声は、何かを追跡しているときの声ではない。攻撃しているのだ。

ルースは木立を見つめながら、目を見開いた。

例のストーカー？　そうなの？　ホーボーが追っているのはそいつなの？

どっとパニックが襲ってきて、ルースはキャビンに駆け戻り、いそいでドアの鍵《かぎ》をかけた。そうしたときに、オーヴンのタイマーがちんと切れ、彼女はぎくりとした。震える手でコーンブレッドを取り出し、シチューをこんろから下ろして、ナイフをつかんだ。もし誰かに襲われるとしても、一戦交えずに降参する気はない。

キャビンの中を走ってまわりながら明かりを消したが、すぐに考え直して、ポーチのライトはつけておいた。じきに、外は真っ暗闇《くらやみ》になる。しかし、例のストーカーが行動を起こすのが今夜だとしたら、少なくともそいつがやってくるのは見えるはずだ。

ルースがナイフを握る手に力をこめ、窓際に椅子を引き寄せようとしたとき、山を下りてくるヘッドライトが見えた。

ああ、よかった。

あれはジョーナに違いない。


ジョーナは疲れていたが、心地よい疲れだった。彼はブライディの家の中に薪がたっぷりあるようにしておき、明日の朝の天気がどうであれ、彼女が外に出なくてすむように、家畜の世話をしに来ると請け合った。

ブライディはふたつ返事で承知し、彼にさよならと手を振ると、通販で買った品物を見て楽しもうと、あたたかい家の中へ戻った。箱の中には、新しい冬の上着と、ワンピースが二着、外の仕事用の新しいゴム長靴があった。長靴を注文したときには、外での仕事を引き受けてくれる人間を雇うとは思ってもいなかったのだが。それでも、長靴はいつだって、とくに山の冬には使い道がある。彼女がうきうきと箱の中身を見ているころ、ジョーナは山を下りて家へ向かっていた。

彼はルースのことを思い、定まった家を持つのは——帰る家に彼女がいるのはどんなふうだろう、と想像した。心ではすでに、彼女が自分にとって大切な人間になりそうだとわかっていた。彼女と一緒にいる時間が長ければ長いほど、出ていくのはむずかしくなるだろう。しかし、それを避ける方法はわからなかった。メイジャー・ボーディンが生きているかぎり、ジョーナが大切に思う人間は危険にさらされるのだ。

そんなことを思いながら、前庭に車を入れた。何かがおかしいと思ったのは、ポーチの明かりがついているのに、キャビンの中が真っ暗だと気づいたときだった。

ぎくりとして、トラックのドアをあけて外へ出た。すぐに恐怖の負のエネルギーが感じられ、何かよくないことが起きているとわかった。

「ルーシア！　ルーシア！」

階段を上がるときも心臓がどくどく打った。やがて彼女がドアをあけたときには、〝よかった〟ということしか頭に浮かばなかった。ジョーナは彼女の顔をひと目見、手に握られたナイフに気づいて、自分が正しかったことを知った。

「どうしたんだ？」彼はそうききながら、ルースの顔に、それから腕に触れ、彼女が無事だったことをたしかめた。

「誰かがキャビンを見ていたみたいなの」

ジョーナは、彼女の体に走った衝撃と恐怖を、自分の体の中のことのように生々しく感じた。

「そいつを見たのか？」

「何かが見えたんだけれど、もうだいぶ暗くなってきていて……それから、家の中へ戻ろうとしたら、ホーボーが飛び出して、狂ったみたいに吠えたりうなったりしたの。呼び戻そうとしたけれど、行ってしまった。鍵をかけて家に閉じこもっていたら、あなたが帰ってきたのよ」

「中へ戻って、ドアに鍵をかけておくんだ。僕以外、誰にもあけちゃいけない」

ルースは彼の腕をつかんだ。「もう暗いわ。道に迷うかも――」

「僕は道に迷ったりしない……絶対に」

ジョーナの手首に彼女の指が食いこんだ。「怖いわ」

「すぐ戻るから」ジョーナは言い、それからふと思いついてかがみこみ、彼女にキスをした。

強く。すばやく。

突然、二人のまわりで、千の鳥が羽ばたいたように、空気が爆発した。そして、あの心臓が止まるような、理性が砕け散るような強いエネルギーがルースの脚のあいだに集まりはじめた。またしても絶頂にいたってしまう寸前で、ジョーナは彼女を放し、キャビンの中へ押しこんで、彼女のすぐ前でドアを閉めた。

「鍵をかけて！」彼は叫んだ。

ルースは鍵を回し、とたんにへなへなと床に座りこんだ。手からナイフが落ち、彼女は暗闇の中に座って、自分の唇に重なったジョーナの唇の感触を思い返していた。二人がつながったそのせつな、ジョーナは彼女が自分の中にあることさえ知らなかったものを見せてくれた。

情熱。あふれるほどの情熱。

ルースはいまでは震えていたが、恐怖のせいではなかった。

神様お願いです、彼をわたしのところへお返しください。ジョーナ・グレイ・ウルフの腕の中でせめてひと晩でも過ごさなければ、死んでも死にきれません。

ジョーナはあとも見ずに走った。自分はいまやったことで、決して越えないと誓った一線を越えてしまった。それでも彼女を不安なまま、ひとりぼっちで残していくのは忍びなかった。彼はただ、恐怖以外のものをルースに与えることしか思いつかなかったのだ。だから彼はそうした。意図したものを超える結果になってしまったかもしれないが。しかし、もう取り返しはつかないし、彼女に対する本当の気持ちを見せたことは、この先も後悔しないだろう。

木立の中へ入るとすぐ、ジョーナは足を止めて、次に何をするべきか考え、それと同時に、邪悪なものの存在を感じた。首の後ろが総毛立ったとき、ルースの犬が長く吠えるのが聞こえてきた。

ホーボーが何かを――誰かを――追いつめたのだ。

ジョーナは犬が執拗《しつよう》に吠えている方向を向き、走り出した。そして枝をよけ、木の根を飛び越え、並外れた感覚をありったけ働かせながら、暗さを増しつつある場所を進んでいった。

ルースのストーカーは木の上に追い上げられて動けなくなり、油断していた自分をののしっていた。つまるところ、犬より速く走ることはできないし、車まではまだたっぷり八百メートルある。木にのぼったあと、彼はピストルを出した。誰かが犬を追ってきて彼を見つけてしまう前に、犬を片づけるつもりだったのだ。

しかし、木にのぼったときには、暗闇を計算に入れていなかった。どこを狙《ねら》えばいいのか迷っているうちに、あたりは暗くなってしまった。手がかりは、犬が下で動く音だけだった。ストーカーはおびえ、ルースと、彼女の犬と、彼女に対するおのれのおぞましい欲望を呪《のろ》いながら、破れかぶれになって銃を撃ちはじめた。

最初の二発はまるではずれたが、それで犬がおびえたことはわかった。もう一度撃つと、犬の悲鳴が聞こえた。

「やったぞ」弾が当たったか、犬がおびえて逃げたか、どちらかだろうと思い、そうつぶやいた。

ホーボーは野良犬だったので、これまでにも銃で撃たれたことがあり、銃火の音をひどく恐れていた。三発めが発射されたとき、その弾が焼けるように肩を切り裂いた。恐怖と痛みで鋭い声をあげ、ホーボーは尻尾《しっぽ》を巻いて逃げた。

犬が逃げていく音を聞いたストーカーは、すぐに木から飛びおり、犬がそのまま走っていくように、宙に向けてもう一度撃った。しばらくすると、彼はやっと車へたどり着いて、中へ飛び乗り、猛烈な勢いで走り出したので、砂利や泥が飛び散った。

ようやく楽に息ができるようになったのは、リトル・トップの町はずれに入ってからだった。そして家まで来ると、ガレージの開閉リモコンを押して、そのまま中へ入った。そして、あわや壁にぶつかる直前でブレーキを踏み、またボタンを押して扉を閉めた。

車を降りて家のキッチンへ入ったころになって、やっと、もう少しでつかまえられるところだったことに思いいたった。彼は服を脱いで洗濯物入れにほうりこみ、裸のままバスルームへ歩いていった。明かりをつけ、洗面台に手をついて体を支え、鏡に映る自分をのぞきこんだ。そしてトイレにかがみこんで吐いた。

ジョーナは銃声を、ついでホーボーがおびえて必死に叫ぶ声を耳にしたとたん、枝が顔に当たるのも、棘《とげ》のある木に服を裂かれるのもかまわず、足を速めた。一頭の雄鹿が、森の中では許しがたい騒ぎに驚き、やぶからジョーナの通り道に飛び出して、すぐに走り去った。ジョーナは鹿にぶつからないようにしたせいでよろけた。鹿の驚きが伝わってきて、その麝香《じゃこう》のような体のにおいを感じているあいだに、鹿は跳んでいって見えなくなった。彼がもう一度走り出したときには、銃声の響きは消えていた。ホーボーもう吠えていない。ジョーナはそこから推論されることを考えるのがいやで、ひたすら走りつづけた。

どこかで方向を間違えたかと思ったとき、小道のそばに腹這《ば》いになり、脇腹《わきばら》をなめているホーボーに行き当たった。

彼がまだ生きていたことに大きく安堵《あんど》し、ジョーナは立ち止まって膝をついた。

「やあ、ボーイ。こんな時間に出かけて何をしていたんだ?」そう言いながら、大きな犬の体を撫《な》でた。

犬は悲しげな声をあげ、ジョーナの指をなめた。しばらくして、ジョーナはホーボーの肩の骨に沿って、何かねばつくものがついていることに気づいた。さっきの銃撃の一発がかすったのだろう。ジョーナは躊躇《ちゅうちょ》なく、傷のところに両手を置いた。

癒《いや》しの光がまたもや人間と犬の両方をつつみこむと、不思議な静寂が森をおおった。近くの木の枝からふくろうがじっと見つめ、小川へ行く途中の狐《きつね》がジョーナの横へやってきて、かかとのにおいをかぎ、やがて音もなく暗闇へ消えた。

しばらくすると、ジョーナはかかとをつき、立ち上がった。ホーボーも立ち上がり、ジョーナのブーツをなめ、それから彼の指の先をなめた。

ジョーナはホーボーの頭に手を触れた。「さあお帰り」

ホーボーは迷うこともなく方向を変え、キャビンへとゆっくり山を駆け上がりはじめた。しかし、ジョーナのするべきことはまだ終わっていなかった。追うべき手がかりが残っている以上、それをたどってみるつもりだった。

彼はホーボーの姿が見えなくなるまで見送り、それから頭を上げた。目を閉じて、すべての感覚を解き放っていくと、やがてもう一度、相手の男の恐怖のにおいがかぎとれた。そしてそのにおいを頼りに、自分にそなわった動物的な直感を総動員して、ストーカーのあとを追いはじめた。

しかし、一車線の道路の脇の、木のない狭い場所で、ジョーナはそのにおいを見失った。闇が完全に森をおおっていたが、彼にはすべてが見えた。男が車で走り去ったタイヤの跡も含めて。腹立たしかったが、キャビンに戻るよりしかたない。彼はルースが心配して待っていることを思い、足を速めた。そうしているうちに、最初の雪のかけらが顔に触れた。

キャビンの前にある開けた場所に着いたころには、雪は激しく降っていて、ごく近くの物音以外は聞こえなかった。ルースがつけたままにしておいたポーチの明かりが少し前からちらちらと見えていたが、ジョーナはやっと木立を抜けたとき、自分が家路を見失わないよう、ルースがその明かりをたいまつのようにかかげておいてくれたのだと思い、胸がじんとした。

前庭を歩いていくと、ふいに風の冷たさと、服が濡《ぬ》れていることに気づき、足を速めた。玄関前の階段まで行かないうちに、中からドアが開いた。ルースは戸口でシルエットとなり、ためらっていたが、すぐに駆け出して、ジョーナの腕に飛びこんだ。

彼もルースへ近づいていきながら彼女を受け止め、体を持ち上げてしっかりと抱きしめた。

「すごく心配したわ」ルースは言い、彼の首のカーブに顔をうずめた。

「僕はきみが心配だった」彼も言った。「そいつをつかまえたかったんだけど……もう遅かった」

「いいのよ。あなたとホーボーが戻ってきてくれれば、あとのことはどうでもいいの。あなたは戻ってきてくれたし、無事だったもの」ルースは言い、彼の腕から出た。「あなた、体が凍りそうよ。さあ中へ入って……早く。その濡れた服を脱がないと、病気になってしまうわ」

ジョーナは彼女のあとから家に入り、ドアを閉めて鍵をかけた。ホーボーは火のそばに寝そべっていたが、どこも怪我《けが》はない。ルースははやくも暖炉のところへ行って、大きな薪を二本、火にくべていた。

じきに薪の樹皮に火がついた。炎のあたたかさが心地よい。熱が服を通してじんわりしみこんでくると、ジョーナはどっと疲れが押し寄せてくるのを感じた。

「これくらい燃えていると気持ちがいいね」彼は言い、服を脱ぎはじめた。急に濡れている服を脱ぎたくてたまらなくなったのだ。「全部脱ぐけど」あらかじめそう言った。

「え。わかったわ」ルースは口ごもりながら言い、その場を離れていくらかでも彼にプライヴァシーをあげようと思ったが、いつのまにかその行程に見とれてしまっていた。一枚また一枚と、ジョーナは服を脱いでいき、完璧《かんぺき》に整った体をあらわにした。ルースは唇をわずかに開いてそれを見つめながら、ときおり、息をしなければということを思い出した。ジョーナがブリーフだけの姿になって火の前に立ったとき、ルースはぞくっとし、目を閉じて顔をそらしたものの、すぐに振り返ると、また彼が動きはじめた。

ルースが見ていると、ジョーナは服を乾かそうとして、火の前の床に服を並べた。やがて彼は振り向き、ルースの目にむさぼるようなまなざしを認めて、低くうなった。

「ルース……僕は――」

「シチューとコーンブレッドをあたためておいてあるの」彼女は言った。

ジョーナはゆっくりと震えながら息を吸い、やがてうなずいた。「乾いている服を着てくるから、ちょっと待っていて」彼はそう言い、火のあたたかさに未練を残しながら自分の部屋へ行った。

ルースは震えている手で、シチューを鉢によそいはじめた。次にあたたかいオーヴンからコーンブレッドを出し、厚手の焼き物のマグに熱いコーヒーをそそぎ、それを全部テーブルへ運んだ。ジョーナの皿を置き終えたころ、彼が戻ってきた。

「見た目もにおいもすごくおいしそうだ」彼は座りながら言った。

「ありがとう」ルースは答えた。

「いや、いつものことだけれど、お礼を言うのは僕のほうだよ」

ジョーナは食事を始めたが、ルースの落ち着かない物腰には注意を払いつづけた。彼女は不安になっている……だが同時に彼は、ルースの欲望を感じてもいた。彼女はジョーナを求めているが、それを恐れてもいるのだ。ジョーナは自分のそばにいると彼女が不安になることに不満を感じつつ、それも無理はないと思った。これまで、彼女と触れ合ったときに起きたようなものは、ほかの女性とは一度も起きなかった。自分自身ですら自分を信用できないのに、彼女に信用してもらえるわけがない。

ルースはじっと座っていられなかった。ジョーナを見るたびに、さっきの彼の姿を、暖炉の火を背景に浮かんだシルエットを思い出してしまう。彼の長く男らしい腕や脚、広い肩、たいらな腹、それになめらかなコーヒーブラウン色の肌。

彼は乾いた服を着たときに、髪をうなじのところで縛っていたので、ルースには彼の顔全体がよく見えた。男性を美しいと思うのは性差別的だとわかっていたが、頭に浮かんでくるのはその思いばかりだった。

ジョーナは自分を見る彼女の視線をとらえてほほえみ、それからウインクをして、またシチューを食べた。

ルースは赤くなったが、すぐにほほえみ返した。「この女がじろじろ見るんです、って訴えてもいいわよ」彼女は言った。「ただし、さっきのストリップのあとじゃ、悪いのはわたしじゃないと思うけど」

「だからはじめに注意しておいただろう」

「かえってもっと見たくなっただけだわ」ルースは言い返した。

ジョーナは笑いだし、やがて頭を振った。「正直な女性だね。男はどうすればいいのかな?」

ルースの顔から笑みが消えた。「わたしが思うに、その人がしたいことならなんでもしていいんじゃないかしら」

ジョーナはどきりとした。

「もしその男がしたいのは……きみを抱くことだったら?」

ルースは自分の未来の岐路に立っていた。もしノーと答えれば、その先はない。しかし、彼女はジョーナにノーと言いたくなかった――どんなことであれ――そして自分にこれほどの力があるとわかって怖くなった。

「それなら、そうしなさいって言うわ」

ジョーナはスプーンを置き、深く息を吸った。

「僕が話したことはおぼえているだろう……僕の首にかけられている賞金や、僕を捜している人間たちのことは？」

ルースはうなずいた。

「そのこともあって、僕は誰ともかかわり合わないようにしてきた。愛という感情を持とうとしたこともない。そんなことをしたら、愛する人を死なせることになりかねないから」

彼が見ていると、ルースの鼻孔がかすかにふくらんだ。そして、褐色の目が細くなった。

「わたしが愛していた人たちはみんな死んでしまったわ、ジョーナ・グレイ・ウルフ、わたしにはどうしようもなかった。みんなが死んだのはわたしのせいじゃないけれど、だからって何も変わりはしない。いちかばちかやってみなければ、何も得られないのよ。どうしてかわからないけれど、あなたとのあいだにあるものがなんであっても、失いたくないの」ルースは震える手で、じれたように髪をかきやった。「こう考えてみて。わたしはもう何カ月もおびえて生きてきたでしょう。あなたがいてくれれば、これからも生きていけるかもしれないわ」やがて、彼女の顎がかすかに震えた。「それに、もうひとりぼっちはいやなの」

ジョーナには彼女の言っていることがわかった。孤独は彼の人生の大きな一部であり、いままでは彼もそれを当たり前のものとして受け入れるようになっていた。しかし、いまは目の前にルースがいて、いっさいを愛に賭《か》けてみようとしている。

彼はテーブル越しに手を伸ばし、それから手のひらを上に向け、彼女がその手を握ってくれるのを待った。

ルースはためらわなかった。

彼女はジョーナと手を重ね、やがて二人の指がからみ合い、しっかり組み合わされると、これでよかったのだと確信した。

彼女は立ち上がった。

ジョーナもそれに続いた。

二人はともに部屋を歩いていき、寝室のドアの前で立ち止まった。

「わたしの部屋にしましょう」ルースが言った。

「なぜ？」ジョーナはきいた。

「あなたが行ってしまったあとも、ここにいたことをおぼえておきたいの……わたしのベッドに……わたしの中にいたことを」

体じゅうをどっと血が駆けめぐり、ジョーナは息ができなくなった。低く誓いの言葉をつぶやくと、彼はルースを腕に抱き上げ、彼女を部屋へ運び入れてドアを閉めた。体を横たえられたとき、ルースは震えていたが、怖いからではないとジョーナにはわかっていた。彼がルースを求めているのと同じくらい、ルースも彼を求めているのだ。

無駄な動きもなく、ジョーナは服を脱いだ。それから、何も言わずに彼女の服を脱がせ、そのみずみずしくゆたかな体をさらけ出させた。

「ああ……ルーシア」彼の声はかすれた。

彼女が手をさしのべた。

ジョーナは彼女と並んでベッドに入り、ルースを両腕に抱きしめた。

9

ジョーナに抱かれた瞬間に、ルースは自分という感覚を失った。彼の腕の中に入るとすぐに、二人の鼓動がひとつになった。自分の体の中で何かが変化するのがわかる。普通なら、他人がそんな力を持っていると思っただけで動揺しただろうが、首の横につけられたジョーナの唇の感触や、みぞおちの中で大きくなっていくうずき以外は何も考えられなくなった。

ジョーナはこの女性の中で自分を失いたいという抵抗しがたい激情と、自分を抑えるいつもの気持ちとを、どう折り合いをつければいいのかわからずにいた。普段は決して自分の考えを外に漏らさないのに、ルースには何ひとつ隠せない。

唇で彼女の肌をたどるたびに、ひとつ息をするたびに、ジョーナは彼女は自分のものだというしるしを刻みつけ――彼女の存在を自分の魂に焼きつけた。こうすればこの先一生、たとえ暗闇《くらやみ》でも、嵐《あらし》の中でも、盲目になって見知らぬ土地で迷っていても、ルースを見つけることができるだろう。

ルースのほうは、もう考えることなどやめていた。ジョーナは大自然の力そのものだった。彼に触れられて抵抗などできない。彼の肌の、触れると熱く、無駄な肉がまるでついていない、なめらかな感触から、彼女の顔をかすめる長く黒い滝のような髪まで、どんなに自分のものにしても足りなかった。

ジョーナが耳のすぐ下に歯を立て、脚のあいだに手をすべりこませてきたのを感じ、ルースは片手いっぱいに彼の髪をつかんで、自分を保った。一瞬、琥珀《こはく》色の目をした狼《おおかみ》の姿が心をよぎり、遠吠《とおぼ》えのようなものが聞こえ、風の中を疾走しているような感覚がしたが、やがてそれもすべて消え、目を上げると、見えるのは自分の上にいるジョーナだった。彼の声はやさしく、なだめるかのようだったが、目の輝きが情熱の深さを語っていた。彼の体が下りてくると、ルースは息を止めた。ジョーナの唇が彼女の唇を、それから頬をかすめ、やがて彼は耳元でささやいた。「ルーシア……ルーシア……きみの中へ入りたい」

ルースは甘く息を吐き、目を閉じながら、体を動かして道を開いた。すぐにジョーナが脚のあいだに入ってきた。やがて体の中に彼を感じたとき、ルースははじめて自分の生まれてきた意味を知った。

たがいが結ばれた瞬間から、ジョーナはいままで一度も体験したことのない絆《きずな》を感じた。そして体を動かしはじめた。前後に揺れ、彼女の熱さの中にわれを忘れ、彼をつつみこむルースの筋肉が引っ張る力にとらえられて、いつしかゆっくりと理性が失われていく。刻一刻と、二人は陶酔の波に乗り、生きていくために必要なものをそこから得た。やがて、ふいにルースの指が彼の二の腕に食いこみ、彼女が迫りくる絶頂に切れ切れに息をのむ音が聞こえ、ジョーナは砕け散った。

歓《よろこ》びの爆発に引きこまれ、骨が溶けて頭の中が真っ白になるようで、ルースはあえぎをもらした。

ジョーナもすぐ彼女のあとに続き、次々に押し寄せる波に乗るごとに、力を失い、震え、とうとうくぐもった声をあげると、彼女の上に崩れ落ちた。

しかしすぐに、ルースが小さすぎて彼の体重を受け止めきれないことに気づき、いそいで体を起こした。両肘をついて体を支え、ジョーナは自分の心をとらえてしまった女性を見おろした。

彼女の目は閉じ、まつげは涙で濡《ぬ》れていた。クライマックスの余韻がまだ体じゅうを駆けめぐっていて、かすかに開いた唇から息をしている。

「ルーシア?」

ルースは目をあけ、やがて彼の顔に手を触れた。まるで、これが現実であることをたしかめるように。「わたし、まだ息をしている?」

ジョーナは体を回してルースの上から下り、彼女の胸の谷間に手を置いた。はずむような鼓動が感じとれた。

「うん」

ルースは小さく声をあげ、それからふうっと息を吐いて、彼の手を取り、指をからませた。「ジョーナ？」

「なんだい、ルーシア？」

「いまのは魔法だったわ」

ジョーナは彼女の手を自分の唇へ持っていきながら、片肘をついて体を起こし、やがて指先で彼女の唇の輪郭をなぞった。

「そうだね」彼はやさしく言い、かがみこんで、自分の指がたどったとおりにキスをした。

「ねえ……ルーシア」

「なあに？」

「こんなことをするべきじゃなかったよ」

ルースの目がショックに見開かれ、それはたちまち苦しみに変わった。「だったらわたしのベッドから出ていって」彼女は言った。

「そうじゃない」ジョーナはもう一度ルースの上に乗り、彼女が動けないよう、両手首をつかんで押さえつけた。「こんなことはするべきじゃなかった……でも、実際にはそうなってしまった……それに、僕は絶対に後悔しない」

ルースはまばたきで涙を払った。「それなら、どうしていまみたいなことを言うの？」

ジョーナは二人の額が触れ合うまでかがみこみ、それから彼女の手首を放して、彼女の顔を両手ではさみこんだ。

「それが事実だからだよ。きみを愛すれば、ボーデインは僕に対する力を得ることになる。彼はきみの存在を知れば、きみを利用して僕をつかまえようとするだろう。僕のせいで、きみの命が危険になってしまった」

ルースの目の端から涙が流れ、枕《まくら》に落ちた。

「あら、そうなの。わたしの命ならもう危険にさらされているわ。ストーカーにつきまとわれているもの、おぼえている？」

ジョーナはついさっき、森を走りまわって追跡したことを思い返した。「いやになるほどおぼえているよ」そして舌の先で彼女の涙の跡をたどり、その塩辛さを味わった。

ルースはうめいた。「あなたがわたしたちのことを誰にも言わなければ、わたしも言わないわ」

ジョーナは首を振った。「その必要はない。僕の顔の表情を見れば、向こうにはわかってしまう」

彼女は目を上げた。胸がどきりとする。ジョーナの言うとおりかもしれない。彼の顔に浮かんでいる表情はひどく荒々しかった。「何を考えているの？」

ジョーナの目が細くなった。鼻孔が広がる。「狼は生涯、ひとりの相手を伴侶《はんりょ》とする。きみはもう僕のものだ」

ルースの唇が開いた。「え……わたし……」

「そうだよ。そのことには僕もきみと同じくらい驚いているけれど、もう知り合ってほぼ四十八時間になる。きみに僕って人間を知ってもらうにはじゅうぶんだったと思うけど」

ルースはほほえんだ。ジョーナのユーモアは、彼女の心の中に生まれた愛情と同じくらい思いがけないものだったし、それに、彼の言うとおりだった。ルースは長いあいだずっとひとりぼっちだった。彼の存在に慣れるのに、ほぼ丸二日あった。ジョーナ・グレイ・ウルフのような特別な人間には、それだけあればじゅうぶんだった。

「こっちへ来て」ルースはそっと言い、彼の首に腕を回して激しく長いキスをし、やがてジョーナはうめき声をもらした。そして彼がはじめからやり直してルースの腕の中で息絶えようと思ったとき、彼女はジョーナの下から抜け出した。

「デザートを食べていなかったでしょう。ブライディのカスタードパイを切るわ」

「僕のデザートはきみだ」ジョーナはそう言ってつかまえようとしたが、ルースはするりと逃げた。

「あなたが服を着るあいだに、ホーボーを外へ出してやるわ」

ジョーナはベッドの横に足を下ろして起き上がったところでふと動きを止めて、部屋を歩いていくルースのゆたかな肢体をほれぼれとながめた。

「オーケイ、ルーシア、主導権はきみにある。でも何か着たほうがいいよ。でないとそのかわいい乳首が凍ってしまう」

ルースは彼にしかめっ面を向けてみせたが、たしかに言われたとおりだった。彼女はスウェットパンツを取ってはき、トレーナーを頭からかぶりながら部屋を出た。

ジョーナの耳に、ホーボーを呼ぶルースの声が、それから彼女がドアをあけたとたん、吹きこんできた冷たい風にきゃっと叫んだ声が聞こえてきた。彼は笑みを浮かべたまま、自分の部屋へ行き、清潔な下着をはいて、彼女のあとからリビングルームへ入った。ルースは暖炉に薪《まき》を足そうとしているところだった。

彼女のうなじにキスをし、手から薪を取った。

「僕がやっておくよ。きみはパイを切るはずだっただろう」

ルースはにっこり笑って薪をジョーナに渡したが、その場を動かなかった。そのかわりに、しゃがんで新しい薪を火にくべる彼の背中で、筋肉が動くのを見つめていた。思わず、手を伸ばして、彼の長い髪に手をくぐらせる。愛し合っているあいだに、髪はほどけてしまっていた。ジョーナの髪はゆたかで、まだかすかに湿り……絹のような手ざわりがした。

ジョーナがかかとに体重を移し、彼女を見上げた。「どうかしたのかい？」

「なんでもないの……ただ……ただ……あなたにさわりたかっただけ」

ジョーナの世界では、いつくしみというものに出合うことは少ない。胸が迫って、声がかすれた。

「それはありがとう、僕のルーシア。そうしたいと思うほど、誰かが僕を気にかけてくれたのはずいぶん久しぶりだ」

「これからはきっといいほうに変わるわ」ルースは言った。

ジョーナは立ち上がり、それから指の先で彼女の顎を持ち上げた。

「いまはもう、だろう?」

彼女はうなずいた。

ジョーナは彼女に両腕を回し、ルースの頬を自分の胸につけた。やがてルースには彼の鼓動と、もう決してきみを離さないと――もうきみがひとりぼっちになることはないと約束する声しか聞こえなくなった。


D・J・コーフィールドは上質のものに囲まれた暮らしが好みだったので、メイジャー・ボーデインから、百万ドルの報酬で、ある男を連れてきてくれと連絡を受けるとほくそえんだ。コーフィールドにとって、何かを追いかける情熱は最高の刺激だった。賞金が入ることを当てこんでリスクを冒すことにし、電話を取って、陸軍も使っている野戦車ハマーを一台注文した。ハマーは必ず手に入る。なぜならコーフィールドは一度も失敗したことがないのだから。

次の日、〈フェデラル・エクスプレス〉が獲物――ジョーナ・グレイ・ウルフという名の男――に関するボーデインからのファイルを届けてきた。コーフィールドは朝食を食べながら目を通した。相手の男が平凡な獲物でないことはすぐにわかったが、かえって興味をそそられた。動物がジョーナを助けに来たというくだりはいささか眉唾《まゆつば》ものだが、百万ドルという金には、ボーデインが相手の男にあると主張している突拍子もない特徴に目をつぶるだけのものがある。

ファイルにあった最後の記入事項によれば、ジョーナがいちばん最近目撃されたのはウエスト・ヴァージニアの山中で、今朝の天気ニュースでは、いまそこで雪が降っているらしい。

コーフィールドは渋い顔になった。冬は好きではない。とはいえ、百万ドルあれば、かなり冷えた足でもあたたまるというものだ。

ホーボーが外へ出してもらおうとドアを引っかいていて、ようやくルースは目をあけた。ジョーナは彼女と同じベッドでまだ眠っていた。ルースは自分が、みずからのしたことに震え上がるべきか、それとも、数多くの女の中で、自分のもとへ彼があらわれてくれたことを幸運と考えるべきか、よくわからなかった。しかし、ジョーナがあおむけになっていた体を回して横になり、眠ったまま彼女を捜して手を伸ばすと、ルースはほうっと息を吐いた。これはもう絶対に後者だ。

「ホーボーを外に出してやらなきゃ」彼女はささやき、ジョーナの鼻のてっぺんにキスをして、ベッドを出た。

ものの数秒で、ジョーナもぱっと目をさまし、下着を取りながら時計を見た。七時五分前だった。

「僕がやるよ。ブライディのところへ行かなくちゃならないし、だいいち、きみは今朝は寝ていていいんだろう、忘れたの？」

「たっぷり雪が降ったらの話でしょ」ルースは言った。

ジョーナが眉を上げた。「まだ疑ってるのかい？」

「自分でたしかめたいだけ」彼女は答え、ジョーナが服を着ているあいだに逃げた。

ホーボーにドアをあけてやると、犬は遊びに出された子どものように彼女の横を飛び出していって、雪の中へ飛びこんだ。ホーボーがしげみから木へ飛びはね、雪にかぶりつき、興奮して吠えるのをルースはほほえんでながめた。

雪はポーチの階段の一段めの上まで積もっており、前庭は白いまっさらな毛布でおおわれていたが、いまやホーボーがそれをあっという間にだいなしにしようとしていた。ルースはしばらくその光景を見ていたが、やがてドアを閉め、火をおこしに行った。

熾《おき》は灰の下でまだ光を放っていた。火かき棒で何度か突き、火をかきたて、乾いた薪を入れただけで、じきに炎が上がりはじめた。これでよし、と、ルースはコーヒーをいれにキッチンへ行った。あとでベッドに戻るとしても、まず熱いコーヒーを一杯、お腹《なか》に入れておきたかった。

ジョーナが自分の部屋から出てきたときには、もうコーヒーがいれられているところだった。彼のジーンズは古いけれど清潔で、赤と黒のフランネルシャツの下にはTシャツを着ていた。ルースが彼のブーツを火のそばに置いてあたためておいてくれたので、ジョーナは感謝の笑みを浮かべ、座ってそれをはいた。

「何か洗濯するものがあるなら、行く前に部屋の真ん中にほうり出しておいてくれれば、わたしのと一緒に洗っておくから」

ジョーナは立ち上がり、かかとを軽く床に打ちつけて、ブーツに足がちょうどよくおさまるようにし、それからルースの何もはいていない足を見た。

「ルームシューズは持ってないのかい?」

ルースは肩をすくめた。「ないわ。いつも厚いソックスをはくだけ」

ジョーナは顔をしかめたが、すぐにコーヒーのにおいに気づいた。

「僕も一杯持っていけるかな?」彼はきいた。

「ええ、もちろん。でも朝食を作ってあげようと思ってたのよ」

「きのう買ってきた蜂蜜《はちみつ》パンをひとつ持っていくよ。それでじゅうぶんだろう」

ルースは食料棚から袋入りの蜂蜜パンを出し、自分の持っている中でいちばん大きなカップにコーヒーをそそぎ、ドアのところまで運んだ。ジョーナがそこで待っていたのだ。

「床に泥の跡をつけたくなかったんだ」彼は言い、ゆうべ火のそばに脱ぎ捨てたきり、磨くのを忘れていたブーツを指さした。

ルースはほほえみ、爪先立ちになって彼にキスをした。

「ホーボーがあなたのかわりにつけてくれるわよ」彼女はそう言って、パンとコーヒーを渡した。「ブライディに、愛してるって伝えてね」

ジョーナは不満げな顔をし、コーヒーとパンを置いて、彼女を腕に抱き寄せた。

「きみがよろしく言ってたと伝えておくよ」そっけなく言った。「愛のほうは僕のものだからね」

そして彼女にキスをした。

すると、これまでと同じように、ルースは自分のまわりの世界が変化するのを感じた。彼の唇が自分の唇にぴったり重なったとたん、狼の顔が五感をかすめていった。やがてふいにジョーナがルースの体を持ち上げ、ルースの脚が彼の脚にからみつくと、ジョーナは彼女の体を回して、壁と自分のあいだに閉じこめた。

ルースが彼の腰にがっちり両脚を組み、彼の首に腕を回したとき、ジョーナが唇を離した。彼女はうめき、もう一度彼とつながりたくなった。しかし、ジョーナに頬をすり寄せられ、耳元でささやかれて、あらゆる思考は消えてしまった。

彼がささやいたのはある約束で、それはルーシア・マリーア・アンダハーがこれまで考えたこともなく、ましてや嬉々《きき》として体験したいと願うことなどありえなかったものだった。それだけでも頭がおかしくなりそうだった。なのにジョーナは彼女の耳たぶをとてもやさしく噛《か》み、彼女の首の横の、脈が打っている場所に強く唇をつけてきた。

ルースは思いがけない絶頂感に頭から爪先まで打ち砕かれて、うめき声をあげた。彼女がジョーナの愛撫《あいぶ》の力にまだ震えているあいだに、彼はもう一度ルースをベッドへ運んでいき、さっき彼女が眠っていた場所にそっと横たえ、上掛けをかけてくれた。

「眠って」彼はやさしく言った。

ルースは目を閉じ、素直に言われたとおりにした。

ジョーナはしばらくそこに立って、彼女の褐色のまつげが下まぶたについて震えるのを見ていたが、やがてぐっと歯を噛みしめ、出ていった。そして口笛を吹いた。

ホーボーが走ってきた。

「中にお入り」彼は言い、犬が家に入れるよう、ドアを支えてやった。「誰にも彼女に手出しさせないでくれ」そう付け加えると、ドアノブの鍵《かぎ》を回してから、ドアを閉めた。

雪をかき分けて、庭の片側へ歩いていった。そこの物置に、ブライディの古トラックが停《と》めてあるのだ。思ったより簡単にエンジンがかかったので、ジョーナはほどなくして道路をのぼりはじめ、もうひとりの大切な女性を手伝いに向かった。

彼は妻の夢を見ていたが、彼女を抱こうとすると、妻はルーシア・アンダハーに変わった。とたんに汗びっしょりになって目をさまし、とうとうばれてしまうと思いこんだ。やがて自分は夢を見ていたのだと気づき、妻はまだ義母のところにいることを思い出すと、寝返りを打ってあおむけになり、震える手で顔をぬぐった。

「くそっ。もう……くそったれが」彼はつぶやき、それから時計を見て、ふたたび低く毒づくと、ベッドを出た。

バスルームへ行き、窓の外に目をやって、ようやく雪に気づいた。冬は大嫌いだ。それを言うなら、ウェスト・ヴァージニアも大嫌いだ。もう何年も、妻を説得してマイアミへ引っ越そうとしているのだが、彼女はハリケーンを怖がり、母親からはるか遠くへ行くことにも不安を持っていた。

彼はため息をつき、小便をすることに集中した。運が向けば、義母も今度こそくたばってくれるだろう。そうすれば、妻を説き伏せて移住できるかもしれない。海岸沿いに住む必要はない。内陸に落ち着いてもいいのだから。彼はただ、いつも草が緑にしげり、たいていの日は晴れている土地に住みたかった。それに、人口の多い地域のほうが、ガールフレンドを持つのもずっと簡単だ。それなら、彼女たちの姿が消えても、誰かが気づくまでには何日か、あるいは何週間もかかる。ここではそうはいかない。ルースが仕事にあらわれなかったら、行方不明とされるまで長くはかかるまい。遺体の発見はまた別の話だが。

それでも、ここでは用心しなければならない。彼はしばしば、なぜ自分はこの土地にとどまっているのだろうと思った。なぜスーにもこれまで女たちにしてきたことをせず、だらだら過ごしたあげく、彼女と結婚したのだろうと。妻が彼の母親を思い出させるからかもしれない。結婚生活では、向こうが主導権を握っているからかもしれない。だが、彼女が支配するのもそこまでだ。外へ出てしまえば、彼がすべての王となる。

しばらくして、仕事へ行く身支度にひげを剃《そ》りながら、彼はハロルドの店へ朝食を食べに行こうかと考えた。料理を運んでくるとき、ルースの胸が揺れるのを見られる。一日の始まりには最高だ。

しかし、ガレージをバックで出て出勤しようとして、思っていたような単純な回り道とはいかないことに気がついた。町のお偉いさんはまだ起きていないらしい。でなければ、数少ない職員に、外へ出て雪かきをし、通りに砂をまくよう命令しているはずだ。

タイミングの悪さと、天候と、妻をののしりながら、彼はのろのろとダイナーへ食事に向かった。

ダイナーのドアの上のベルが鳴ったとき、ハロルドは奥のブースに座って、朝食を食べていた。彼は顔を上げ、トーストの最後のひと口をのみこんで、その客に入ってこいと手を振った。

「いらっしゃい！　今朝作る朝めしは自分のだけだろうと思ったんだよ。さあ、座って、座って。いまコーヒーを持っていくから」

「ルースは？」

「家にいるよう言っておいたんだ。一日かかっても十人客が来るかどうかわからないのに、仕事に来させなくてもいいだろう」

「そうか」

「それで……何にする？」ハロルドはコーヒーをそそぎながらきいた。

「スコーンのグレイビーつきはあるかい？」

「ああ、あるとも、あるとも。たんまりとな。一緒にハッシュブラウンズはどうだ？」

「なんでもいいよ」彼は答え、コーヒーにクリームと砂糖を入れた。しかしまたしても腹が立っていた。はじめに雪。次はルースにも会えない。

「なあ、スーのお袋さんの具合が悪いそうだな。どんな様子なんだ？」ハロルドがきいた。

「よくないんだ。かなり。女房は今週いっぱい、お義母《かあ》さんのところにいるよ」

「それじゃいまはのんきなひとり暮らしってわけだな？」

彼はうなずいた。ハロルドは、妻の留守のあいだは独身状態だと言っているのだ。本当にそうならいいのだが。

「昼の用意に、チリとコーンブレッドを少し作るんだ。あんたが正午ごろもまだ仕事をしていたら、また来いよ。ひとりでスープの缶をあけるよりいいだろう」ハロルドが言った。

「そうだな……ありがとう……そうさせてもらうか」彼は答え、新聞を開いて読むふりをし、ハロルドが察して黙っていてくれるよう願った。

実のところ、彼はこのあとどうするかまだ決めていなかったが、山の上へひとっ走りしてみようかと思っていた。ルーシア・アンダハーが雪に閉じこめられているなら、話し相手がいれば喜ぶだろう。彼のほうはルースの相手をしたくてたまらなかった。

ジョーナが庭へ車を入れたとき、ブライディの家の中には明かりがついていた。いつものように家の前に停めるのはやめて、牛小屋へ走っていった。そこの仕事を終えたら、家へ戻る途中で薪の山のところに寄り、暖炉の薪をたっぷり運んでいくつもりだった。

ブライディがキッチンにいるのが見え、ジョーナは通りすぎざまにクラクションを鳴らした。彼女が手を振った。彼も振り返して、そのまま車を走らせた。

牛のモリーが小屋の中で待っていた。ジョーナが入っていくと、モリーは甘い声で低く鳴いた。

「僕からもおはよう」彼は言い、モリーの左耳の後ろをかいてやってから、仕切り棒のほうを向かせた。

手早くバケツに餌《えさ》を入れ、それを飼い葉桶《おけ》に移し、それから搾乳用のバケツと椅子を取ってきて、モリーの横に座った。

モリーの乳首から乳を搾りにかかると、彼女の乳房のあたたかみが、冷えた指に心地よかった。モリーはすぐに乳を出しはじめ、じきに、新鮮なあたたかいミルクのにおいが、モリーがいま食べている干し草や、糖蜜入りの飼料の香りと混じった。

牛の乳搾りは辛抱強さ以外に技術のいらない単純作業だが、ジョーナは牛小屋の孤独と、そこに居ついている住人たちの朝の物音が好きだった。

干し草の下で冬ごもりしている大きな黒蛇は、ぐっすり眠りこんでいた。めんふくろうはいちばん高い梁《はり》に止まって、寝ているふりをしている。だがジョーナには、めんふくろうが不意を突かれないよう、彼から目を離していないのを知っていた。

小屋の通路のすぐ外では、小さな赤狐《あかぎつね》が見まわりをしていた。巣に引き返す前に、ねずみか、卵でもひとつふたつ、朝ごはんにないかと探しているのだ。

ジョーナには、いまでは鶏小屋の床下を住みかにしたブラザー・マウスが、ちゃんと狐に気づいていることがわかっていた。それなら安心だ。彼はあの灰色のねずみが好きになっていたので、悪賢い狐の餌になってしまうのは忍びなかった。

乳搾りを終えるころには、モリーは餌を食べつくしたが辛抱強く立っており、反芻《はんすう》した草を噛みながら、外に出されるのを待っていた。しかしジョーナは、今日はモリーには別の予定を考えていた。

「今日は寒すぎるよ。それにおまえには雪が深すぎるんだ、おばあちゃん。もう少し干し草をここへ持ってきて、それから囲いの中に出してやるよ。小屋の中に戻りたかったらそうすればいい。耳の先っちょを凍りつかせたかったら、外で凍らせておくのも自由だよ」

モリーは頭を回して彼を振り返り、おだやかにもーと鳴いた。

ジョーナはにっこりした。

「冗談だよ、わかってるだろう?」

彼はトラックの中にミルク用のバケツを入れ、それから小屋へ戻り、干し草の四角い束ふたつの針金を切り、ひとつの束を六つのかたまりに分け、さっきモリーが食べていた飼い葉桶へ運んだ。

「そら……これで朝のおやつと、昼ごはんにはたっぷりだろう。またあとで来るから。あぶないことはするんじゃないよ、おばあちゃん」

モリーはそっと彼をこづいた。

ジョーナはほほえんだ。「ああ、ありがとう、僕もそうするよ」彼は言い、柵《さく》のところへ出て、水飲み桶に張っていた氷を割り、それからトラックへ引き返して、薪を積んである場所へ車を走らせた。

しばらくすると、薪のかなりの量をトラックの荷台に積みこめたので、運転席へ戻った。手袋ははめていたが、ジョーナの手は冷たく、足も冷たくなっていた。それがアラスカの長い冬と、父親と一緒だった年月を思い出させた。二人はどちらも、あまりにも多くのものを奪いとられた。アダムの命は短く断ち切られ、ジョーナは持っていた唯一の家庭を失った。それでもジョーナは、父と過ごせた年月に感謝していた。

そこでルースのことが思い浮かんだ。彼女と離れていると、実際に体が痛むような気がする。これまで女性にこんな感情をおぼえたことはない。あれほど小柄な女性が、彼の人生のこんなにも深いところまで力を及ぼせるのだとわかると、恐ろしい気がした。ボーデインが彼女を見つけたら何をしてくるかを考えると、いっそう恐ろしかった。

しかし、ルースを愛したことで、ジョーナの中では何かが変わり、それが彼に、人生に対する新たな見方を与えてくれた。彼女と離れることはできない。離れるつもりもない。だが、それでも、自分と一緒に逃亡の一生を送ってくれとは言えなかった。

彼女のおかげで――やっと見つけたこの愛のおかげで――ジョーナはある重大な決意をした。次にボーデインの雇った追っ手に見つけられたら……覚悟を決めて、反撃しよう。連中は必ず自分を見つけるだろう、とジョーナは確信していた。逃げるのはもうやめだ。肩越しに後ろを振り返ることもしない。もうこんなことは終わらせるんだ。はじめにそうすべきだったように。

10

ジョーナの物腰はおだやかだったが、ブライディは何かがいつもと違っているとわかった。どこがどうとは言えないが、何かが変なのだ。彼女がミルクを濾《こ》しているあいだ、ジョーナは裏のポーチに薪《まき》を下ろしていた。ブライディは作業を終えると、ジョーナに中へ入ってあたたまるよう呼びかけ、それから彼を座らせて、熱いコーヒーと、オーヴンから取り出したばかりの焼きたてのジンジャークッキーを出した。

「このクッキーはおいしいですね、ありがたいな」ジョーナは三枚めのクッキーに手を伸ばしながら言った。

ブライディはにっこりした。料理は大好きだ。食べてくれる人が身近にいるのはなおい い。

「どういたしまして。さあ、話してちょうだい。何があったの？」

ジョーナは彼女がなんの話をしているのかわからないふりをするつもりはなかったし、年長者の知恵に敬意を払う文化の中で育っていた。それに加えて、ブライディがルースのことを気づかっているのもわかっていた。

「ルーシアのストーカーが、きのうの夕方、キャビンまで来ていたんです。僕が車で帰ってきたとき、ルーシアはパニックを起こしていました。ホーボーは何かを……誰かを追って、森に入ってしまって。彼女に鍵《かぎ》をかけて家にいるよう言い、僕はホーボーのあとを追いました」

ブライディは顔をしかめた。そんな心根のよくない人間がこの山にいるとは思いたくない。

「鹿《しか》か……大きな猫だったかもしれないわ。このへんにはいくらかいますからね。ルースの犬はそれを追っていたんじゃないかしら」

「鹿でもないし、猫でもありませんよ……運転できるやつなら別ですが。あれは人間でした。僕はそいつのあとを追って、やつの車が停《と》めてあったところまで行ったんですが、もういませんでした」

ブライディは彼の推理のあらさがしをせずにいられなかった。ジョーナの疑いが正しいとしたら、よからぬ人間がすぐ近くにいることになってしまう。

「ただのハンターだったんじゃないの」

「それなら、なぜ逃げたんです？　立ち止まって、姿を見せなかったのはなぜですか？　それに、そいつはホーボーに木の上に追いつめられて、彼を撃ったんですよ。致命傷ではなかったけれど、ひどい傷でした。家に帰る前に、僕が治しましたが。ルーシアは前に、ホーボーが足をなくしかけたところを見ています。もう心配させたくなかったんですが、ストーカーがホーボーを始末しようとしているのはたしかだと思います。そうなれば、やつが何を企《たくら》んでいるにせよ、彼女に近づくのに邪魔者がいなくなりますからね」

ブライディは眉を寄せた。「でも、あなたがいるでしょう。あなたはあの家にルースといるじゃないの」

「それを知っている人は多くありませんよ。それにゆうべは、僕が追っていると気づかせるほどストーカーに近づけなかったんです。結局、そいつとホーボーだけがやり合いました」

ブライディは椅子にもたれ、ジョーナの顔を見つめた。心の中では、彼が真実を語っており、それは彼が考えるとおりのものだとはわかっていたが、彼女自身はジョーナができるという癒《いや》しの行為を直接見たことがなかったし、それでまだちょっぴり疑いを捨てきれずにいた。

彼女はクッキー入れを取って自分用に一枚出し、その形をじっくりながめてから口を開いた。「それじゃ、そのことを保安官に話すつもり？」

「ルーシアにはそう勧めたんですが、彼女が言うには、一度訴えに行ったけれど、まるで相手にされなかったそうです。また同じことをする気はないでしょう」

なの?」

ブライディは納得できないという顔をした。「それじゃ、どうやって彼女を守るつもり

ジョーナは顎の横の筋肉をぴくりとさせ、コーヒーカップを両手でつかみ、まっすぐに

ブライディの目を見た。

「相手を狩り出します。そいつを見つけて、保安官に引き渡すか……あるいは、そいつが

生まれてきたのを後悔するくらいの目にあわせてやるか。まだ決めていませんが」

ブライディは不審げな表情になった。「あなたは相手を見なかったんじゃないの」

「見ていません」

「だったら、リトル・トップやその周辺に住んでいる人たちの中から、どうやってその男

を見つけ出すの?」

「僕にはわかるんです」

ブライディは軽く鼻を鳴らした。「それじゃ全然すじが通っていないでしょう。あなた

のしようとしていることは、自分をトラブルに巻きこむだけですよ。そんなことになった

ら、わたしはまたここに取り残されて、モリーの乳搾りをしなきゃならないわ」

ジョーナには、ブライディが彼女自身でなく、彼を案じてくれていることがわかってい

た。彼はブライディの手に自分の手を重ねた。

ブライディは突然、エネルギーがあふれるのを感じた。まるで、感電して衝撃を受けた

ように。彼女は息をのみ、手を引っこめようとしたが、ジョーナは放さなかった。

「あなたに迷惑はかけません。それに、僕にはキャビンに来た男が必ずわかります」

「それじゃ、どうやってなのか教えて」ブライディはきいた。

「においでかぎ分けるんです」

ブライディは笑った。「わたしをからかっていたのね。人間はにおいで何かを追ったりできないわ」

ジョーナは手を離し、それから椅子を後ろに傾けて、コーヒーを飲み干した。「クッキーをごちそうさまでした、コーヒーもおいしかったですよ。鶏に餌《えさ》をやって、卵を集めてきます。卵集めに使うバスケットはありますか？」

ブライディは不満げな顔をした。「話をそらそうとしているの？」

ジョーナは立ち上がった。「フランクリンはひげを剃《そ》ったあと、顔に〈オールド・スパイス〉をつけていたでしょう？」

ブライディはあっけにとられた。「どうして知っているの？」

「床板にまだにおいが残っています」

彼女は目を丸くした。「でも、あの人が亡くなってもう十年たってるわ。それにそれから床には何度もモップをかけているのよ」

「この家の蜜蝋《みつろう》とレモンオイルのにおいもわかりますよ、防虫剤や、湿布薬の混ざった薬と同じように。お宅の入浴剤はくちなしの香りがしますね。それから何かほかのもの……かすかだけど、ここよりリビングルームで強い香りのものが」ジョーナは目を閉じ、においに集中した。「ああ、そうか……薔薇《ばら》だ。薔薇の香りがする」

ブライディは息が止まりそうになった。もう何年ものあいだ、彼女はいつもソファのクッションの下に、花びらをつめた香り袋を入れていた。最近のものは、裏のポーチのそばの薔薇で作った。ジョーナが知っているはずはない。香り袋を見つけたはずもない。彼女がそんなことをしていると知っている人間はいないのだ。フランクリンでさえ、そのささやかな秘密は知らなかった。知っているのは彼女ひとりだった……いままでは。

ブライディはジョーナをにらみ、ドアのほうを指さした。

「卵のバスケットはわたしの上着とスカーフのそばにかかっているわ。卵を集めるときは、年のいった赤い雌鳥《めんどり》に気をつけて。気が短くてつつくから」

「はい」ジョーナは答えた。

ブライディは彼が行くのを見送り、それから目を閉じて深く息を吸ってみた。コーヒーとクッキーのにおいしかしない。やがて頭を振り、カップを流しへ運んだ。

ジョーナ・グレイ・ウルフが何者であろうと、彼女のためによく働き、ルースのことも気にかけてくれている。大事なことはそれだけだった。

次の日の朝には、雪も溶けはじめた。ルースが出勤の支度をしている横で、ジョーナは檻《おり》に入れられた動物のように、キャビンの中を歩きまわっていた。夜のあいだはとぎれとぎれにしか眠らず、目をさまして火をかき起こしては、窓の外を見て、誰もいないことをたしかめた。そうしてから、ルースのいるベッドへ戻る。そのたびに、彼はルースを抱き寄せ、彼女の頭の上に顎をつけて、二人の愛の行為のにおいがまだただよっている中でふたたび眠りに落ちた。

しかしいまはもう朝なので、ルースの面倒と安全は、リトル・トップでダイナーを経営しているハロルドという男にゆだねなければならなかった。ジョーナが二杯めのコーヒーをカップにそそいでいると、ルースが部屋から出てきて、ソファに腰を下ろしてテニスシューズをはいた。昼間はずっと歩きまわっているので、はき心地のいい靴はなくてはならないものだった。

それに、さいわいにして、ハロルドは制服を着るべしという方針ではなかったので、ルースは着たいものを着てよかった。今朝はブルージーンズに赤いセーターという恰好《かっこう》で、長く波打つ髪はポニーテールにまとめてある。ジョーナは彼女の首の横に小さなキスマークが残っていることに気づいて、満ち足りた気持ちが湧《わ》いてくるのを感じ、彼女はあれに気がついているのだろうかと思ったが、言わないでおくことにした。しかし、ほかに言わなければならないことがあった。きのうブライディと話をしてからずっと考えていたことが、頭から追い払えなくなっていた。

「考えたんだけれど、ストーカーから来た手紙を全部、保安官に見せたほうがいい」

ルースは顔をしかめた。「もう見せたわ」

「一通だけだろう」

ルースは立ち上がり、腰に両手を置いてジョーナと向き合った。

「それで、残りのものも見せたからってどうなるの？　わたしは相手の姿を見ていない。この家に押し入ろうとした人間がいるわけでもない。罠《わな》をしかけてホーボーに怪我《けが》をさせたのがそいつだと証明することもできない。いったい何を訴えればいいの？」

「誰かがきみを脅していることをさ」

ルースは両脚の横をぴしゃりと叩《たた》き、両手を上げた。

「なぜ？　どうしてなの、ジョーナ？　それで何かが変わるとでも？」

「なぜかってことの説明にはなるかもしれないよ。僕がそいつを見つけて、ぼろぼろにしてやったときに」

ルースはぎくりとした。こわごわ尋ねてみる。

「でも見つけるなんて無理よ。わたしたち、ストーカーがどんな姿恰好なのかも知らないでしょう」

「僕には見つけられる。必ず見つけてみせる。今日、きみを迎えに行ったときにそいつが町にいれば、きっと見つけるよ」

「あらまあ。どうやって？」

「においでわかる」

ルースは目を丸くした。彼の言葉は聞こえたが、そんなことが可能とは思えない。しかしすぐに相手はジョーナだと思い出した。彼のしたことをこの目で見たではないか。あれに比べれば、においをもとに誰かを見つけ出すくらい、たいしたことではないかもしれない。

「ああ。なるほど」やがて彼女はほほえんだ。「わたしはどう？　わたしのことは見つけられる？」

ジョーナは部屋を歩いていって、彼女を抱きしめた。

「暗闇《くらやみ》で、目を閉じていても」彼は言った。

ルースの笑みが広がった。「わたしはどんなにおいなの？」

彼はルースを抱き上げ、床から爪先が離れるほど持ち上げて、強くキスをした。

「答えてくれてないわよ」ようやくジョーナが手を離すと、ルースは言った。「わたしはどんなにおい？」

「僕と同じにおいだよ」ジョーナはうなるように答えた。

ルースは心臓が止まりそうになった。このふた晩のことを考えれば、無理もない。

「もう仕事に行かなきゃ」彼女は言った。

ジョーナは譲らなかった。「手紙を持っていかなきゃだめだ。頼むから」

ルースはあきれたように目を上に向けた。「いいわ。持っていくわよ。保安官に見せればいいんでしょ……さぞ役に立つでしょうよ」

「僕には役に立つよ。そいつをやっつけてやったときに言い訳が立つからね、言っただろう?」

「ちゃんとおぼえてるわ」ルースは答えた。「でも、あなたがストーカーを保安官事務所に引っ張っていっても、においで彼が犯人だとわかるってことを、どうやって保安官に納得させるのかわからないもの」

「僕が納得させる必要はない。そいつが自白するよ」

ルースはジョーナがどれほど真剣かを知って、突然、寒気をおぼえた。彼は本当にストーカーを狩り出す気なのだ。彼女はそのことを自分がどう感じているのかわからなかったが、ジョーナの身が心配だった。

「何かばかなことをする気じゃないわよね?」ルースはきいた。

ジョーナの顎が反論するように持ち上がった。「ばかなことをしてきたのはそいつのほうだよ。僕は彼を後悔させてやろうってだけさ」

「ならいいわ。手紙を取ってくる」

ルースは自分の部屋へ戻り、大きな茶封筒を持って出てきた。ジョーナはもう彼女の上着を持って待っていてくれた。彼女はその上着を着て、バッグを取った。

ジョーナは自分の上着とトラックのキーを取り、彼女にドアをあけてやり、それからあとに続いてポーチへ出た。

「ここで待っていて」彼は言った。「きみが泥の中を歩かなくてすむよう、車を回してくるから」

「そんなふうにしてくれるのって悪くない気分」

ジョーナは階段の途中で立ち止まり、彼女を振り返った。ルースの黒みがかった目はきらきら光り、顔をふちどる巻き毛を風が引っ張っている。彼女が本当に幸せそうに見え、ジョーナは自分の存在が、彼女を傷つけたり、二人が築こうとしているものを壊したりしないかとひどく不安になった。

「ほかに何をしてあげられるのか、楽しみだよ」彼はおだやかに言い、物置へ向かった。

しばらくして、彼はハロルドのダイナーの前に車を停めた。

「いってらっしゃい」ルースは言った。「ブライディによろしくね」

「伝えておくよ」ジョーナは答えた。

ルースがドアをあけ、降りようとしたとき、彼が名前を呼んだ。

「ルーシア……」

彼女はほほえんで振り向いた。

「なあに？」

「愛してる」

ルースは動けなくなった。やがてその目に涙があふれた。この人ったら、わたしが通りに立って、みんなの前に出るまで待ってから言ってくれればいいのに。

「ああ、ジョーナ……わたしも愛してるわ」

彼は一度だけうなずいた。まるで、その問題は解決したから気がすんだというように。

「それじゃ三時にまた」

彼の告白にまだ動揺していたルースは、うまく口が回らなかった。「え、そうね……三時に」

「手紙を保安官に見せるのを忘れないで」

「わかったわ」彼女は約束した。

ジョーナは彼女がダイナーへ入るのを見届けてから、ブライディの仕事をしに山をのぼっていった。彼は長い年月のあいだに、心にあるものを口に出すことを学んでいた。ときには、明日がないこともあるからだ。はじめてルースにキスしたときから、心の中では愛していると言っていた。もう口に出して言ってもいいころだった。

ルースはジョーナの言葉がくれた喜びにまだぼうっとしながら、ダイナーの中を通って奥の部屋へ行き、フックにつるした上着の上の棚に封筒を置いて、そのまま仕事にかかった。

シャグ・マーテンがガソリンスタンドをあける前に店に来て、手を振ってルースを呼び、テイクアウトの朝食を注文すると、ホーボーのことをいろいろ尋ねてきた。

「なあ、ルース……わかってくれるよな、おれがどうしてあんたと一緒に行って、犬を罠から助け出さなかったか。あの犬はおれをひどく嫌ってるんだよ」

「わかってるわ」ルースは言った。「もういいのよ。ホーボーはジョーナが助けてくれたから」

シャグは不審そうな顔をした。「それがあんたについていったネイティヴ・アメリカンの名前かい？」

「ええ」

「犬はひどい怪我だったんじゃないか？」

ルースはどうすれば詳しいことを教えずに答えられるかわからなかったが、話すことが少なければ少ないほどいいだろうと考えた。

「ええ、でもそれもジョーナが手当してくれたわ」そう答え、すぐに話題を変えた。「いまでもコーヒーにはクリームと砂糖を入れるのかしら？」

「ああ」シャグは答えた。「それで……さっきは車で仕事に来たようだが」

ルースはクリームと砂糖を紙袋に入れた。

「ええ……まあね、そうよ。この雪とぬかるみの中を歩いてこなくてすんで、ほんとに助かったわ。ちょっと待ってね、シャグ。もう注文はハロルドに通ってるから。すぐ戻ってくる」

ルースは戻ってきて、紙袋の中にテイクアウト用の箱を入れ、金額を計算した。

「六ドル五十四セントよ」

シャグは金を数えて渡し、袋を取ったが、まだぐずぐずとそこに残ってじっとルースを見た。「さっきあんたが乗ってきたのは、ミズ・ブライディの古トラックだろう？」

「ええ」

「誰が運転してたんだ？」

ルースは落ち着かない笑い声をたてた。「ちょっと、シャグったら。わたしの伝記でも書くつもり？」

シャグも顔を赤くする程度の良識はあった。「いや、その。詮索《せんさく》するつもりはなかったんだよ」

ルースはほほえんだ。「あら、あったでしょ、でも気にしないで。それじゃ本当に仕事に戻らないと」

「まだ誰が運転してたのか、教えてくれてないが」シャグは食いさがった。

ルースはため息をついた。「ジョーナよ。ブライディがこの冬の手伝いに彼を雇ったの」

シャグはうなずいた。「それで……やつがあんたを仕事場まで送ってくれるってわけか？」

「シャグ！　いいかげんにして」ルースは言った。「食事がさめるわよ」

シャグはにんまりし、肩をすくめると、ようやく出ていった。

ルースは彼が行ってしまうとほっと息をつき、いそいでほかの客のところへ戻った。

普段、ルースは毎日たいてい同じ客たちの給仕をする。となると、例のストーカーにも料理を出し、皿を片づけ、チップまでもらっている可能性が大きい。ルースは立ち止まって店内を見まわし、ひとりひとりの客の顔を見て、この見慣れた人々の誰かが、自分をこんなにも苦しめている悪人なのだと想像しようとした。

誰も悪人には見えなかったが、だからといって、そうでないことにはならない。

「おーい、ルース。オーダーが上がったぞ！」ハロルドが呼んだ。

ルースは厨房《ちゅうぼう》へいそぎ、そうして一日はすぎていった。

ルースがほっとひと息つけたのは二時すぎだった。詳しいことは告げずに、用事があるとハロルドに断りを入れ、手紙の入った封筒を取って、保安官事務所へ通りを歩いていった。

トム・マイズはリトル・トップの保安官になって十年近かった。これまで扱った最悪の事件は、車の事故。ベイトマン家の息子たちの誰かがきょうだいの車やボートを断りなく使って、悶着《もんちゃく》を起こすことはたびたびある。一度など、誰かが誰かの女房までとっていった。しかし、そういうこともたいていは自然に片がついた……女房のことも。結局、彼らはどちらも女を捨てて、彼女に荷物をまとめさせた。

この日の午後、マイズはデスクに着いて、アイダ・メイ・コーリーの雄猫が一匹、エイリアンにさらわれた件の報告書を書いていた。猫はどこかで雪に閉じこめられ、雪が溶けるのを待っているんだろうとアイダ・メイを説得してはみたのだが。

マイズも町の内外でペットの失踪《しっそう》が多発していることは認めざるをえなかったが、山から何か動物が下りてきて、この町でちょっと腹ごしらえをしているのだろうと思っていた。

報告書を書き終えると、無意識にシャツのポケットに手を伸ばした。しかし、そのポケットがぺたんとして、いつもの煙草《たばこ》の箱が入っていない理由に気がついたとたん、マイズはため息をついた。禁煙しようとしてほぼ一週間、いまは吸いたくてたまらない状態なので、何か軽く口に入れるものを買いに、副保安官をスーパーマーケットへ行かせてあったのだ。じきに冷たいペプシと〈ディンドンズ〉ひと袋が来る。あのクリームがたっぷり入ったチョコがけスポンジケーキを食べたくてたまらなかった。ドアの開く音が聞こえると、煙草への欲求をそらしてくれる食べ物が来たと思いこんで、マイズは顔を上げた。

しかし、入ってきたのは副保安官ではなかった。ルーシア・アンダハーだった。彼女の持っている封筒と、顔に浮かんでいる表情が目に入り、マイズの眉間《みけん》の皺《しわ》はいっそう深くなった。どうやら事件らしい。それも、あまりありがたくない類《たぐ》いの。

ルースは事務所に入ると、みぞおちのこわばりがいっそう硬くなり、心臓がどきどきと打った。警察官に近づくとなぜこんなに落ち着かなくなるのかわからなかったが、昔、彼らとかかわったときのせいかもしれない。家族が死んだ事故のあと、最初に目にしたのが制服警官だったのだ。ルースが成年になる手前でおじの家から逃げたとき、措置に当たったのも警官だった。そして今度はこれ。誰かに一挙手一投足を見張られているという、はらわたをねじられるような恐怖をどう説明すればいいのだろう?

トム・マイズは彼女の表情を見て、それからさっと彼女の全身をながめてから、じっくり応対した。

「ミス・アンダハー……何かありましたか?」

ルースは彼のデスクへ歩いていき、茶封筒をさかさまにして、中の手紙をデスクの上にざあっと出した。

「うわっ!」マイズは声をあげ、手紙がそこらじゅうに散らばらないよう、つかんで止めた。「これはなんです?」

「何カ月か前、誰かわからないストーカーから、脅迫状が来たと相談したのをおぼえてます?」

マイズは顔をしかめた。「ひそかなファンから来る手紙は、脅迫状とは言わないでしょう」

ルースは折りたたまれた手紙の山をさした。「わたしならこんなものをラヴレターとは言いません」

マイズはまた顔をしかめた。「そんなものじゃないと?」

彼女はうなずいた。

「座ってください」彼はぶっきらぼうに言い、自分も腰を下ろして、手紙を開きはじめた。十通あまりを読んだころには、眉間に皺が刻まれだした。そしてとうとう最後の手紙を開いたとき、マイズの顔は赤く染まり、目には怒りが輝いていた。

「ひどいもんだ。なぜこんなことになっているのに、いままで相談してくれなかったんです?」

「最初のとき、あなたは信じてくれなかったでしょう」ルースは答えた。「気持ちを変えてくれると思う理由もありませんでしたから」

マイズはますます顔を赤くした。「あなたの安全などどうでもいいような印象を与えたのなら、謝りますよ」

ルースは緊張を解きはじめた。手紙を保安官のところへ持っていくよう促してくれたジヨーナは、やっぱり正しかった。

「こんなことをしている人物に何か心当たりは？」マイズが尋ねた。

「いいえ。ダイナーで料理を出すお客さんみんなを注意して見てみたんですけど……普段と違った態度の人はいません」

「自宅のまわりで誰かを見かけたことはありませんか？」

ルースはためらったが、やがて椅子ぎりぎりまで前へ体をずらした。

「おととい、ちょうど暗くなりかけたころなんですが、誰かが木立の端にいるような気がしたんです。でも、それが誰であれ、隠れたか、いなくなってしまいました。けれど、わたしが家の中へ戻ろうとしたとき、うちの犬が走り出てきて、狂ったみたいに吠《ほ》えて、木立の中へ入っていったんです。わたしが誰かいたと思ったのと同じところへ」

「それからどうなりました？」

「どうしようと思っているうちに、ジョーナが家に帰ってきて、犬を追って木立へ入っていきました。誰なのかひと目でも見られるかと思って。彼はホーボーが相手の男を木の上に追いつめた場所は見つけたんです。それから男の車が停まっていた場所も見つけたんですが、相手はもうとっくに逃げていたそうです」

マイズは眉を寄せた。「ジョーナとは誰です？」

「ジョーナ・グレイ・ウルフです。彼は友達……いえ、ただの友達じゃありません。ミセス・チューズデイの手伝いをしていて、わたしと暮らしています」

トム・マイズは驚いた顔になった。ルーシア・アンダハーのことはずっと前から知っているが、彼女は地元の人間とデートしたことも、いかなる意味でのボーイフレンドも持ったことがないのだ。

彼は身を乗り出した。「そのジョーナが町に来たのはいつです？　彼がそのストーカーかもしれないと考えてみましたか……あなたを守るふりをして、好意を得ようとしていると？」

「彼が町に来たのは三、四日前ですし、手紙はもう何カ月も届いています。それに……彼じゃありません。あなたも彼に会えば、そんなことは思いません」

「たった三、四日で、そいつはあなたのベッドにもぐりこんだわけですか？」

あっという間に怒りが全身を貫き、ルースは考えるより先に立ち上がっていた。「問題はわたしが誰とベッドに入ろうがあなたの知ったことじゃないわ」彼女は言った。「どちらにしても、こんなことをしている男をあなたが見つけられるかどうかでしょう。どちらにしても、もう話すことはありません」

ルースは足音も荒く事務所を出て、思いきりドアを閉めていった。

しばらくすると、副保安官のアール・ファーリーが小さな茶色の紙袋を持って戻ってきた。彼は袋を保安官のデスクに置き、ドアを指さした。

「さっき飛び出していったのはルーシア・アンダハーですか？」

マイズはため息をつき、やがてうなずいた。「ああ、彼女だ」マイズは手紙を茶封筒に戻して横にどけ、紙袋に手を突っこんで〈ディンドンズ〉の袋を出してあけた。チョコレートが舌に広がり、煙草への欲求をつかのま抑えてくれ、彼はうっとりと息を吐いた。

「彼女、美人ですよね？」ファーリーが言った。

マイズは返事をしなかった。ふたつめの〈ディンドンズ〉にかぶりつき、それからペプシの蓋《ふた》をあけるのに忙しかったのだ。


ダイナーに戻ったときも、ルースの顔はまだ紅潮していた。ハロルドが顔を上げ、彼女の頬が赤いことに気づくと、手を振って奥へ呼んだ。

「冷たい風で顔が赤くなったんだろう。こっちへ来な、ホットチョコレートを作ってあげるから」

「大丈夫よ」ルースは答え、まだ荒っぽい歩調で奥の部屋へ行き、上着をかけた。

しばらくしたころ、ジョーナが店に来た。

「やあ、調子はどうだい？」ハロルドは店に入ってきたジョーナに呼びかけた。ハロルドはルースの新しい通勤手段のことを知って、おおいに賛成していた。これまででいちばんいいウェイトレスを失いたくなかったし、ルースが毎朝歩いて出勤しなくてもよくなるのなら、どんなことでも歓迎だった。

「元気ですよ」ジョーナは答え、ルースに顔を向けた。そして彼女の顔をひと目見たとたん、両肩をつかんだ。「何があったんだ？」

ルースはまだ怒っていたので、声が震えてしまった。「保安官のところへ手紙を持っていったわ、あなたのお望みどおり」

ジョーナは眉を寄せた。「彼はなんて？」

「はじめはとても実務的だった。でも、あなたがおととい犯人を追いかけたことを話したら、気がそれちゃって。あなたがわたしと暮らしていると知ったとたん、どうしてあなたがそんなに早くわたしのベッドにもぐりこめたのかってことばかり知りたがったのよ」

ジョーナは平手で打たれたようにびくっとした。やがて、ふいに彼の目がきらめき、顎の横の筋肉が引きつった。

「保安官事務所はどこにあるんだ？」

「通りを行って右よ、西の角のふたつめの建物」

「ここで待っていて」

ルースはさっきのことをジョーナに話したせいで、何を引き起こしてしまったのか、やっと気づきはじめた。ジョーナには厄介ごとに巻きこまれてほしくないし、厄介ごとを起こしてもらうのも絶対にごめんだった。ルースは彼の腕をつかんだ。

「待って、ジョーナ。いいからもうほうっておいて」

ジョーナはまた彼女の肩をぐっとつかんだ。「ばかを言うんじゃない、ルーシア。言ったただろう、ここで待っているんだ」そして後悔したようにため息をつくと、声をやわらげてこう付け加えた。「頼むから」

そして返事も待たず、ルースが何かを考える間もなくドアから出て、トラックに戻って行ってしまった。

「いったいどうしたんだい？」ハロルドがきいた。

「話すと長いのよ」ルースは答え、カウンターの席に腰を下ろして、両手に顎をのせた。

「まだそうしてくれる気があるなら……ホットチョコレートが飲みたくなったんだけど」

いつものことだが、ハロルドは他人は他人、自分は自分という人間だった。ルースが話をしたくないなら、それはそれでかまわない。

「すぐできるよ」彼は言い、厨房へ行った。

正面のドアが大きく開き、音をたてて壁にぶつかったとき、トム・マイズはペプシを飲み干したところだった。見かけない人間がいきなりあらわれて戸口に立ったことに驚き、彼はとっさに銃に手を伸ばした。

「あんたは誰だ？」マイズは尋ねた。

ジョーナはデスクへ歩いていき、真正面からマイズの顔を見据えた。「僕はジョーナ・グレイ・ウルフ。ルーシア・アンダハーの私生活に興味があるそうだな」

ふいに、さっき食べた〈ディンドンズ〉がマイズの喉の奥に引っかかった。ちゃんとのみこんでいなかったのか、上がって戻ってくる途中なのかもしれない。

副保安官のアール・ファーリーは騒ぎを聞きつけたが、監房のある奥の部屋への戸口に立ちつくして、黒髪のよそ者をぽかんと見ていた。

マイズはひるむまいと思ったが、その大柄なネイティヴ・アメリカンの目には何かがあり、一歩あとずさりせずにはいられなかった。「誰であろうと、この事務所へ入ってきておれを脅すなんてことは許さん」彼は声を荒らげた。

ジョーナはまた一歩前へ進み、言った。その声はひどくおだやかだったので、マイズは耳をそばだてなければならなかった。「だったら僕も許さないよ。たとえ保安官バッジをつけたろくでなしでも、僕の恋人を軽んじることは」

マイズは吐き気をおぼえた。これまで他人を恐れたことは一度もないが、いまは恐ろしくなっていた。「おまえにそんなまねはさせな――」ネイティヴ・アメリカンが彼に指を突きつけたとたん、残りの言葉は喉で止まってしまった。頭では考えているのだが、口から出てこないのだ。マイズの恐怖はいっそう大きくなった。自分は心臓発作を起こしているんだろうか？　いったいどうしてしまったんだ？

「いや。おまえこそそんなまねはさせない」ジョーナは言った。「それから、もうひと言でもルーシアを侮辱したり、軽く扱ったりするようなことを言ったら、後悔するぞ。わかったか？」

　マイズはうなずいた。

「彼女の事件に真面目《まじめ》に取り組む気があるのか？　それとも、僕が自分で片をつけなきゃならないのか？」

　マイズは答えようとしたが、まだ言葉が出てこなかった。自分の健康に対する不安が、目の前の男への恐怖を圧倒し、顔にどっと汗が噴き出した。マイズは力なく椅子に崩れ、両手で顔をおおった。

「僕を見ろ」ジョーナが言った。

　マイズの頭がそれ自体の意志で持ち上がった。まるで、もう体についていないかのように。パニックが広がる。マイズは操り人形になったような気がした。そして、糸を動かしているのはジョーナ・グレイ・ウルフ。

「僕はまだ、怒っているわけじゃない。不満なだけだ。僕を怒らせるな」ジョーナはそう言うと、保安官と副保安官に背中を向け、ルースと同じく、思いきりドアを閉めて出ていった。

ジョーナが出ていったとたん、マイズは体が動くようになった。

「なんてことだ……ああ、ちくしょう……アール、ドクター・ビジロウがいるかどうかたしかめてくれ。心臓発作を起こしたらしい」

ファーリーはあわてて電話のところへ行き、そのあいだ、トム・マイズは椅子にぐったりもたれ、目を閉じていた。

しかし、少なくとも、ルーシア・アンダハーに何が起きたのかはわかった。彼女はあの男の術にかかったのだ。自分と同じように。それしか説明はつかない。

D・J・コーフィールドはウェスト・ヴァージニアに入ったものの、チャールストンのとあるホテルに閉じこめられ、天候の回復を待っていた。ここからジョーナ・グレイ・ウルフが最後に目撃された場所まで、少なくとも一日かかるドライヴになるし、さしあたって、この天候は車の旅向きではない。

ルームサービス係が、申しぶんのないミディアム・レアにしたTボーンステーキと、ランチドレッシングを添えたベークドポテト、蒸し野菜ひと皿を運んできたところだった。コーフィールドは野菜を食べるつもりはなかったのだが、なかなかおいしそうに見えた。そして何よりも、デザートにペカンパイがひと切れ待っている。全体的に見て、どこかで足止めを食らわなければならないのなら、ここはかなりいい場所だと考えた。

最初のひと口はおいしかった。ふた口めはさらに風味が増した。テレビでは、下品なポルノ映画が低い音でつけられている。どちらにしても、肝心なのは音より画面だ。ポルノ映画は会話が売りではないし。

夜はだらだらと更けていった。真夜中ごろ、コーフィールドはもう寝ることにして、ベッドに入った。何も州全体を猛スピードで走りまわる必要はない。忍耐は美徳だ。ジョーナ・グレイ・ウルフのファイルにあった情報からすると、ボーディンは何年も彼を追っている。もう一日二日くらい、たいしたことはあるまい。

11

ジョーナは何ごともなかったようにダイナーへ戻り、ハロルドに笑いかけてから、ルースに腕を回した。彼女は落ち着かない様子でホットチョコレートをちびちび飲んでいた。

「おいしそうだね」彼は言った。

ルースはカップを横にどけた。「大丈夫なの？」

ジョーナはカップを彼女の前に戻し、彼女の目の端から巻き毛を払った。

「万事大丈夫だよ、ハニー。ホットチョコレートを飲み終わったら、家に帰ろうか。いいかい？」

ハロルドはルースにやさしくしてくれる人間がいるのを見てうれしい気持ちになった。彼女がほとんど人づき合いをしようとしないので、てっきり男友達を持つ気がないのかと思っていたのだが。この二人は少々性急にことを進めすぎている気はしたものの、それを決めるのは自分ではないし、二人とも幸せそうだった。ハロルドはこれがずっと続くことを願った。二人のために。

「ミズ・ブライディはどうしてる？」彼はきいてみた。

ジョーナはほほえんだ。「元気ですよ。彼女がいまみたいに僕に料理を作りつづけたら、服が入らなくなってしまいそうです」

ハロルドはにやりとした。「彼女はすばらしい人だよ、本当に。フランクリンが亡くなってからは、あまり見かけないなあ。町にはときどき来るようだが、前とは全然違う」

ジョーナは眉を寄せた。「そうなんですか？」

「ああ、まったくごぶさたになっちまったね」

「以前町へ来たときには、どういうところへ行っていたんです？」

「そうだな、アイダ・メイ・コーリーとはよく連れだって、一緒にお昼を食べていたね。それから、おれの記憶が正しけりゃ、ブライディは……かなりの読書家だったよ。自分の図書館カードを持っていた。もちろん、もう目が悪くて読めないのかもしれんが。たぶんそれもあって、図書館や何かに来るのをやめたんだろう。もう運転もしてないから」

「彼女はどうやって食料品を手に入れているんですか？」ジョーナは突然、ブライディにまつわる多くのことを見逃していたのに気づいた。

「スーパーマーケットに電話で注文しているんじゃないか。梱包《こんぽう》係の若いやつが、よく彼女のところへ品物を届けに行くよ」

「彼女はこの近辺に家族がいないんですか……子どもは？」ジョーナは尋ねた。

ハロルドは頭を振った。「ひとりも。彼女とフランクリンに子どもはなかったし、ブライディの一家はチャールストンの出なんだ。おれの知るかぎり、その人たちが会いに来たことはないね」

ジョーナは熱心に耳を傾け、ハロルドの話に聞き入って、ブライディと少し話をしてみる必要がありそうだと考えた。ただし、今日の夕刻、夕方の仕事をしに戻ったときではない。明日まで待つつもりだった。そうすればブライディはゆっくり休んだあとだし、彼もじっくり考える時間がとれる。とはいえ、彼女が年をとり、暮らしのあれこれを助けてくれる人間がいなかったために、家に閉じこもることになってしまったのかと思うと、ジョーナは気の毒になった。

ルースは口をはさまずに二人の会話を聞いていたが、ジョーナのことはもうよく知っていたので、彼がどうすればブライディの暮らしをよりよいものにしてあげられるかと考えているのはわかっていた。なんていい人なんだろう……それに、本当にすてきな人。ルースはひとりほほえんだ。しかしそのあと、彼の癒《いや》しの手が自分にしてくれたことは思い出さないようにしなければならなかった。さもないと、顔が赤くなってしまう。

ルースはホットチョコレートを飲み終えた。それから、ジョーナとハロルドがブライディのことを話しつづけているあいだに、奥の部屋へ上着を取りに行った。店へ戻りながら上着に袖《そで》を通し、バッグを肩にかける。なんの気なしに、ポケットに両手を入れた。すると、手が紙に触れた。保安官事務所へ行ったときには気づかなかったのに。そう思ってすぐに、あのときは茶封筒を手に持っていたので、ポケットの中に何かあるかどうか調べなかったことを思い出した。

前に書いた買い物メモだろう。出して捨てようとしたとき、例の青い紙だと気づいてぎくりとした。手は震え、心臓がどくどく脈打って、ルースは吐き気をおぼえた。しばしその場に立ちつくし、その紙を見つめてから、ようやくそれを開く覚悟ができた。

〈両手がおまえの胸をつかみ、おれのものはおまえの口に入っている。いい気持ちだろう、この淫乱女《いんらん》〉

「ああ、なんて……ああ、ジョーナ……」

ルースは膝をついた。

ハロルドが駆け寄ったが、ジョーナのほうが速かった。震えだした彼女を腕に抱き上げる。

「あいつはここに来たのよ。このダイナーに。今日、ここに来たの。わたしはストーカーに料理を出してやったんだわ。コーヒーもついでやった。わたしが彼の食べたあとを片づけているあいだ、向こうは鼻先で笑っていたのよ、なのにわたしにはわからなかった。わからなかったわ！」

ハロルドはとまどっていた。彼の表情は明らかに、ルースがなんの話をしているのかさっぱりわからないと語っている。だが、ジョーナにはわかった。

「それはどこにあったんだ？」彼はきいた。

「ポケットの中よ」そしてルースは泣きだした。「わたしのポケットよ！」彼女は叫び、ジョーナの手に手紙を叩《たた》きつけた。

「いったいどうしたんだ？」ジョーナが手紙を開いているあいだに、ハロルドが尋ねた。

「わたし、もう何カ月もストーカーに脅迫状を送られているの。以前は、わたしが仕事に行っているあいだに、家に手紙を残していくだけだったんだけど」ルースは執拗《しつよう》な脅迫に怒り、手のひらでテーブルをばしんと叩いた。「今度は上着に手紙を入れていったのよ、わたしが手紙を見つけること、彼が上着に手を入れたことに気づくとわかっていて。わたしをせせら笑っているのよ！　ストーカーはわたしを笑っているんだわ！」

ハロルドは仰天した。「保安官に連絡しよう」

ジョーナの言葉は短く、そっけなかった。「保安官にはもう話したんです。この件は僕が自分で片をつける」彼はハロルドのほうを向いた。「戻ってくるまで、彼女を頼みます」

「おれの家はダイナーの階上《うえ》なんだ」ハロルドは言った。「西側に外階段がある。彼女を迎えに来るときは、そっちから来てくれ」

「待って！」ジョーナが手に手紙を持って出ていこうとすると、ルースが叫んだ。

彼は立ち止まった。「ルーシア……」

「お願い、ジョーナ、やめて――」

「僕を信じてくれ」彼は言った。

涙をこらえて話そうとしたせいで、ルースの声は割れてしまった。「あなたが心配なの」

「心配するならやつのほうだよ」彼は言い、ドアを出ていった。

ハロルドはジョーナが出ていくとドアに鍵《かぎ》をかけ、それからルースの背中に腕を回して、彼のアパートメントへ続いている奥の階段を一緒に上がった。

「なんてことだ……そんなことをひとりで我慢していたなんて、かわいそうに。どうして話してくれなかったんだ？　おまえさんのためなら、できることはなんでもするってわからなかったのか？」

ルースはうまい答えを見つけられなかった。大人になってからは、自分だけでいろいろな問題に対処してきた時期が長いので、誰かに助けを求めるという考えが浮かばなかったのだ。

「手紙が来はじめたとき、マイズ保安官には話したのよ」

「おやおや」ハロルドはつぶやきながら、ルースをアパートメントへ入れ、彼女が上着を脱ぐのに手を貸し、さまざまな青色のアフガン編みでできたパッチワークのカバーをつけた、ふかふかの椅子に彼女を座らせた。部屋は葉巻の煙と、ハロルドの好きなレモンドロップのにおいがかすかにしたが、清潔で、ルースは安全でいられた。彼女はジョーナが心配だった。「相談しに行ったとき、マイズはなんて言ったんだ？」ハロルドが尋ねた。

「ひそかなファンからの手紙だろうって」

ハロルドは悪態をつき、やがて電話に手を伸ばした。「マイズに連絡するよ」

「あいつと話す気はないわ」

ハロルドは眉を寄せた。「さっき様子がおかしかったのはマイズのせいだったのか？」

「ええ」

「そうか、それじゃ……この先どうなるかを見届けないとな」彼は言った。「マイズは選挙で保安官になったんだ。彼がその地位に対する敬意ってものを理解してないなら、やはり選挙で辞めさせられるかもしれんよ」

ハロルドは保安官事務所の電話番号にかけ、そのあいだルースは椅子にもたれて目を閉じていた。

「やあ、アール。ハロルド・カーターだ。マイズ保安官と話したいんだが」ハロルドが向こうの話を聞くあいだ、しばらく沈黙が下りた。「ドクター・ビジロウのところで何をしてるって？　心臓発作？　まさか。そうか、それじゃ、あんたが責任者なんだから、ダイナーまで来てくれ。裏の階段を使ってくれよ。そうだ。なんだって？　ああ……ルーシア・アンダハーがたったいま、またストーカーからの手紙を見つけたんだ。彼女の上着のポケットにあった。ルースは家に帰る支度をしてる。知らんよ。だから電話したんじゃないか。こっちへ来て、直接彼女にきいてみるといい」

ルースにも受話器からアール・ファーリーの声がかすかに聞こえたが、どうでもよかった。どうなるにせよ、ことを解決するのはジョーナだろう。ほかのことすべてを解決しているように。それに、もし彼が人や動物を癒したのと同じくらいうまく、においで人間を追跡できるなら、厄介なことになるのは彼女に手紙を送っていた哀れなろくでなしのほうだ。


ジョーナは手紙を握りしめて歩道に出た。ストーカーのにおいがルースのにおいと混じり合い、それがいっそう彼の怒りをかきたてていた。

卑怯《ひきょう》者め。

迷いもせず、彼は歩道を歩きはじめた。リトル・トップのさまざまなにおいをかぎ分けにかかると、ジョーナの鼻孔が広がった。ある角に小さな美容院が、その反対側の角に銀行があった。ジョーナにはディーゼル燃料、ガソリンの煙、ヘアスプレーと、何かの動物の糞《ふん》のにおいがわかった。どれも気持ちのいいにおいではないが、とにかくそれはそこにあった。

手紙を鼻のところに持っていき、ゆっくりとそのにおいを吸って記憶を新たにし、それから手紙をポケットに入れた。どこかにこのにおいの糸があるはずだ。彼はただそれを見つければいい。

冷たい風が髪のあいだを吹き抜け、肩からふわりと持ち上げたとき、ブロックの端に着いた。車の流れをたしかめてから、通りを渡る。ジョーナの長いジーンズの脚はその距離をすぐに渡り終え、彼は縁石のところまで来て、足を止めた。何かが五感の奥に引っかかり、ジョーナはゆっくり顔をめぐらせて、その源を突き止めた。

それはかすかだったが、まさに彼の捜していたものだった。唯一の問題は、そのにおいはストーカーがいたことを告げているものの、そこにはもういないことだった。それでも、とっかかりにはなる。ジョーナは一歩一歩それを追いはじめ、まるで目に見える道があるようにそれをたどっていった。

においを追ってブロックの端まで行ったが、どの店にもそのにおいがあった。なぜだろう？　なぜひとりの男が銀行、美容院、床屋、弁護士事務所、水道工事店に……それも、一日でその全部に行く必要があるのか？　なおも北へ移動しながら、もうひとつ交差点を渡ると、においは弱くなった。ジョーナは足を止め、振り返って、いま来た道のほうに顔を向け、どういうことなのだろうと考えた。まるで相手の男がゲームをしていて、道を行きつ戻りつして、誰かをまこうとしているようだ。

またもや冷たい突風がジョーナのシャツの前を吹きおろした。彼は上着のボタンをかけ、町の広場を横切った。まだにおいを追ったまま――そして困惑したまま。

車で通りすぎる人々や、徒歩ですれ違う人々からじろじろ見られるのもかまわず、ジョーナは町の端から端へ歩きつづけた。そして彼が行った場所のほとんどすべてに、あのにおいがあった。この状況でなければ、自分は何かの動物を追いかけていて、その動物は森をくねくねと進み、全部の木々にマーキングをしているつもりでいるのだと思ったかもしれない。

もう日没が近くなっていた。ルースが頭が変になるほど心配していることはわかっていたが、やめるわけにはいかなかった。ストーカーとのこのゲームはもう終わらせる。犯人は、ルースの持ち物に手を触れ、彼女のポケットに手を入れたときに、一線を越えてしまったのだ。彼女があの手紙を見つけたら、おたがいの手を握ったように感じると承知していたのだから。

ジョーナが町の住宅街へ足を踏み入れたとき、車が横を通りすぎた。運転手がこちらの顔を見ているのが感じられた。ジョーナは自分が住民の大半にとってなじみの顔でないのを知っていたが、リトル・トップの人々に危害を加えるつもりはないと請け合う暇はなかった。

ジョーナが通りから通りへ進むにつれ、ひとつまたひとつと家に明かりがともっていった。二度、においを見失い、一度はもう完全に見失ったとさえ思ったが、いらだちが高まりかけたとき、ふたたび見つかった。

ここでにおいが強くなったことに気づき、ジョーナの心臓ははやりはじめた。犯人は近くにいる。それが感じられた。

東へ曲がってある袋小路に入ったとたん、においが強烈になり、あやうく息がつまりそうになった。その袋小路には家が五軒しかなく、そのうち、明かりのついているのは三軒だった。

自転車に乗った子どもが横をすぎ、通りの向こうでは、別の子どもが坂になった自宅の車寄せを、プロなみの腕前でスケートボードで行き来している。ある家の窓の向こうで女性が電話で話しており、また別の窓の向こうでは、年老いた男性がキッチンテーブルにひとりで座り、何かに立てかけて開いてある本を前に置いて食事をしていた。

ジョーナは一軒めの家に足を向けたが、車の近づいてくる音がしたので立ち止まった。習慣から、その音のするほうを振り返る。しばらくしてから、その車は郵便配達人が運転していたのと同じだと気づいた。フロントガラスについている、アメリカ国旗の転写ステッカーまで同じだ。そして運転手の顔は、郵便を配達しているのを見たことがある男だと思い出した――ブライディに小包を届けに来たのと同じ男だ。彼にこんにちはと会釈しかけたとき、ジョーナは足もとで地面が揺らいだような気がした。

あのにおいがひどく強くなり、味まで感じられそうになった。

彼はその車が通りすぎるのをじっと見つめていたが、ふいに、はっと思い当たった。

郵便配達人。犯人は郵便配達人だったんだ。

ちくしょう。

だからあちこちににおいが残っていたんだ。町のありとあらゆる場所を訪ねるなんて、郵便配達以外、するわけがないじゃないか？

郵便配達人が袋小路の真ん中にある、明かりのともっていない家の車寄せを進んでいると気づくと、ジョーナは走り出した。

マーク・エイハーンはあのネイティヴ・アメリカンが自分の近所にあらわれたのを見て、少なからず驚いていた。あの男はブライディ・チューズデイの家で見かけたが、いまはここに来ている。なぜだろう？

通りすぎざま、バックミラーに目をやり、その大柄な男の顔の表情が怒りに変わって、突然彼が追いかけてきたのを見たとたん、エイハーンは仰天した。どうしてそんなことになったのかわからなかったが、何かが彼に、あの男は知っていると告げていた。

エイハーンはアクセルを踏みこむと同時に、ガレージの開閉リモコンを押した。扉が上がりきらないうちに、中へすべりこむ。ブレーキをきしませて、コンクリートの上で急停車した。バンパーがどかっと壁にぶつかると同時に、ガレージの扉が下りはじめた。エイハーンがあせってドアのハンドルをがちゃがちゃと動かし、車から出ようとしたとき、いきなりガレージの中にさっきの男があらわれた。

ジョーナがエイハーンの襟首をつかんで車から引きずり出すと、エイハーンは助けを求めて叫んだ。

「助けて！　誰か！　誰でもいい！　助けてくれ！　助けてくれ！」

そこでガレージの扉が静かにがたんと床を打ち、中には二人だけになった。エイハーンは襲撃者に腕を振りまわし、両足を使って蹴《け》りつけようとしたが、一発も当たらなかった。やがて、ふいに相手の息がうなじに熱くかかったかと思うと、エイハーンは車のボンネットにうつぶせに押さえつけられていた。

「放せ」エイハーンは言った。「近所はおれの声を聞きつけてるぞ。いまごろはもう保安官を呼んでくれてる」

「二人で保安官のところへ行こう」ジョーナは言い、エイハーンの体を引っ張り上げ、今度はあおむけに車に押しつけた。「おまえがいままでルーシア・アンダハーにしてきた汚いお楽しみのことを、保安官に話そうじゃないか」

エイハーンは低くうなった。思ったとおりだ。こいつは知っている！　だがどうして？

ジョーナは郵便配達人の顔に浮かんだ衝撃を見てとった。自分が正しい相手をつかまえたことはわかっていた。そろそろこいつを後悔させてやる時だ。

ジョーナはエイハーンをつかんで、ガレージの壁に顔から叩きつけた。

衝撃でエイハーンの鼻が折れ、血が飛び散った。

「何するんだよ……鼻が……おれの鼻が」エイハーンがうめいた。

「次は首になるぞ」ジョーナは言った。

エイハーンは泣きだした。「このいかれ野郎！　いったいなんの話をしてるんだ」彼はそう言って逃げようとしたが、両腕が変だった。動くことは動くのだが、彼の思った方向へではない。布でできた人形の腕みたいに、肩からぶらさがっているだけだ。恐怖に襲われ、叫ぼうとしたが、口からは何も出てこなかった。

ジョーナは彼に近づき、やがて二人の顔をへだてるのはわずか数センチになった。

エイハーンは相手の奇妙な、金色の目に映る自分を見て、いつのまにか目をそらせなくなっていた。もう望みはない――自分を殺す気でいるよそ者のなすがままだ。皮肉にも、彼はこのときになって、これまで片づけてきたほかの犠牲者たちと自分がまったく同じ立場にあることに思いいたった。そう思うとぞっとした。

「言っただろう……話せ」ジョーナは言った。

エイハーンは口を開いた。「彼女に危害を加えたわけじゃない」

ジョーナは両手でエイハーンの襟首をつかんで車のボンネットの向こう側へ投げ飛ばすと、そちらへ回っていき、エイハーンをつかんで立たせた。

「いいや加えたさ、この卑怯者、それも効果抜群のやり方をありったけ使ってな。自分でもわかっているはずだ。おまえは彼女を言葉で苦しめた。次はどうするつもりだった？

実際に行動に出るのか？　それともおまえは臆病《おくびょう》者だから、そこまではできずに、ただ言葉だけで我慢するはずだったのか？」

エイハーンは答えたくなかったが、自分がしゃべるのを止められなかった。言葉が口からあふれ出すと、彼は震え上がった。長年、人を殺していながら逃げおおせてきたのは、つい自慢話をしてしまう人間ではなかったからなのに、いまや日曜の朝のワグナー牧師よりも大声でぺらぺらとしゃべってしまっている。自分が発狂しかけているとしか思えない。きっとそうだ。もう気が狂ってしまっていたのに、自分で気づいていなかっただけなのだ。

「彼女を選んだのは、身寄りのない女だったからだ。誰も守ってくれる人間がいないからさ。いつもそういう相手を選ぶんだ。そういうのがいちばんだから。そういうのがいちばん大きい悲鳴をあげるし、いちばん長く血を流すんだ」

旱魃《かんばつ》に乾ききった土地の野火のように、怒りがジョーナの全身を駆けめぐり、熱く、狂ったように、押しとどめるすべもなく燃えさかった。

彼はエイハーンの腕をつかみ、家の中へ引きずっていった。

「証拠はどこにある？　見せてみろ！　あの青い紙を！　赤いインクペンも！　おまえの記念品はどこだ？　持っていないなんて言うんじゃないぞ、おまえの頭の中にあるのが見えるんだからな」

エイハーンは逃げ出したかったが、両脚は、彼を部屋から部屋へ引っ張っていくネイテイヴ・アメリカンの命令にしか従おうとしなかった。

ジョーナに強く引っ張られて、エイハーンは肩がはずれるのを感じた。「早く言うんだ、さもないと、この場で殺してやる」ジョーナがささやいた。

痛みに悲鳴をあげ、エイハーンは仕事部屋を指さすのが精いっぱいだった。そしてジョーナが彼を中へ引きずって入ると、エイハーンはいつのまにか自分から青いメモパッドとペンを引き出しから出し、ジョーナに見せていた。それからポケットに入っていた鍵を出し、さし出した。

「なんの鍵だ?」ジョーナがきいた。

エイハーンは反対側の壁につけて置いてある、凝った作りの大きなトランクを指さした。

「あけろ」ジョーナは命令した。

エイハーンはよろよろとトランクに近づき、がくんと膝をついて、鍵穴に鍵を入れた。回すとかちっと音がする。彼が後ろへ倒れると同時に、ジョーナは中をのぞきこんだ。

死のにおいがあらゆる場所、あらゆるものについていた。ジョーナは中のものにはさわらなかったが、小さな装身具やスカーフ、バッグや財布がすべて、エイハーンのほかの犠牲者たちからの戦利品であることはすぐにわかった。彼女たちの味わわされた恐怖と、恐ろしい、暴力による死の気配も感じた。

エイハーンが床をころげまわり、大声でわめき、慈悲を乞《こ》うているうちに、ジョーナはトランクから離れて彼に指を向けた。

「立て」

エイハーンは立ち上がった。逃げようとしても、小便が漏れただけだった。

「一緒に来るんだ」ジョーナは言い、彼の腕をつかんだ。

エイハーンはいやだと言おうとした。腕を振り払おうとした。逃げるために思いつくことは全部やってみたが、動くのは足だけで、それもほかの人間が勝手気ままに動かしているかのようだった。

ジョーナはエイハーンがデスクから出した青いメモパッドとペンに目をやり、それはいまある場所に置いていくことにした。保安官が対処すればいい。彼はエイハーンを連れて、ドアへ向かった。じきに、二人は家の外に出て、歩道を歩き、通りを渡って、町へ戻りはじめた。

さっきのスケートボードに乗っていた子どもが足を止めて目をみはった。ミスター・エイハーンが何か変だ。鼻から血が出ているし、ズボンに漏らしたみたいに見える。驚いた子どもは、家の中へ走っていって父親に告げた。父親は窓から外を見て、すぐさま保安官に通報した。

トム・マイズはパトカーに乗って、ビジロウの病院から戻るところだった。結局、何かの発作や心臓麻痺《まひ》ではないとわかって安堵《あんど》していたとき、ファーリーから、どこかのネイティヴ・アメリカンがマーク・エイハーンに暴力をふるい、彼を引きずって通りを歩いていると連絡が入った。

いったい何が起きているのかわからなかったが、あの男にまた面と向かうと思うと、それだけで気分が落ち着かなくなった。

「応援がいる」マイズはファーリーに言った。「おまえもすぐパトカーに乗れ」

「でも保安官、通信をする人間がいなくなってしまいますよ――」

「いいから来るんだ、アール！　いますぐ！」

副保安官のアール・ファーリーはマイクを切り、上着をつかんだ。ドアを出ようとしたときに、ハロルド・カーターが、ルーシア・アンダハーのストーカーの話をききに来るのを待っていることを思い出した。まあ、彼女には待っていてもらおう。ファーリーはピストルを調べ、ホルスターにきちんとおさまっているのをたしかめてから、パトカーに向かった。彼は紙の標的や、毛皮や羽のある動物以外のものを撃ったことがなく、今日、そのすべてが変わってしまわないよう願った。

エイハーンは人々が家から出てくるのをぼんやりとしかわからずにいた。あとをついてきて、いったい何をしているんだと呼びかけてくる人間もいたが、ジョーナは答えず、エイハーンのほうは答えられなかったので、人々は遠巻きにしていた。

誰かが噂話《うわさ》のお裾《すそ》分けをしようとシャグ・マーテンに電話をかけ、シャグは食べかけのサンドイッチをほうり出して、ハロルド・カーターに連絡した。

電話が鳴ったとき、ハロルドは自分とルースの食べるスープをあたためていた。

「おーい、ルース、出てくれないか？」

ルースは受話器を取った。「カーターの家です」

シャグはハロルドの家で女性の声が聞こえてきたことに驚いたが、すぐにルースだと気づいた。

「ルース、あんたなのか？」

「ええ……シャグなの？」

「ああ、おれだよ。何かでかいことが起きてるんだ。いま電話で聞いたんだが、あんたのネイティヴ・アメリカンの友達が、マーク・エイハーンをぶん殴って、やつを町へ引きずっていってるらしい。おれはてっきり――」

ルースは電話をほうり出し、上着をつかんだ。

ハロルドがドアから出ようとした彼女を引き止めた。

「おいおい……そんなにいそいでどこへ行くんだ？」

「シャグからだったの。ジョーナがマーク・エイハーンを連れてメイン・ストリートへ向かっているって。マークはさんざん殴られているって」ルースはぶるっと震えた。「それって、わたしをつけまわしていた犯人はマークだったたってことでしょう」彼女は両手で顔をおおった。「どうして？　なぜ彼があんな卑劣なことをするの？　いい人だと思っていたのに」

ハロルドは彼女の肩を叩いた。「何があったのかわからんが、一緒にたしかめに行こうじゃないか？　おれも上着を取ってくるから」

まもなく、二人は階段を下り、いそいで歩道へ出た。車が二台通りすぎ、床屋が鍵をかけて店じまいをしながら、ハロルドにやあと呼びかけた。

ハロルドは相手が誰か見もせずに手を振り、すぐに右手の通りの先を指さした。

「あそこだ！　人が走ってる」

二人は通りを歩き出したが、まもなく群衆が分かれて、背の高い、黒髪の男がもうひとりの男の腕をつかんで引きずっていくのが、ちらりとルースの目に映った。

ジョーナ。

ルースは走り出した。

美容院と銀行を通りすぎ、交差点を渡ろうとしたとき、アール・ファーリーがパトカーを飛ばして角を曲がってきた。

「ああ、どうしよう」ルースはつぶやき、あわてて後ろへ飛びのいた。

ジョーナは群衆も、彼らの警告の叫びも気にしていなかった。どこかの男が轟音《ごうおん》とともに四輪駆動のトラックを走らせてきて、ライフルを手に飛び降りてきたときも、ジョーナは足を止めなかった。

「そこで止まれ！」男が叫び、肩にライフルをかまえた。「マークを放さないと、この場で撃つぞ」

ジョーナは顔を向けて、その男を見た。そして声を張り上げることもなく、揺るぎない視線で男を釘《くぎ》づけにした。

「トラックに戻って家へ帰れ。いますぐ」

男は蒼白《そうはく》になった。両手が震えだし、自分の町の郵便配達人を痛めつけたよそ者を撃たなければならないと思っているのにもかかわらず、男はライフルを下ろし、トラックに乗って走り去った。

そのできごとも、群衆にはいま起きていることの謎《なぞ》を増しただけだった。ジョーナがメイン・ストリートに入ったころには、少なくとも四十人の人々が後ろにつき、叫んだりしゃべったり、エイハーンを案じて呼びかけたりしていた。

ジョーナは彼らの恐怖や心配を感じていたが、彼らが何もしないこともわかっていた。

やがて、サイレンが近づいてくるのが聞こえた。やっとエイハーンを当局の手に引き渡せそうだ。

そのとき、トム・マイズがパトカーに乗って、ライトをつけてサイレンを鳴らしながら、猛スピードで裏通りから飛び出してきた。同時に、もう一台のパトカーに乗ったアール・ファーリーが銀行の角を曲がってきた。

ジョーナはため息をつき、目前に迫った衝突にそなえた。まずいな。これではストーカーをマイズに引き渡すのが、いっそうむずかしくなりそうだ。

マイズが裏通りから真正面に飛び出してきたので、ファーリーが驚いて悲鳴をあげた。マイズが目の端で何かが動くのに気づき、よく見ようとそちらへ顔を向けた瞬間、ファーリーがブレーキを踏み、左へ曲がった。マイズもありとあらゆるものを罵倒《ばとう》しながら、ブレーキを踏んで右へハンドルを切った。両方の車がスピンしはじめる。そのあとに続いた騒ぎは、ハリウッド映画の一場面のようだった。

マイズは最初の一回転でファーリーの車の横をすぎ、ファーリーの車は横すべりして、コンクリートに太く黒い跡を残した。焼けるゴムのにおいがあたりにただよう。そのあと、どうやったものか、二人はなんとか最初の回転中はおたがいにぶつからずにすんだ。見物人たちが安堵の息をつこうとしたとたん、離れた車二台は横にすべり、またもや、いまにも衝突しそうになった。

まだ罵倒の言葉を言いつづけたまま、マイズは唯一思いついたことを実行し、ギアをパーキングに入れた。たちまち、ボックスの中のギアが全部欠けてハブに噛《か》み、エンジンがががが、がたんがたんという音がした。ファーリーの車が横を通りすぎるあいだ、マイズの車はがたがた、がくんがくんと揺れながら、縁石に乗り上げて、宝石店のガラスのウインドーからわずか十センチほどのところで停《と》まった。

人々は口も開かず、次に起こることを待ち受けていた。

保安官も副保安官も、しばらく車に座ったままだったが、やがて、ぴったり同時に車から降り、顔を回してたがいを見合った。

ジョーナはこのときをとらえて、マーク・エイハーンを通りへ引きずり出し、マイズの足もとにほうり出した。

マイズはエイハーンを見、それからジョーナを見た。しゃべることも動くこともできなかったあの無力感はいまでも残っており、口を開くのが怖かった。それでも、こんなに大勢の人間が見ている前なので、やってみても大丈夫だろうという気持ちになった。

「何をしたんだ？」マイズは尋ねた。

「話せ」ジョーナは言い、エイハーンに指を向けた。

エイハーンは体を回してあおむけになり、やがて口を開いた。

「ルースにつきまとっていたのはおれだ。何カ月も彼女に手紙を届けていた。彼女を守るものがなくなるように、罠《わな》をしかけて彼女の犬を殺そうとした。でもうまくいかなかった。それから今朝ダイナーに行ったとき、彼女の上着のポケットに手紙を入れた」

エイハーンは両手で顔をおおった。いま自分が口に出したことが信じられなかった。群衆はひとり残らず沈黙し、自分たちが耳にしたことにぼうぜんとしていた。

そのとき、ジョーナが顔を上げるとルースが見えた。彼女がこちらへやってくる。足どりはふらつき、顔は青かった。ショックを受けているのは明らかだった。無理もない。卑怯な郵便配達人め。やつがこんなことをするなんて、誰ひとり考えもしなかっただろう。

ルースはジョーナの腕に入ってきて、彼の胸に顔をうずめ、ジョーナは彼女を抱きしめた。

「本当にやってくれたのね」ルースはかすれた声で言い、彼を見上げた。「もう終わったの……本当に終わったのよね？」

「それはマイズ保安官がこいつを逮捕する暇を見つけられるかどうかだね」ジョーナは言った。

マイズははじめて見るようにエイハーンを見つめていた。

「本当なのか、マーク？　あんたがどうしてそんなことを？」

エイハーンは答えをはぐらかそうとしたが、ジョーナが彼の靴底を蹴って言った。「嘘《うそ》は言うな」

エイハーンは鼻が腫《は》れ上がってほとんどものが見えず、頭はパニックに陥って、なんとか黙っている方法を見つけようとした。しかし、これまでと同じように、よどみもなく腹の中をぶちまけはじめてしまった。

「もう何年もやっていたんだ。いまもやってる。ルースは大勢の中のひとりにすぎない。ひとりぼっちのを狙《ねら》うんだ。いちばん簡単だから」

マイズは吐き気をおぼえた。

「いったいなんの話だ？　何年もいろんな女たちにつきまとって、悩ませていたってことか？」

エイハーンはうなずいた。

ジョーナはルースを抱く腕に少し力をこめ、エイハーンをにらみつけた。相手はあわてて口をつぐんだ。

「マイズ……彼の家を捜索する前に、令状を取ったほうがいいですよ。万事が適切に運ぶように。メモパッドやペンが机の上にあって、それは彼がルーシアに出していた手紙と同じものなんですが、それ以外にも、仕事部屋にトランクがあって、エイハーンが過去に殺した人たちから奪った戦利品が入っているんです」

ルースは息をのむと同時に、脚から力が抜けてしまった。殺した？　マークが過去に殺しただって？

トム・マイズはジョーナに殴られたかのようによろめいた。「殺した？

「何年もそうしてきたと言っていたでしょう。彼は被害者たちの記念品をそのトランクに取っておいているんです。この逮捕で多くの未解決事件を解明できますよ、ですからきちんとやってください」

それからジョーナはエイハーンの前にしゃがみこんだ。

「嘘はつくな。隠しごともするな。すれば僕にはわかるから、後悔させてやるぞ」

エイハーンは彼をにらみつけた。「おまえにそんなことは──」

「できるんだ、それに必ずそうする」ジョーナは言い、相手の耳に唇が触れるまでかがみこんだ。「そのときには、おまえの死体は誰にも見つけられなくなる。僕の言っている意味がわかるか？」

何かがエイハーンの理性を切り裂いた──彼みずからの中にすでに巣くっていた思念よりも、暗く恐ろしいものが──そして彼は、なぜかはわからないながらも、このネイティヴ・アメリカンは言ったことを必ず実行すると悟った。

エイハーンはまばたきした。もう一度目を凝らしたとき、ネイティヴ・アメリカンの姿はなかった。

ジョーナは群衆の誰に目を向けることもなく、その前を通りすぎた。彼が見ているのはルースだけだった。彼女は身を震わせて泣いており、それがジョーナの怒りをいっそうつのらせた。もうそれ以上我慢できなかった。

ジョーナはルースを抱き上げると、子どもにするように、彼女を胸に引き寄せて、やさしく揺らして運んだ。ルースはすすり泣きに震え、やがて彼の首のカーブに頭をつけて目を閉じた。

衝撃がルースの体じゅうに広がっていった。彼女はエイハーンに料理を出したときのこと、彼と笑ったこと、彼が郵便を届けに寄ったときに二人きりだったことのすべてを思わずにいられなかった。彼女がまだ生きているのは奇跡以外の何物でもなかった。

「もう大丈夫だよ」ジョーナは彼女をブライディの古トラックへ運びながら、やさしく言った。

ハロルドは何も言わずに二人のすぐあとについてきていたが、ダイナーに着くと、ジョーナに呼びかけた。

「彼女、二階にバッグを置いてきたんだ。ちょっと待っててくれ、取ってくるから」

ジョーナはルースをそっとトラックのシートに座らせ、それから彼女の頬に手を置いた。ルースは彼の手のぬくもりを感じ、顔のすぐそばで彼の声が低く響くのを耳にしたが、目をあけていられなかった。

ジョーナは彼女の顔の横にキスし、それからおだやかにささやいた。「もう終わったんだよ、ルーシア。もう何も怖がることはない。きみは強い人だ。もう安全なんだ。さあお休み。じきに家に着く」

彼の声が体の中を洗い流して心の中から何もかもをぬぐい去ってくれ、あとには平穏だけが残り、ルースは息を吐いた。

シートにもたれたのはおぼえている。そして、あっという間に眠りに落ちた。

ジョーナは歩いていって、階段の下でハロルドからバッグを受けとると、トラックのほうに行きかけたが、ハロルドに呼び戻された。

「ただあんたと握手がしたいだけなんだがな、若いの」ハロルドはぶっきらぼうに言った。「あんたはいいことをしてくれた、さっきみたいにルースの面倒を見てくれて。どうしてあんなことになったのかはよくわからんが、ルースがもうおびえて暮らさなくてもいいのはうれしいよ」

「僕もです」ジョーナは答え、彼の手を握った。「それじゃまた明日」

ハロルドは落ち着かない様子で咳払《せきばら》いをした。「なあ……もし彼女がその気になれなかったら、仕事は――」

「彼女は大丈夫ですよ」ジョーナは言った。「見ていてください」

やがて二人は車で走り去った。

ジョーナは彼女をキャビンに抱いて運び、それからベッドに寝かせた。

ホーボーが彼についてベッドルームへ入りながら、心配げに鳴いた。

「彼女は大丈夫だよ」ジョーナはやさしく言った。「でも、おまえがついていたいなら、彼女も喜ぶだろう」

ホーボーはマットレスの横からたれた彼女の手のにおいをかぎ、指先をなめ、しばらくすると、ベッドの横の端切れ織りのラグに腹這《ば》いになって、脚に顎をのせた。

「ドアはあけておくよ」ジョーナは言った。「外に出たかったら、僕にお言い」

ホーボーはまばたきをした。

それでじゅうぶんだった。ジョーナはメッセージを受けとった。

外では夜のとばりが降りている。この何カ月かではじめて、ルースの世界はすべてがうまくいっていた。

そして、ジョーナの世界はいままさに崩れようとしていた。

12

D・J・コーフィールドはもう何日も前からウェスト・ヴァージニアに入り、移動しながら小さな町々でジョーナの写真を見せてまわっていたが、収穫はなかった。うんざりしたうえに寒いので、コーフィールドはとうとう、モノンガヒーラ国有林に入ってすぐの、小さな町の小さなカフェに寄って昼食をとった。カウンターの上につりさげられているテレビでは、地元局の番組が放映されており、コーフィールドがBLTサンドを食べていたとき、ニュース速報が流れた。うわの空で聞いていると、レポーターがリトル・トップという町から報道を始めた。数日前、そこで連続殺人犯が勾留《こうりゅう》されたという。レポーターによれば、複数の殺人を犯したその男、マーク・ウィリアム・エイハーンは、どこの警察が彼の犯罪を捜査するのか決まるまで、現在の収監場所に留め置かれるということだった。また、死亡被害者の数が多く、複数の州にわたっているため、FBIが事件の担当を引き継ぐことになるらしかった。

コーフィールドはその話になんの興味もなかった。犯人を警察に引き渡した人物として、ジョーナ・グレイ・ウルフの名前が出るまでは。その時点で、サンドイッチは忘れ去られた。

コーフィールドは地図を出し、いまいる場所からリトル・トップまではどれくらいかを調べはじめた。最短でも、車で半日はかかりそうだ。その町にまともなモーテルがあってくれればいいが。それが仕事の第一歩になるのだから。張りこみには寒すぎる。

ルースは肩から大きな荷物を下ろしたような気持ちだった。この何日かは顔に笑みが絶えなかった。ハロルドのダイナーの常連たちは皆、彼女の味わった苦しみについて自分の考えを言い、それからマーク・エイハーンにもたらされる正義はどんなものがいいか、各々の意見を付け加えた。

ルースは自分がこれまでの被害者たちと違っていまも生きているのは、ひとえにジョーナのおかげだということを絶えず言いつづけた。ほかの被害者たちはただの戦利品にされて、マーク・エイハーンのトランクに入れられてしまったのだから。

しかし、ジョーナの心は重かった。懸念をうまく隠してはいたが。エイハーンが逮捕された翌日、ダイナーにルースを迎えに行くまで、彼は全国放送のニュース番組のスタッフがリトル・トップに来ていたのを知らなかった。しかし、報道関係者の姿を見たうえに、マイズが連続殺人犯をいかにしてとらえたかをあちこちのインタビューで答えているのを知ると、心臓が止まりそうになった。

もはや問題は、ボーデインがふたたび彼を見つけるかどうかではなく、次の追っ手が来るのはいつかということになった。ルースをさらって逃げてしまいたかったが、ジョーナはすでに、自分がそうせざるをえなかったような生き方には、彼女を引きずりこまないと決めていた。とはいえ、彼女を残していくこともできなかった。町の誰もが二人のことを知ってしまい、またしてもルースの命が危険にさらされているばかりか、その危険を招いたのが彼なのだとしても。

小さな山の町はまだ報道関係者であふれており、エイハーンが裁判まで収監される予定の別の勾留場所へ移送されるまでは、このまま居座るだろう。たくさんの――多すぎるほどの――見知らぬ人々がいて、ジョーナは絶えず警戒していなければならなかった。誰が仕事で来ている人間で、誰が賞金稼ぎなのか、彼には見分けるすべがなかった。自分がこんな状況にルースを引き入れてしまったことを思うと、悔やまれてならなかった。しかも、彼女にどう話せばいいのかもわからない。

とはいえ、この何日かでジョーナは確実にひとつ、いいことをした。ブライディを町へ連れていって、旧友のアイダ・メイと一日過ごさせたのだ。ブライディは興奮で有頂天になり、ジョーナが朝の仕事をしに行ったときには、もう身支度をして、送ってもらうのを待っていた。

　ジョーナはキッチンに明かりがついているのを見て、家の裏に車を停《と》め、仕事にかかる前にブライディの様子を見に行った。

　ブライディはドアのところで彼を出迎えた。頬はピンクで、目は輝いている。「おはよう、ジョーナ。朝食は食べた？」

「ええ。食べてきました」彼はブライディの着ている服を見て、もう町に行くつもりでいるのを知った。「アイダ・メイと話したんですか？」

　ブライディはうなずいた。「ええ、そうなの。ゆうべ、一時間近くも電話でおしゃべりしたわ。彼女、孫娘のクリスマスプレゼントに、パッチワークのキルトを作っているんですって。だから詰め物を入れるのを手伝ってあげるって言ったの。ひとりでするのはたいへんですからね、ほら……詰め物をはさんで、裏生地とキルトの表地をきちんと合わせるのは」

　ジョーナはほほえんだ。「まさか、一日じゅう働きづめになるつもりじゃありませんよね？」

「あら、まさか。一緒にハロルドの店にお昼を食べに行くのよ。まったくねえ、二人でそんなことをするのは何年ぶりかしら。それに、アイダ・メイが、日が暮れる前に、図書館に連れていってくれるって言うの。最後に読むものを探しに行ったのはいつだったかしら。

わたしが行かなくなったあと、いろいろ新しい本が入ったはずよ」

「よかったですね」ジョーナは言った。「本はルースか僕がいつでも返しに行きますから。それと、また本を見に行きたくなったり、町へ行ってアイダ・メイとお昼を食べたくなったりしたら、遠慮なくそう言ってください」

ブライディは子どもにするように、ジョーナの頬を軽く叩《たた》いた。

「あなたはいい子ね、ジョーナ。どうしてこんなにわたしのことを考えてくれるのかわからないけど、でもそうしてくれてうれしいわ。運転をやめてから、世捨て人になっていたし。これまでのわたしの暮らしを見たら、フランクリンはびっくりしたでしょうね」

「それももうみんな終わりですよ」ジョーナは言った。「あなたは僕が手伝いをしているあいだ、トラックを貸してくれているじゃありませんか。せめてときどき運転手の役くらいさせてください」

「それじゃもう行ける？」

ジョーナは時計を見た。「まだ八時にもなっていませんよ。アイダ・メイはこんなに早く起きているんですか？」

ブライディはキッチンの椅子の背から上着を取り、袖《そで》を通しながらバッグを取った。

「ええ、そうよ。アイダ・メイは早起きなの、わたしと同じで。キルトに取りかかる前に、一緒にコーヒーを飲んで、噂話《うわさ》ができるわ」

「それじゃ、ぜひそうしてください」ジョーナは言った。

すぐにブライディを乗せて、まっすぐ町へ入り、町はずれにあるアイダ・メイの家へ送った。アイダ・メイはドアをあけてブライディを迎え入れたとたん、それじゃあね、とジョーナに手を振った。

ジョーナは笑みを浮かべたまま、町の中を走って戻っていた。交差点にさしかかったとき、信号が赤になった。青に変わるのを待っていると、保安官事務所のすぐ外に副保安官のファーリーが立っていて、どうやらインタビューを受けているようだった。

まずいことに、ファーリーは彼が信号待ちをしているのに気がつくと、手を振ってきて、それからニューススタッフたちに彼のほうを指さしてみせた。カメラがこちらへ向けられるのが見えたと同時に信号が変わり、ジョーナはアクセルを踏んで交差点を走り抜け、法律が許すかぎりのスピードで山をのぼっていった。

午前中、彼は仕事を片づけながら、何度も道路に目を配り、誰もついてこなかったことをたしかめた。マーク・エイハーンや、彼をつかまえるために自分が何をしたかなど、話したい気分ではなかった。

いつもの仕事を片づけたあと、町へ行くときにブライディに言われた作業にかかった。

彼女は正面のポーチに、大きなかぼちゃを三つ、形も大きさもまちまちの瓜《うり》を六つ、置いていた。彼女の計画では、収穫の飾りとして、干し草の四角い束をふたつほど加えることになっていた。

明日はハロウィーンで、町からこんなに遠いところでは、〝いたずらか、ごちそうか〟とやってくる子どもはいないものの、ブライディはいまも祝日を祝うのが好きなのだった。それに、彼女はこうも言っていた。飾りはそっくりそのまま、感謝祭にも使えるでしょ、と。

祝日を祝うのは、ジョーナが味わったことのない贅沢《ぜいたく》だった。それが、いまはここにいて、干し草を下ろし、かぼちゃを積み重ねている。作業が終わると、古い道具小屋の中を探して、板を何枚かと、ハンマーと釘《くぎ》を見つけ、トラックに積んだ。囲いの板に壊れているものがあり、ひとつは腐って穴があいていたのだ。そんなふうにジョーナは仕事を続け、手を休めたのは、持ってきたランチを食べたときだけだった。

ルースを迎えに行く時間が近づいたころ、遠くから妙な音が聞こえてきた。音は山あいを伝わってくるので、なんの音なのか、どれくらい遠くなのか、正確に判断するのはむずかしい。服から干し草を払い落としていた手を止めて、その場で耳をすませていると、ブレーキのきしむような音、続いて木の幹がへし折られ、金属がひしゃげるようなすさまじい音が聞こえてきた。何が起こったのかわからないが、よくないことに違いない。ジョーナはトラックに飛び乗り、できるかぎりのスピードで山を下りはじめた。

ルースのキャビンには目もくれずに通りすぎた。町に近づけば近づくほど、不安がつのってくる。痛みや恐怖がのしかかってくるのが感じられ、頭の中では、助けを求める悲鳴や叫び声が聞こえていた。次の丘をのぼってまた下りはじめたとき、ジョーナはぎくりとした。百メートルほど先で何かに突っこまれたように木々が倒れた跡があり、その跡は溝を越え、斜面になった林に入り、山腹を下っていた。

近づいていくと、どこか下のほうで煙が上がっているのが見えた。車を急停車させて飛び降りたときには、ディーゼル燃料のにおいと、ゴムの焼けるにおいが強くただよっていた。助けを求める悲鳴や泣き声が聞こえ、ジョーナは木々がなぎ倒されている林の端へ走っていった。

木と煙の向こうに、かろうじて車の後部が見えたが、ジョーナはその光景に心臓が止まりそうになった。黄色いスクールバスの後ろのドアがあいてぶらさがっている。彼の立っている場所からは、子どもがバスの後部から頭を下にして飛び出し、体が宙ぶらりんになっているのが見えた。投げ出され、タイヤのそばに倒れている子もいる。バスが停まる前にその子を轢《ひ》いてしまったのか、まだ生きているのか、知るすべはなかった。

ジョーナが下りていこうとしたちょうどそのとき、一台の車がカーブを曲がってきた。彼は立ち止まって道路へ駆け戻り、手を振って車を停めた。

中にいた男女が体を乗り出したところへ、ジョーナが言った。

「携帯電話を持ってますか?」

「え……ええ、でも何が——」

「救急車を呼んでください。保安官も呼んで。できるかぎりの医療関係者をよこすよう言ってください。スクールバスがそこの山腹を転落したんです」

女がいきなり悲鳴をあげ、止める間もなく車から飛び出した。

「うちの子が! 娘があのバスに乗ってるのよ! ああ、神様、あの子がバスに乗っているのに!」ジョーナは彼女の肩をつかんだ。礼儀にこだわって無駄にする時間はなく、彼は男に叫んだ。「連絡するんだ! 早く!」

男は真っ青になり、震える手で正しい番号を押そうとした。ジョーナは救援が来ることに安堵《あんど》し、女に顔を向けた。

「ここにいてください。娘さんは僕が見つけます」

「自分で行くわ!」彼女は叫んだ。「あの子はうちの子よ。止めても無駄。うちの子なんだから!」

彼女はジョーナが反対する前に彼の手を振りきり、下へ走り出し、つまずき、倒れ、立ち上がる間もなくころがり落ちた。

ジョーナは山腹へ飛びおり、彼女のあとから下り、走りながら足をすべらせたものの、どうにか倒れずにすんだ。彼女を追い越してそのまま走りつづけ、めちゃめちゃになった木々の幹を通りすぎ、教科書でいっぱいのリュックを飛び越し、誰かの〈パワー・レンジャー〉ランチボックスをよけた。その持ち主の子どもたちのことや、彼らがまだ生きているのかどうかは考えないようにした。いまはただ現場へたどり着かなければならなかった。

バスの中は大混乱だった。子どもたちは泣き、母親を呼んでいる子もいれば、ただうめいている子もいる。中にトラヴィスという少年がいて、潰《つぶ》れて食いこみ合ったふたつのシートにはさまれていた。彼は痛みで叫ぶ合間に、母親を求めて泣いていた。

ふいに、トラヴィスの顔に誰かの手が触れ、男の低い声が恐怖をかき分け、痛みを押しやって聞こえてきた。

「きみの名前は?」ジョーナはきいた。

「トラヴィス……トラヴィスっていうの」

「よし、トラヴィス、もう大丈夫だよ。泣くんじゃない。もう何も心配いらないから」ジョーナはそう声をかけ、アドレナリンの勢いを借りてシートを引き離し、少年をそこから抜け出させた。

ジョーナは両手をスキャナーのように少年の体に走らせ、体の中の損傷や、出血がないかどうかを調べた。差し迫った危険はないと判断し、トラヴィスを抱き上げて、バスの後ろのあいた出入り口へ移動したとき、さっきの母親がバスにたどり着いた。

「うちの娘は！　うちの娘は！　スージーっていうのよ。あの子を見なかった？　赤毛で、緑のヘアリボンをつけてるわ」

「あなたの名前は？」ジョーナは叫んだ。

女は口ごもった。「ジョージア・ベントンよ……でも――」

「この子を受けとって。向こうにいる二人の横に寝かせたら、戻ってきて」

「スージーは！　スージーを見つけなきゃ！」

「この子を受けとるんだ！」ジョーナは言い、トラヴィスをジョージアの腕に押しつけた。

「娘さんは僕が見つける」

ジョージア・ベントンは腕の中の子どもを見おろし、やがてどうにか自分を落ち着かせた。

「あら、まあ、トラヴィス・マイズったら、ひどい目にあっちゃったのね、坊や？　泣かないのよ、スウィーティ。もう大丈夫だから」

ジョージアはトラヴィスを、ジョーナが道路から最初に見つけた二人を横たえておいた場所へ運んでいった。それから走ってバスへ戻った。そうしているときに、夫がさっき彼女がしたのと同じようにして下りてくるのが見え、彼が無事に下りられるように無言で祈りを唱えた。

このときにはもう何台もの車が路肩に集まり、遠くから、近づいてくるサイレンの音も聞こえてきた。ジョーナはできるかぎりいそいで救助をし、重傷を負った子と、怪我《けが》はなく事故のショックで泣いているだけの子どもを分けていった。

シートからシートへ移動して、怪我がなくバスを出られる子どもたちに手を貸しながら、まだシートから出られない子どもたちに命の危険が迫っていないことをたしかめていく。

バスの前方へたどり着いたときに、はじめて死者が見つかった。運転手は息絶えており、ジョーナにはもうどうしようもなかった。

やりきれない気持ちで、顔をそむけ、スージーという名の赤毛の少女をふたたび捜しはじめたが、どこにも見当たらなかった。

さらに多くの救援者が駆けつけ、バスの中へ入ってきてジョーナと合流し、何をすればいいかと尋ねた。

「その女の子は右腕が折れていて、頭に切り傷があるんです。次は彼女を運び出して」彼は言い、シートの下に倒れている子どもをさした。

二人の男がすぐに膝をついてそれにかかると、また別の男がドアの後ろにあらわれた。

「おれも運ぶよ！」男は叫び、次に助け出された子どもを受けとった。

「ボーはどうした？」男のひとりがきき、運転手を指さした。

ジョーナは首を振った。

男は平手打ちされたようにたじろいだ。「なんてこった。うちの女房のおじなんだよ。

ひどいことになった」

そのとき、バスの後部にふたたびジョージアがあらわれた。

「スージー！　スージーを見つけてくれた？」

「いいえ、奥さん。まだです」ジョーナは答えた。

ジョージアはバスの中にもう子どもがいないのを見てとり、声をあげて泣きだした。

「ああ、そんな、そんな、バスの下に轢かれているの？　神様お願いです、あの子がバスに轢かれていませんように」

ジョーナは彼女の横を走り抜け、バスの外へ出た。怪我をした子どもたちのほうに目をやる。子どもたちは事故現場からじゅうぶん離れたところへ運ばれていた。救援者たちが自分の上着を脱ぎ、凍えて傷ついた子どもたちにかけてやり、救急車の到着を待っていた。

いまこのとき、そこにいるすべての子どもたちは世話をされていた。だからジョーナは行方のわからないスージーを案じた。彼は四つん這《ば》いになって事故車の周囲を回り、誰かが車の下から抜け出せなくなっていないかと探した。最悪の事態になったのではないかと不安になったとき、頭上を旋回していた一羽の鷹《たか》がふいに高く鳴いた。その音が山にこだましてて下りてきた。

ジョーナの耳にも届いた。

ぱっと立ち上がり、上を見ると、鷹がもう一度鳴いた。

ジョーナはいきなり体を翻して、来た道を上へ走って戻りはじめた。

「待って！　待って！」ジョージアが叫んだ。「スージーを見つけてくれるって言ったじゃない。約束したでしょう」

しかしジョーナは聞いていなかった。彼はいなくなった子どものもとへ導いてくれる鷹の叫びに従っていたのだ。

そして、やぶにしがみついて体を引っ張り上げると、赤い髪に緑のリボンをつけた少女の顔を上からのぞきこんでいた。

彼は膝をつき、大量の折れた木々や低木の下から少女を引っ張り出した。少女の顔は切り傷とあざだらけで、小さな脚には長く醜い傷がいくつも口をあけていた。着ている青いコーデュロイのジャンパーは、彼女の血で黒く染まっていた。

ジョーナははやる気持ちで彼女の首の横に指をすべらせ、必死に脈を探り、やっと見つけると、安堵で体の力が抜けてしまった。脈はかすかで弱々しかったが、ともかくそれはあり、ジョーナに必要なのはそれだけだった。まわりに人が集まっていることにも気づかず、彼は少女の体に手を置いて、目を閉じた。

すぐに、大気が振動しはじめ、やがて木々が、ついで地面が震えた。白いオーラがジョーナの体からあふれ、彼の両腕を伝って少女へ流れこんだ。まるで水が滝を流れるように。

スージーの母親は叫びつづけながら、山腹をのぼり、奇跡を約束してくれたネイティヴ・アメリカンのあとを追っていた。やがて、傷つき、血にまみれて地面に横たわった娘の姿が目に映った。娘の名前を叫ぼうとしたとき、彼女は自分のまわりが揺れているのを感じ、地震だと思った——あるいは、この世の終わりだと。しかし、じきに光が彼と娘を取り巻くのが見え、心臓がどきどき打ちはじめた。体を動かそうとしたが、膝をついてしまった。頭に浮かぶのは、自分たちの中に天使がいるということだけだった。彼女は祈りはじめた。

救急隊員がひとり、ストレッチャーを引いて斜面を下りてきて、その光景に遭遇した。彼はその場に釘で留められたように、途中で立ち止まった。まさかと目をみはり、少女の顔の切り傷が消えていくのを見守る。脚の傷もふさがっていくのが見え、少女のまぶたが震えはじめ、胸が持ち上がりはじめるのも見えた。涙が唇にかかって塩の味がし、隊員はそこでやっと自分が泣いていることに気づいた。

ひとりまたひとりと、人々はその光景を目にしたが、何が起きているのか、完全には理解できずにいた。やがて少女が目を開き、少し離れたところに膝をついている母親の姿を認めるまで。

「ママ……バスが壊れたの」

ジョーナはスージーを抱き上げ、母親の腕に渡した。ジョージアが天使をつかわした神をたたえているあいだに、ジョーナは山を下って戻り、怪我をしたほかの子どもたちのところへ向かった。

ジョーナが戻ってきたとき、救急隊員がトラヴィス・マイズの首に保護装具をつけていた。ジョーナは隊員のそばに膝をつき、彼の腕に手を置いた。「いいですか?」隊員はジョーナに邪魔をしないよう言おうとしたが、気がつくと、暑い夏の夕日の色をした目に見入ってしまっていた。自分の目が奇妙に焦点を失うのを感じ、やがてかかとに体重を移してしゃがみこんだ。

ジョーナは彼とトラヴィスのあいだに入り、少年の胸に両手を置いた。「トラヴィス?」

少年は泣き叫んでいた。

「僕をごらん。もう大丈夫だから」

ふたたび空気が振動しはじめ、木々は震え、光が二人をつつんだ。男がひとり、膝をついて祈りはじめたが、自分たちの頭がおかしくなりかけているのだと思った人々もいた。

トラヴィスが起き上がって、野球のグローブをなくしてしまったと言うと、ジョーナは彼から別の子どもへ、それからまた別の子どもへと移動し、彼らを落ち着かせ、癒《いや》し、自分がするべく生まれついたことをした。最後の子どもに手を触れ、その子を安心させ、癒すと、ジョーナは立ち上がって、あたりを見まわした。

トム・マイズがトラヴィスを抱いていた。

「あなたの息子さんだったんですか?」ジョーナはきいた。

マイズは言葉が出てこなかった。青ざめた顔、動転して恐怖をたたえた目で、息子を胸に抱き寄せる。

「バスにいた人数はわかっていますか？」ジョーナはまたきいた。

マイズはぶるっと震え、喉にしこりを抱えたまま二度、唾《つば》をのんでから、ハンカチを出し、音をたてて鼻をかみ、やっと気力をかき集めた。

「十人だ」

「それは運転手を入れて？」

マイズはネイティヴ・アメリカンの男から目をそらせなかった。この目で見たのに、いまだに彼がしたことを受け入れられない。

「ええと……そう、ボーを入れてだ」

「彼のことは残念でした」ジョーナは言った。「死んでしまうと、僕には助けられない」

ジョーナは子どもたちを振り返り、頭の中で数を数えた。八人。まだ母親に抱かれて、上にいるスージーを入れて九人。全員の安否がわかった。

「それじゃ、全員揃《そろ》っていますね」ジョーナは言った。

マイズの唇がゆがんだ。「いったいどうなってるんだ。あんたは誰なんだ？　なんなんだ？」

ジョーナはため息をついた。「僕が誰かはわかっているでしょう。もう行かないと。ルーシアが心配するので」

「あ、いや……誰かがあんたはここにいると彼女に伝えたんだよ。アールの車に乗ってきていた。きっと道路で待ってるよ」

ジョーナはうなずき、無言で歩き去った。

道路のほうへ斜面を歩きはじめると、救援に来ていた人々は彼を見つめた。手を伸ばして彼の腕に触れる者がいる。彼の存在に圧倒され、遠ざかる者もいる。

ジョーナは自分がいまやったことでこの先どうなるかは考えないようにした。子どもたちが無事ならそんなことはどうでもいい。いまはただこの場を離れ、家に帰りたかった。

十五分すぎてもジョーナがあらわれなかったとき、ルースは心配になりはじめた。さらに何分かがたったころ、サイレンの音が聞こえ、それから車に乗った人々がものすごい勢いで町から山へ向かうのが見えて、彼女は怖くなった。

ハロルドは止めたが、ルースは上着とバッグを取り、歩きはじめた。何かよくないことが起きているのだ。彼女はただ、ジョーナが無事かどうかたしかめずにいられなかった。町を出かかったところで、現場に向かっていたファーリーが、歩いている彼女を見つけて乗せてくれた。現場に着いたときには、ルースは何があったかは知っていたものの、ジョーナがどうしたのかはわからなかった。

彼のトラックを見たとたん、ルースはわれを忘れた。パトカーが停まるのも待たずに飛び降り、山腹へ走る。下を見ても、スクールバスの後部と、人々が腕に子どもを抱いて、あちこちへ走っているのが見えるだけだった。

しかし、やっとジョーナがバスの後部から飛び出すのを見つけると、ルースはいま起きていることを、そしてジョーナが自分の命を危険にさらしてまでしていることを悟った。彼はこれだけ大勢の人の目の前で、怪我をした子どもたちを癒し、自分というものをさらけ出してしまっている。

しかし、ルースは彼を変えようとは思わなかった。彼女は道端に腰を下ろして待った。ジョーナは持って生まれた使命を果たしている。あとはなりゆきにまかせるしかないだろう。

しばらくすると、ニュース番組のバンが二台やってきた。彼らがカメラをセットし、まずひとり、それから次の人間にインタビューし、何が起きたのか情報を集めて組み立てようとしているのが見えた。彼らがすすり泣いている親の顔にカメラを向けると、ルースは嫌悪に顔をそむけた。レポーターというものは、禿鷲《はげわし》が死肉に群がるように、悲惨な事件に群がるものらしい。

一時間がすぎた。太陽がもう少しで沈もうというとき、黒髪の男がゆっくりと斜面を上がってくるのが見えた。

ルースは立ち上がった。ジョーナに上を見てほしかった。自分が待っていたことを知ってもらいたかった。やがて彼が顔を上げたとき、そして、彼の顔に浮かんだ表情が見えたとき、ルースはすすり泣きで息がつまりそうになった。

ジョーナの目に、ルースが道路の端に立って待っている――彼を待っている姿が映った。歩きつづけるだけで精いっぱいだったが、ルースのところまで行けば、ほかのことはすべてなんとかなるとわかっていた。

彼の心は疲れきり、体はいまにも倒れそうだった。こんなにたくさんの人々を一度に癒したことはなかったが、選択の余地はなかった。全員を癒すか――さもなくばひとりも癒さないかだった。誰が生きるべきで、誰が死ぬべきかなど、彼に選べるはずもない。

ジョーナの顔はこわばり、肌は冷気でほてっていた。体じゅう血だらけで、シャツのボタンもひとつ取れてしまっている。そのとき、ルースが彼の名を呼ぶのが聞こえた。

「ジョーナ」

彼女の顔をひたと見つめると、歩きつづける力が湧《わ》いてきた。気がつくと彼女の前に立っていた。ルースが腕を広げた。

「服が……血だらけだし……きみまで――」

「しーっ」彼女はやさしく言った。「いいからここへ来て」

ジョーナは一歩前へ進んで、ルースの腕に抱きしめられるままになり、彼女の鼓動に自分の鼓動を落ち着かせてもらい、やっとわが家へ帰ってきたのだと思った。

「運転手さんは残念だったわ」彼女は言った。

ジョーナは全員を救えなくて深く悲しんでいることを、彼女がわかってくれていると知って驚き、泣きだしてしまわないよう唇を噛《か》んだ。

あらわれたジョーナに一台のカメラが向けられ、抱き合った二人を撮っていたことに気づかないまま、彼はようやく体を離した。

「ブライディがアイダ・メイの家に行っているんだ。帰る前に、彼女を拾っていかないと」

「それじゃ行きましょう」

二人は救急車やパトカーの横をすぎ、道路の脇《わき》に集まっていた野次馬たちのあいだを抜けていった。

ブライディをトラックに乗せ、山をのぼりはじめたころには、もう暗くなっていた。はじめ、ブライディは自分が過ごした昼間のことで頭がいっぱいだったが、やがてジョーナの顔や、彼の服の状態に気づいた。「あなた、怪我したんじゃないでしょうね？」彼女は語気鋭くきいた。

「いいえ。大丈夫です」ジョーナは答えた。

「それじゃ、いったい……？」ブライディは言った。

ルースはちらりとジョーナに目をやり、ブライディの手を軽く叩いた。「事故があったんです。スクールバスが山で転覆して。ボー・デイヴィスが亡くなりました」

ブライディは息をのみ、やがて低く祈りを唱えた。

「まあ、なんてひどいことでしょう。子どもたちは全員送ったあとだったの？」彼女は尋ねた。

「バスにまだ九人乗っていました」ジョーナが答えた。

「まあ。それで……その子たちはどう――」

「全員無事です」彼は言った。

ブライディは頭を振った。「奇跡ね。子どもたちがひとりも怪我をしなかったなんて、本当に奇跡だわ」

ジョーナはただうなずいた。そのことはもうこれ以上話したくなかった。

ルースは彼の顔に浮かんだ疲労を見てとり、彼がしばらく静かにいられるように、ブライディにアイダ・メイといた昼間のことをきいた。

ようやくブライディを家に送り届け、きちんと夜の戸締まりをしたことに安堵すると、ジョーナはトラックに戻って、まだ仕事が残っているからとルースに言おうとした。しかしルースはもう車を降りて、家の裏手へ向かっていた。

「あなたが来る前は、わたしだって何度もこういうことをしてたのよ」彼女は言った。「あなたはモリーを見てきて。わたしは鶏を小屋に入れてくるわ」

ジョーナはルースの申し出に感謝した。それに、モリーは乳が減ってきているので、朝一回搾るだけでいい。そのこともありがたかった。今夜は乳搾りをしなくていいのだから。

家畜たちに餌《えさ》を与え、小屋に入れるとすぐ、二人は家へ帰った。車がキャビンへ着くと、ホーボーがポーチで待っていた。二人が車を降りると、ホーボーは長く低く吠《ほ》えて迎えた。

ジョーナはルースがトラックを降りるのに手を貸した。そして、二人で手をつないでキャビンへ歩いていった。中に入ると、ルースは彼の血だらけの服を脱がせ、その場にほうり出しはじめた。

「自分でできるよ――」

「だめ」ジョーナがシャツを脱ごうとすると、ルースは言った。「わたしにやらせて」

彼はただ立っていた。考えることができなかった。反論することもできなかった。

ルースもしゃべらないでいるほうがいいと察していた。ジョーナの服を脱がせ、バスルームへ引っ張っていき、古いバスタブにお湯を張り、やがて後ろへ下がった。

ジョーナはまわりのことには何も気づかず、ただその場に立っていた。

「ジョーナ。スウィートハート」

彼ははっとわれに返り、ルースが自分に話しかけていたことと、バスタブにお湯が張られていることに気づいた。

「中に入って、ハニー」彼女はやさしく話しかけた。「泥や血を洗い流さなきゃ。そうすればきっとよく眠れるわ」

ジョーナは自分の両手に目を落とし、身震いした。「ああ。そうだね。ありがとう」つぶやくように言い、バスタブに入ると、ルースは後ろ手にドアを閉めていった。

ルースはいそいで彼の服を拾い集め、上着から何から全部、洗濯機にほうりこんだ。水が出はじめると、今度は流しへ行って、自分の手からも血の跡がすっかり消えるまで、何度も何度も洗った。

今夜はポークチョップを作るつもりだったが、ジョーナはそれほど食べられないだろう。そのかわりに、スープの缶をふたつあけてあたため、コーヒーをいれた。

すべて準備ができると、もう一度バスルームへ行った。ジョーナはすっかりきれいになっていたが、鏡の前で、ただぼんやりと混乱したように自分の顔を見て立っていた。

「ジョーナ?」

彼はびくんとし、それから顔を回して彼女を見た。一瞬、ルースは彼女が誰かまでわからなくなっているのかと思ったが、やがて彼がほほえんだ。

「ルーシア」

「ええ、ダーリン……わたしよ。さあ、スウェットを持ってきてあげたからはいて」

彼は脚を通し、それからトイレの蓋《ふた》に腰を下ろした。まるで、スウェットをはいただけで疲れきってしまったかのように。

ルースは清潔なタオルを取って彼の髪をふきはじめた。テリークロスの布地に、その黒く長い髪をはさんで、ほとんど水気がなくなるまでこすり合わせた。

それから彼女は自分のブラシを取り、ジョーナの髪をとかしはじめた。すーっとブラシを下へときおろしては、またもう一度とかしていくと、やがて彼の髪は絹のようになめらかに肌に触れた。

「こんなことをしてもらったのははじめてだ」ジョーナがそう言うと、ルースはブラシを置いて、彼の首に腕を回した。彼はルースの胸に頬をつけ、彼女はぎゅっとジョーナを抱きしめた。

「よかった」ルースは小さく言った。

ジョーナは彼女の声に、あなたはわたしだけのものよというニュアンスを聞きとり、目を閉じて、ルースを求めているのと同じくらい強く、自分が求められているという気持ちにひたった。

ルースには彼の体力がどんどん減っていくのがわかった。寝かせてあげなければ。

「こっちへ来てスープをのんでちょうだい、そうしたらベッドに入りなさいな」

ジョーナは彼女を離したくなかった。彼女のあたたかい体から離れたくなかった。

「一緒に来てくれるなら」彼は言った。

「いつだって一緒にいるわ」

ジョーナはスープを一杯のみ、体の中へ広がっていくそのあたたかさに感謝し、それからコーヒーをふた口飲むと、カップを横へ置いた。

「ベッドに入って」ルースは言った。「わたしもすぐ行くから」

ジョーナがテーブルを離れたあと、ルースはいそいで皿を片づけて暖炉に少し薪《まき》を足し、ホーボーに餌をやってから夜の戸締まりをした。

自分の部屋へ行って、目覚ましをセットし、手早く服を脱ぐ。ジョーナはもう眠っていたので、さっとシャワーを浴びることにした。

数分後、ルースは部屋に戻った。上掛けをめくり、ベッドに入る。

ジョーナは眠っていたが、潜在意識は彼女の存在を感じとっていた。彼はルースへ手を伸ばし、そのぬくもりを感じると、彼女を抱き寄せ、ふーっと息を吐いた。

少しずつ、少しずつ、ルースは彼の体のこわばりが消えていくのを感じた。やがてジョーナの腕から力が抜け、彼はぐっすり眠りこんだ。

13

ルースの耳元で目覚ましが鳴った。

「聞こえてるわよ」彼女はぶつぶつと言ったが、目はつぶったままで手を伸ばし、目覚ましを止めた。

そのとき、ジョーナの起き抜けでかすれた声が耳元で低く響いた。「だめだよ……僕のほうは止まらない」

前触れもなく、彼はルースを組み敷き、体のすみずみまでキスをしはじめた。脚のあいだの谷に彼がたどり着くころには、ルースは両手で彼の髪をつかみ、早く解放してとせがんでいた。

しかし、ジョーナはまだ終わりにするつもりはなかった。彼は両腕をついて体を起こし、彼女の顔をじっと見つめた。ルースの髪は褐色の奔放なカールになってもつれ、目は閉じている。それでは満足できない。

「僕を見るんだ」ジョーナは言った。

ルースは目をあけた。

「そう。そうしていて」彼はつぶやき、ルースの中へ入った。

彼に満たされ、ルースはうめき声をあげた。

ジョーナが動きはじめると、ルースは彼の両肩をきつくつかんだ。そして彼はルースをみずからの生命の流れへと導いた。

ルースが彼と抱き合うときには、いつもそうなるように、最初のクライマックスはあっという間にやってきた。その余波がまだ彼女の中で荒々しく駆けめぐり、揺れているうちに、ふたたび彼が動きはじめた。ジョーナはまるでルースの体内に入ったドラッグのようだった——どれほどむさぼっても足りない。しばらくして、二度めのクライマックスが始まると、ルースは自分の体が火に焼かれているに違いないと思った。ジョーナが彼女の肌の毛穴すべてに入りこんでいる。体の筋肉すべてがわなないている。ルースはひとつの大きなうずきと化していた。そのとき、ジョーナが彼女の下に両手を入れ、体を持ち上げて、突きはじめた。

ルースは粉々に砕けた。そして、そのあいだに、さまざまなものが次から次へと心に浮かんできた。雪をいただく山々。オーロラの光が踊る壁紙を張ったような黒い夜空。へらじかを追って、氷の浮かんだ川へと山の斜面を下っていく、すばしこい四つ足の狼《おおかみ》たちの淡い灰色の毛。羽ばたき、滑空し、みずみずしい緑の谷をはるか眼下にして気流に乗る鳥たちに吹きつける、風の響き。

やがてルースはジョーナの体がこわばるのを感じ、それから低い、腹の底からのあえぎが彼の喉からももれるのを聞いて、自分からも彼に与えたものを知った。

その陶酔が静まり、ジョーナの腕にがっちり抱きしめられたあとで、ルースは自分の見たものを彼に話してみた。

ジョーナは耳を傾けていたが、やがて驚きに目を見開いた。

「あれはなんなのかしら？　わたしは何を見たの？」

「アラスカだよ。僕のアラスカだ」ジョーナは答え、姿勢を変えて彼女の顔をのぞきこんだ。「僕たちの絆《きずな》は普通のものじゃないんだから、意外とは言えないね。きみが見たのは、僕の頭の中にあったものだよ。僕の故郷なんだ。きみと愛し合っているとき、それを思い浮かべていた。きみは僕のふるさとだよ、ルーシア。きみがどこにいようと、そこが僕のいるべき場所なんだ」

ルースは彼の言葉に感動していたが、それ以上に、自分の見たものに心を動かされていた。「あの場所は……あの谷だけど、本当にあるの？」

ジョーナはうなずいた。「スノー・ヴァレーと呼ばれている。狼が僕を運んできたところだ。僕はそこで育った」

ルースは彼の腕から出て、起き上がった。「どうして戻らないの？」

ジョーナの目が険しくなった。「ボーデインさ」

彼女はジョーナの額を指でなぞり、眉間《みけん》の皺《しわ》を消した。「いつか連れていって」

ジョーナは彼女の横に起き上がり、ルースを膝にのせた。「ねえ……できれば……」

「なあに?」

「ボーデインとのことに決着がついたら……いつかは必ず終わるから……一緒に行ってくれるかい?」

ルースは彼の手を取り、それを自分の両の手のひらでつつみこんだ。「聖書を知っている?」彼女はきいた。

「いくらかは」

「『ルツ《ルース》の歌』は?」

彼女の言っている意味がわかり、ジョーナの視界はにじんだ。

ルースは彼の胸の真ん中に手を置いた。「〝なんじがいずこへ行こうとも、わが愛する人よ〟」

ジョーナは喉にかたまりを抱えたまま唾《つば》をのみ、彼女の首のカーブに顔をうずめた。

「ああ、ルーシア……僕のこの十年は地獄だった。でもそのおかげできみに会えるとわかっているなら、繰り返してもかまわない」

ルースはこみ上げてくる感情で言葉が出なかった。彼女はただ、未来が用意しているものを彼とともに生き抜く、という希望にすがりつくことしかできなかった。

コーフィールドがリトル・トップに入って四日あまりがたっていた。一軒きりの地元のモーテルは、押し寄せた報道関係者の第一波でふさがってしまったが、その問題は、何人かの商魂たくましい住民が解決してくれた。殺到したマスコミに、あいている部屋を貸したのだ。コーフィールドが借りたのは、持ち主のとうの昔に亡くなった義母が使っていた、ガレージの上のアパートメントだった。いまの状況は申しぶんなかった。町にはよそ者が大勢おり、ひとり増えても誰もなんとも思わない。

それに、さんざん手間隙《てまひま》をかけては失敗してきたというのに、ジョーナ・グレイ・ウルフは信じられないほど簡単に見つかった。コーフィールドは、彼がこんなに長いあいだ逃げ隠れしつづけたあげく、はっきり姿をあらわした理由はなんだろうと思わずにいられなかった。とはいえ、その事実に一抹の不安はおぼえたものの、恐れるほどではなかった。

ジョーナをつかまえるには策略が必要になりそうだった。町はずれでガソリンスタンドをやっているシャグという男と少し親しくなっただけで、コーフィールドはジョーナに女がいることを知った。それで彼がまだこの町にいる理由がわかりはじめた。となると、ジョーナがこの町から動かないことを選んだら、もうひとつ回さなければならないねじができた。その名前はルーシア・アンダハー。

ボーディンは、コーフィールドがリトル・トップに着いてからこのかた、ひっきりなしに電話をしてきていた。そしてそのたびに、成果を出せと命じ、なぜこんなに時間がかかっているのかと詰問する。目的の男はそこにいるんだろう。さっさと片をつけろ。最後にボーディンと話をしたとき、コーフィールドは相手の長々と続く非難に飽きて、言い返した。

「いいかい、ボーディン。この十年あまり、あんたは何人の人間をこの仕事に送りこんだ？」

ボーディンは低く毒づいた。「そんなことは関係ない」

「違うね。そここそが肝心なんだよ。これまではあんたが采配《さいはい》をふるい、そのたびにみんなしくじった。ファイルは読んだ。何を相手にしているのかはわかってる。だから、引っこんでいてこっちの流儀でやらせるか、さもなきゃ、リトル・トップへ来て、あんたが自分でやるかだ。実際、それもいいアイディアだよ。あの豪華なリムジンに乗ってウェスト・ヴァージニアまで来て、たまには自分で手を汚してみたらどうなんだい？」

ボーディンはジョーナ・グレイ・ウルフを自分の屋敷へ連れてこさせた日のことを思い出した。彼はいまでも、コンドルが男の首を鉤爪《かぎづめ》でちょんぎり、何千という鳥が襲ってきたときの悪夢を見る。

自分が優位に立っていると確信できるまで、もう一度彼と対面するのはごめんだった。

コーフィールドの耳元で電話が切れた。答えはそれでじゅうぶんだった。しなければならないことがいくつもあり、それに必要なのはしかけであって、ただ力ずく、金ずくのやり方ではない。それでは誰かが死ぬだろう。

策略だ。

すべては策略にかかっている。

コーフィールドが百万ドルの賞金を手にする方法を考えているいっぽうで、リトル・トップの住民はある事実を知りはじめていた。

ルーシア・アンダハーと一緒に山の上に住んでいるネイティヴ・アメリカンは治療者《ヒーラー》だ。ただし、聖書の教えを熱く説き、患者の体に手を置いて、〝イエスの名において、なんじは癒《いや》されたり〟などと言う類《たぐ》いのものではない。

まったく違う。

例のバス事故で救援を手伝った目撃者たちによると、彼は大地を震わせ、光につつまれた、目もくらむばかりの奇跡をおこなうタイプのほうらしい。彼らは、ジョーナ・グレイ・ウルフはひとりの怪我《けが》人を治し終えると、次へ、それからまた次へと静かに移っていき、とうとう怪我をして血だらけだった子どもたちは、九人とももとの体に戻ったと語った。

癒しを目撃した救援者のひとり、ロッキー・ジョーンズは、これまでの人生のほとんどを酒びたりになって送ってきた。しかしあの日の晩、救援活動が終わると、彼は家に帰り、キャビネットから酒のボトルをすべて出し、流しへ持っていって、ひとつ残らず中身をあけた。彼は動揺もせずにそれをしてのけ、以来、酒を飲まず、飲もうとも思わなくなった。本人は飲みたいという欲求がもうないのだと言いきった。

ダリー・ウッドリフはあの日、乳がんだと診断され、ネイティヴ・アメリカンの男が保安官の息子のトラヴィス・マイズを治したときには、彼のすぐ後ろに立っていた。

彼女は家へ帰る途中、車を運転しながら、自分はもう死ぬのだと思いこんで泣いていた。そのとき、事故現場にさしかかった。あそこで彼女個人の恐怖は、もっと大きな状況の中で小さく押しやられた。しかし、あのときの奇跡を目にしたあと、彼女の中で何かが変わった。

ほかの人々と同じように、ダリーもあの晩、家に帰ったときは、血のついた服を脱ぎ、事故の恐ろしさを洗い流したくてしかたなかった。

シャワーを浴びると、手が無意識に胸のしこりのところへ動いた。この半年間、ずっと手に感じてはいたものの、考えないようにしていたしこり。ドクター・ビジロウがその日、がんだと診断したしこり。

しかし、それは消えていた。

朝には恐怖とともにそこにあったのに。

奇跡のようにその夜には消えていた。

ダリーは翌朝、その知らせを持ってドクター・ビジロウのもとへ飛んでいったが、ビジロウはすぐさま、そんなことはありえないと言った。しかし、彼女がどうしても譲らず、涙まで流したので、ビジロウももう一度検査することに同意した。

ビジロウが診察を始めると、ダリーは彼が気づいた瞬間の表情を見ようと、息をつめていた。そのときは必ず来るとわかっていた。彼が、ダリーは不安のせいで想像力をたくましくさせすぎているのだ、と説き伏せようとしていることも許した。

彼女は自分の知っていることをちゃんとわかっていた。

そして診察を始める前は、ビジロウも何もかもわかっているつもりでいた。しこりはいまもあるはずだった。組織採取検査でできた、小さなふさぎかけの傷跡と同じように。しかし、しこりは消えており、ビジロウは驚いた。乳房はなめらかでやわらかかった。しこりもない。組織採取の跡もない。

ビジロウは目を凝らし、また目を凝らし、自分が間違えて違うほうの乳房を診たのだと思い、彼女の反対側の胸にかかっていたシーツをめくり、そちらも調べた。

どちらもこのうえなく健康だった。

ビジロウは大きく息をすると、後ろへ下がって、ダリーの顔をまじまじと見た。

彼女は口に出して言わなかったものの、ビジロウは彼女の目が、〝だから言ったでしょう〟と告げているのを見てとった。

そこでダリーは診察台を下り、服を着て、それ以上何も言わずに出ていき、残されたビジロウはことの次第を自分で考えるしかなかった。

しかし、噂《うわさ》は広がっていた。

誰もがしゃべりたがった。

ジョーナ以外は。彼は誰とも話さなかった。

町の住民でない人間を信用しては危険だとルースに注意したあとも、ジョーナは毎朝彼女をダイナーへ送り、午後には迎えに来た。

メディアが押し寄せ、その地域じゅうにキャンプを張っていたため、ハロルドはダイナーを夕食どきにもあけることにした。ルースは勤務時間が増えるのではないかと気が気でなかったが、ハロルドはそれは自分でなんとかするからと請け合い、二人めのウェイトレスを雇って、新たな営業時間をカバーした。

彼女の名前はドロシーといったが、もっぱらドリーで通っていた。ルースが最初に彼女と会ったのは二日前で、家に帰るときだった。

ハロルドによれば、それもドリー本人から聞いた話だが、彼女は以前、山に土地を持っていたドヴェル家のはとこの孫で、一族の昔のふるさとを見に来て、しばらく滞在することにしたのだそうだ。

ドリーは背が高くやせており、短い黒髪、小さな目、薄い唇の持ち主で、ハロルドの好みから言うとやや男っぽすぎたが、仕事をこなせるなら外見はどうでもいいと彼は考えた。

ドリーは、ルースが奥の部屋から出ようとしたときに、ちょうど入ってきた。

「あら、あなたがルースね」ドリーは言い、手をさし出した。「あたしはドリー、遅番の」

それから笑みを浮かべ、珍しいほど真っ白な歯を見せた。

ルースはドリーが熱心すぎる歯医者と、やりすぎた歯の漂白術の犠牲になったのだろうと思い、じろじろ見ないようにつとめた。

「ルースよ。よろしくね」それから上着を着て、バッグを肩にかけた。「がんばって」そう付け加え、ハロルドに手を振ってダイナーを出ていった。

ドリーはルースのグラマーな体を無言で見つめ、それから自分の長袖《ながそで》Tシャツの前を両手で撫《な》でおろし、ウエストでエプロンの紐《ひも》を結んだ。自分が女性的な魅力に欠けていることはよくわかっている。小さな流しの上にかかっている鏡で最後にもう一度自分を見ると、大きくにっと笑って歯を点検し、満足げに唇の両端をぬぐい、ダイナーに入っていった。すてきな、真っ白い歯の笑顔にまさるものはない、と思いながら。

そして第一日めが終わったときには、ドリーは自分の価値を証明し終えていた。ハロルドによれば、彼女は一度に四つの料理をこぼさずにテーブルへ運べるし、記憶力がよくて、誰が何を注文したかを楽に思い出せるということだった。

ルースはハロルドが満足していることにほっとした。これなら、自分が勤務時間を延ばすのをいやだと思っても、罪悪感を抱かなくてすむ。

数日後、ルースはジョーナにダイナーへ送ってもらったとき、彼が何かに気を取られていることを察したが、とくに気にはしなかった。彼女には立ち入れないことだとわかっていたのだ。夜、彼が眠ったままうめいたり、寝言を言ったりするのが聞こえたので、何かいやな記憶を再体験しているのだと見当がついた。彼女にできるのは、何もきかずに彼を愛することだけだった。

だから、彼が狂おしさをにじませて別れのキスをしたときも、ルースはただ彼をほんの少し強く抱いて、行ってくるわと言った。

その朝は忙しく始まり、やがて目が回るほどにまでなった。あるニュース番組のスタッフがダイナーの中に仕事場を設置してしまい、ルースは不安を持ったのだが、その男はマーク・ウィリアム・エイハーンのドキュメンタリーの一部になるかもしれない場面を撮るべく、テレビカメラを回しっぱなしにしていた。また、それと並行して、ダイナーに来る客で、奇跡の治療をおこなったらしいネイティヴ・アメリカンのことをしゃべってくれる相手には、誰彼かまわずインタビューをした。

ルースは、エイハーンが逮捕されて連続殺人犯と確定すると、マスコミがこれまで扱ってきた悪名高い犯罪者たちと同じように、彼を激しく攻撃しはじめたことに気づいた。エイハーンとのかかわりについて、ルースから話を引き出そうとしたレポーターはひとりではなかったが、彼女はそのたびに断った。やがて彼らはジョーナのことをきき出そうとしはじめたが、ルースはそれも同じように、話そうとしなかった。とうとうハロルドが、もう一度彼女にうるさくしたら出ていってもらうぞと脅した。そのあとは彼らも直接はルースに近づいてこなかったが、ルースも自分がかなり撮影されていることは承知していた。

正午がすぎたころには、ルースは心身ともに疲れきっていた。そして、ジョーナの来る時間が近づけば近づくほど、落ち着かない気持ちになった。

これまでの二日間の午後、ルースが仕事を終える時間が近づくと、人々はヒーラーをひと目見てみたいと、どっとダイナーにやってくるようになっていたのだ。

今日は、このあたりでは見かけない女性がひとり、赤ん坊を抱いてダイナーに入ってきた。彼女はドアに面したシートのあるテーブルを選び、時計を見つめはじめた。それでルースには、ジョーナが目当てなのだとわかった。

三時が近づいたとき、黒いピックアップトラックがダイナーの前に停《と》まるのが見え、ルースはドアへ向かったが、赤ん坊を抱いた女のほうがたっぷり三十秒は早かった。ルースが外へ出たときには、女はもうトラックの前近くでジョーナをつかまえていた。

「お願いです、ミスター……うちの子が病気なんです。娘は生まれつきの嚢胞《のうほう》性線維《せんい》症で。お医者様は重症だって言うんです」女の声が割れた。「クリスマスまでもたないって言うんです」

たちまち、ジョーナの中のあらゆる感情が目をさました。クリスマスまではもう二カ月もない。目の前の子どもは、彼がバスから助け出した子どもたちとなんの違いもなかった。彼女も同じだけ助けを必要としている……ただ、もっと幼いだけだ。母親にいきなり赤ん坊を腕に押しつけられると、ジョーナはやさしい魂が徐々に生命力を失いつつあるのを感じ、子どもを助けたくてたまらなくなった。

だが、新たな群衆が集まってきていた。

彼はためらい、顔を上げた。またそんなことをするわけにはいかなかった。まるでサーカスの見世物のように。癒しの行為はそういうものになってはいけないのだ。

どうすればいいか考えつくより早く、ルースがあらわれ、彼の腕から赤ん坊を抱きとって、女にやさしくささやきかけた。「あなたの名前は？」

「エリナー」女は答えた。「娘はブレンダです」

ルースはジョーナを見上げた。「静かな場所がいる？」

「頼むよ」彼はルースがわかってくれたことに感謝した。

ルースは母親にほほえみかけた。「エリナー、みんな一緒に中へ入らない？　そのほうがあたたかいわ。この寒さは赤ちゃんによくないでしょう」

この場を救われたことをありがたく思い、ジョーナはルースと女のあとについてダイナーの中へ戻った。それから、ルースがそっとハロルドに頼んでくれたあと、一行は奥の階段をのぼって彼の住まいへ入った。

誰もいない、居心地のいいアパートメントに入って自分たちだけになると、母親は病気の赤ん坊の細くかすれた呼吸に耐えきれず、泣きだした。絶望から来る、深く、見るに忍びない嗚咽《おえつ》だった。

ジョーナにはこの母親の感じていることすべてが感じられた。断たれた希望。子どもを失う恐怖。娘が学校に入る日を見ることはないだろうというあきらめ。娘が結婚するのも見られない。娘の子どもたちの祖母となる喜びを味わうこともない。

ジョーナがこの子を癒さないかぎり。

「ルーシア」

ルースは顔を上げた。

「赤ちゃんを僕に」

ルースは小さな女の子を彼の腕に横たえた。

ジョーナは赤ん坊をソファに連れていき、腕に抱いたまま腰を下ろした。そして赤ん坊の毛布を取り、自分の膝の上で体を伸ばさせた。

女の子は体をつつんでくれるものがなくなって驚き、心地が悪くなって、すぐさま両手で宙を叩《たた》きはじめた。

「しーっ、しーっ」ジョーナはおだやかに言い、それから赤ん坊の頭のてっぺんに片手を置いた。

すぐに女の子は静かになった。

ルースの耳に、母親が息をのむのが聞こえた。思わずエリナーの両手を握り、あなたはひとりじゃないのよと伝えた。

ジョーナには、赤ん坊の肺が懸命に働き、じゅうぶん空気を吸って、血液に酸素を取りこもうとしているのが感じられた。小さな心臓は勇ましく闘っていたが、医者の言ったことは正しかった。この女の子は、はじめてのクリスマスを見るまで生きられないだろう。彼が何もしなければ。

ジョーナは赤ん坊の小さな頭を両手でつつみこんだ。すると、赤ん坊の目が突然焦点を結び、年には不似合いな強さでひたとジョーナの顔を見つめた。

「そうだよ、そうだ。一度小さく息をして、それからもう一度、もう一度。約束するよ、きっと楽になる」

それから彼は赤ん坊の頬の横を指で撫で、やがて赤ん坊は目を閉じた。そこで彼は赤ん坊を持ち上げて胸に抱き寄せ、小さな頭を横に傾けさせた。

薔薇《ばら》のつぼみのような赤ん坊の唇が、静かに息を吸い、ジョーナが彼女の背中の真ん中に手を置くと、赤ん坊の左手の指が彼のセーターの端をつかみ、やがてぎゅっと握りしめた――まるでこれから起こることを知っていて、みずからの命が激しく動きだすのにそなえて、しっかりつかまろうとしているようだった。

ジョーナはゆっくり息を吸い、それから目を閉じ、子どもの体の弱いところをすべて、彼の強さの中へ取りこんでいった。

ルースはいつのまにか息をするのを忘れていた。ハロルドの部屋の空気が静止したかと思うと、すぐにそれが濃くなって、彼女は次に何が来るか悟った。わかってはいても、キャビネットの中の皿がかたかた鳴りだしたときにはどきりとした。

エリナーははっとし、やがて座ったまま体を前後に揺らし、うめいたり祈りを唱えたりしたが、自分の子どもを抱いている男からは視線をはずせなかった。

ルースはエリナーがおびえているのを察したが、最後には必ず怖い思いをするだけのことはあると言ってやる時間がなかった。

すぐに、光がジョーナと子どもをつつみ、脈打ち、一秒ごとにどんどん明るさを増していって、やがて二人の女たちはどちらも目をそらさずにいられなくなった。

ふいにエリナーが横にどさりと倒れたが、ルースはがんばった。どれくらい時間がたったのかわからなかったが、終わったと気づいたときには、ジョーナは赤ん坊を抱いて窓辺に立っていた。赤ん坊は声をあげて彼に笑いかけ、両手で彼の頬をぱたぱた叩いていた。ルースはエリナーに手を伸ばした。「エリナー……エリナー。起きて」

エリナーは目をさますと、すぐさま、ジョーナの座っていたソファに目を向けたが、そこには誰もいなかった。

そのとき、娘の笑い声が聞こえ、彼女は窓のほうを向いた。「まあ」エリナーはつぶやき、よろよろと立ち上がった。「ああ、なんてこと」彼女はもう一度そう言い、わが子を抱いている男のほうへ歩き出した。

ジョーナから腕の中に赤ん坊を受けとると、エリナーは赤ん坊の胸に手を当ててみた。しっかりとした鼓動は間違えようもなかった。娘のやわらかい肌に浮かぶあたたかなピンク色と同様に。唇の引きつりもない。空気を求めるあえぎもない。命の終わりを思わせるものはブレンダの目から消え、かわりに、希望と期待に満ちた長い生涯を告げるきらめきがあらわれていた。

ジョーナに向けたエリナーの顔には、涙が流れていた。彼女は二度、口を開きかけたが、どちらのときも言葉が出てこなかった。

ジョーナは彼女の喜びを感じていた。それだけでじゅうぶんだった。彼はエリナーの肩に手を置いた。「あなたに会えてよかった、エリナー。赤ちゃんを連れてお帰りなさい」

エリナーは大きくうなずき、ひとりごとを言ったり、赤ん坊に話しかけたりしながら、荷物をまとめた。彼女がさっき上がってきた階段を下りようとしたとき、ルースが止めた。

「裏から行きましょう。そうすれば、カメラや人にわずらわされずに家へ帰れるわ」

「ええ、ええ、そうね」エリナーは言い、赤ん坊を腕に抱き直した。そしてドアから出かかったときに、立ち止まって振り返った。

ジョーナは窓に背を向けて立っており、そこまでの距離と目に浮かんだ涙のせいで、エリナーには彼のシルエットしか見えなかった――光を背にした褐色の天使。彼はこの先もずっと、エリナーが祈り求める奇跡でありつづけるだろう。

「あなたに神の祝福がありますように」彼女は言い、外へ出ていった。

ルースはジョーナを振り返った。「あなたも来る?」

「きみたち二人で先に行っていてくれ。すぐあとから行くよ」

ルースはうなずいた。

女たちは一緒に裏の階段を下りて、ダイナーの先に停めてあったエリナーの車へ向かった。ルースは赤ん坊が車のベビーシートにおさめられるのを見届け、エリナーが走り去るまでそこで見送った。ジョーナがあとから来るかと見てみたが、すぐに、自分たちが出てくるのを人に見られていたかもしれないと気づいた。

不安にかられて、振り返ると、ジョーナが階段の上に立っていた。彼が群衆に取り巻かれてしまうのではないかと、ルースは心配になった。彼がいま、余命いくばくもない子どもを持つ母親にしたのと同じことを求める人々によって。

しかし、ジョーナは手を振って歩いていくようにと合図をし、ルースはその動作の意味をきき返さなかった。彼女は家に向かって通りを歩きはじめた。

ジョーナが人目につかずに出ていくのはもう無理なことになってしまっていた。彼はルースを送り出したあと、裏の階段の上で、これからどうすればいいかと考えていた。やがて、ある考えが浮かんだ。

空を見上げ、それから目を閉じた。数分後、彼はアパートメントの中へ戻り、ダイナーへ続くほうの階段に行った。

予想したとおり、店内は人であふれていた。また治療《ヒーリング》がおこなわれているという噂が広まってしまったらしい。人の数は時間とともに増えていきそうだったが、さしあたっては、待つ以外にすることはなかった。

ハロルドの料理の熱で上がる蒸気が厨房《ちゆうぼう》からただよって、店内へ流れ、新しいウェイトレスのドリーはコーヒーをついでまわり、書けるかぎりの速さで注文を取っていた。

ジョーナは戸口で立ち止まった。通りに面した板ガラスの窓越しに、ルースが歩道を家のほうへ歩いていくのが見えた。ニュース取材班の人間がいきなり、停めてあったバンからカメラを肩にかついで出てきて、彼女のほうへカメラを向けた。

それでも、ジョーナは待った。

そのとき、ダイナーの中で誰かが叫ぶのが聞こえた。「こりゃたまげた……あれを見ろよ」

誰も彼もが体をひねって目を向け、たちまち椅子から飛び出して、窓に鈴なりになった。彼らは一羽の鷲《わし》がメイン・ストリートの、地上十メートルのところへ舞い降りてくるのを、目を丸くして見ていた。鷲の翼を広げた幅といったら、その姿と同じように堂々たるものだった。鷲は前へ後ろへと飛び、舞い上がり、それからまたふわりと降りてきて、町の端から端へと、荘厳な静寂の中を気流に乗って翔《かけ》た。

外では、さっきのカメラマンが夢中になって、このできごとを最高の映像で撮るべくカメラをかまえ、いっぽう、ダイナーにいた人々はもっとよく見ようと通りへあふれ出した。ジョーナも彼らと一緒に外へ出ようとしたが、誰にも気づかれなかった。しかし、戸口へ行こうとしたとき、ふいに、追っ手の存在を感じた。その感覚のざわめきは知りすぎるほど知っていたから、ほかのものと間違えるはずもない。

人々が戸口を抜けて通りへ出ようとするなか、ジョーナは周囲を見てみたが、相手がどこにいるかはわからなかった。追っ手がすでにここに来ていることは意外ではない。誰であれ、じきに相対することになるだろう。しかしいまのところ、彼はただ家に帰りたかった。

ジョーナは一瞬立ち止まり、皆と同じように空を見上げた。すると、鷲は最後の滑空をし、ジョーナの頭上を飛んでいきながら、高く鳴いた。

ジョーナはトラックへ向かった。彼が方向転換をして、角でルースを拾ったころには、鷲は飛び去っていた。


人々は自分たちの見たものに興奮していた。彼らがぞろぞろとダイナーの中に戻りはじめてから、やっと誰かがジョーナのトラックの消えていることに気づいた。そしてハロルドが、ルースがいるかどうか二階を見に行き、戻ってきて、もう誰もいないよと告げた。

彼らが出ていくのを見た者はいなかった。赤ん坊を連れてきた女性を知っている者もいなかった。彼女は地元の人間ではなかったから、どこへ帰ったのか知るすべもなかった。

そして、報道関係者もジョーナの行き先を漠然と知ってはいたが、町の外まで追っていく気はなかった。ジョーナが息子を助けてくれたので、トム・マイズが、住民全員と、メディアの人間全員に、もし彼の住まいに侵入したら、逮捕して、死ぬまで町から追放すると警告していたのだった。

さしあたって、時間——とマイズ——はジョーナたちの味方だった。

14

山へのぼっていく道中は静かで、平穏でさえあった。さっきの治療《ヒーリング》の余韻でジョーナは満ち足りた気持ちになっており、ルースのほうは畏敬《いけい》の念をおぼえていた。心のどこかで、自分がこの男性に値しないのではないかと感じていたが、いろいろ不安はあっても、彼女はジョーナを愛していた。家までの道のりをなかばすぎたころ、ルースは心配のいくつかを口にしはじめた。

「ジョーナ」

「なんだい？」

「わたしみたいな人間にあなたを縛りつけていたらどうなるのかしら？」

ジョーナは笑った。「ねえ、僕もベッドではいいだろうけど、そこまでよくないのはたしかだよ」

ルースは笑みを返したが、すぐに彼の脚を叩《たた》いた。

「その話じゃないわ。わたしが言っているのは別のこと……わかっているでしょう……奇跡のことよ」

彼の顔にあった笑みが消えた。「奇跡をおこなえるのは神様だけだよ、ハニー」

ルースは眉を寄せ、やがて首を振った。「いいえ。あなたがしていることは奇跡と同じだわ」

ジョーナはため息をついた。「いや、違うよ。少なくともきみの言う意味では違う。あれは誰にも理解できないものなんだ。僕のしていることは奇跡と同じじゃない……少なくとも、僕にとっては。単に、僕が生まれつきできること、ってだけなんだ。僕が昔からいつもやれたこと。父は医者だった。人々を治すことができた。何かの理由で、僕の能力は医者がやっていることの少し先を行っているだけだよ」

ルースはあきれたように目を上へ向けた。「少し先？　ええ、そうね。何光年も先と言ったほうが近いけど。あなたはこの世界のものじゃないような気がするのよ、ジョーナ。あなたがしていることは、これまで誰にもできなかったことだもの」

夜中の泥棒のように、震えが彼の体を走った。この世界のものじゃない《ノット・オブ・ディス・ワールド》だって？　そんなはずはない。

「きみは僕が最高にすてき《アウト・オブ・ディス・ワールド》だと思っていてくれればいいよ、そうすればおたがい幸せだから」

ルースは吹き出し、それでこの場はすぎた。

「さあ、もうじきわが家よ」彼女は言い、キャビンに続く道路を指さした。

「その言葉の響きが好きだな」ジョーナは言い、枯れ葉を舞い上げ、砂利を跳ばしながら曲がった。

「何をいそいでいるの？」ルースはシートから落ちないよう、ダッシュボードにつかまってきいた。

「飢えてるんだ」ジョーナはブレーキを踏み、ギアをパーキングに入れた。「きみがほしくて腹ぺこさ」そう言って、彼女の耳たぶを噛《か》むまねをして低くうなった。

彼が気のすむまでふざけたころには、ルースは笑いすぎて力が抜けてしまい、ホーボーは興奮して吠《ほ》え、トラックの中で何が起きているのか突き止めようとしていた。

「あなたのせいであの子があんなになっちゃったわ」ルースはジョーナにトラックから抱き降ろされながら言った。

「焼きもちを焼いてるだけさ」ジョーナは答えた。「僕が来る前は、きみの生活に存在する男は彼だけだったんだから」それからホーボーに指を向けた。「慣れてくれなきゃだめだよ。彼女はこれからもおまえに食事をやるし、おまえを愛してくれるけど、彼女のベッドで眠るのは僕なんだ」

ホーボーは吠え、二人と一緒に笑っているかのように、円をえがいて走りはじめた。

宵はすぎた。ハロウィーンは終わった。じきに感謝祭が来る。ジョーナはその日が来たときにも、自分たちにまだ感謝するべきものが残っていることを願うしかなかった。二人がベッドに入り、眠りかけたときになって、ルースがその日最後の質問をした。

「ジョーナ？」

彼女の声で、行っていた場所から呼び戻され、ジョーナのまぶたが震えた。

「なんだい？」彼はくぐもった声で言った。

「心配なの？」

その声は真剣だった。彼はやっとのことで目をあけ、寝返りを打ち、彼女を腕に抱いてきいた。「心配って何が？　ハニー」

「賞金稼ぎよ……それから、ボーデインっていう人。こんなにいろいろあったんだから、その人はあなたの居場所を知ったはずでしょう」

「わかっている」

ルースは彼の答えの早さに驚いた。「そのことはもうずっと考えていたのね？」

「僕は十年以上もそれを背負ってきた。もう生きることの一部になっているんだ……逃げることがね」

「このあいだ、わたしも一緒に行くって話したでしょう、おぼえている？」

ジョーナは腕に力をこめた。「僕はもう逃げない」

「その人たちがあらわれたらどうするの？」

「連中はもうここに来ているよ」彼は客たちとダイナーを出るとき、それに気づいたことを思い出した。あの人ごみのどこかに、ルースを利用して彼をつかまえようとする人間がいて、こちらを見ていた。

ルースは顔をしかめ、彼の腕から出ようとしたが、ジョーナは放さなかった。

「どういう意味なの、もうここに来ているって？　連中って誰？　どうして何も言ってくれなかったの？　その人たちはなぜあなたに手を出してこないの？」

ジョーナは詳しくは話さないことにした。自分が知っていることや、どうしてそれを知ったのかをほかの人間にわからせるのはむずかしすぎた。

「ここに来ていて当然だってことさ。そうでなきゃおかしい。でも、向こうが動くまで、僕には何も知りようがない」

「あなたならただ……においで捜せないの？」

ジョーナは笑った。ルースは彼の追跡能力を新たな切り札だと思っていたらしい。

「まずそいつのにおいを知っていなきゃ、捜せやしないよ」

「ああ。そうね。なるほど。残念だわ」

「大丈夫さ」ジョーナは言った。「そいつが誰であれ、僕に危害は加えない。やつが狙《ねら》うのはきみだよ。それはたしかだ。それが心配なんだ」

ルースは思わず震え、目を閉じてできるかぎり強くジョーナにすがりついた。

「そんなことはさせないわ。男の人と絶対に二人っきりになったりしない、たとえ知っている人でも」

「それがいい」ジョーナは言った。追っ手が行動を起こす気になったら、彼女の用心などものの数にも入らないことは教えたくなかった。「さあ、もうお休み」

「ええ」

「愛しているよ、ルーシア。きみは僕が守る。それをわかっていてくれ」

ルースは息を吐き、彼の胸にもう少し鼻を押しつけた。「わたしも愛しているわ」彼女は言った。「だから怖くない」

コーフィールドは骨の髄まで疲れきって、ベッドに倒れこんだ。張りこみってやつは最悪だ。反対側の壁にかかっている雄鳥《おんどり》を模した時計によれば、もう真夜中だが、ロサンゼルスは三時間遅れのはずだ。ボスに連絡する時刻。現在の状況を伝える時刻だった。

ボーデインの携帯電話が鳴ったとき、彼はレストランから出るところだった。発信者が誰かを見ると、会食していた人々に失礼と言って、駐車係に半券を渡し、少し離れて電話に出た。

「いい知らせなんだろうな」彼は言った。

コーフィールドはふんと鼻を鳴らした。「もちろんいい知らせだよ。そのために雇ってるんだろう?」

ボーデインの心臓は高鳴った。「あいつをつかまえたんだな! つかまえたと言え!」

「まさか、違うよ、つかまえちゃいない。あいつをつかまえて負かせるやつなんかいるもんか。あんたも自分でそのことは思い知ったんだろう? あいつは誰にもつかまえられないよ」

ボーデインは悪態をつき、それから自分のいまいる場所を思い出して、さらに植えこみのほうへ歩き、レストランの玄関から遠ざかった。

「それじゃ、どんな話をしてくれるんだ?」

「やつには女がいる」

ボーデインは立ち止まり、やがてことの次第をのみこんだ。「その女をつかまえたのか?」

「いや、だがこれからそうする」

ようやくボーデインも今度は成功するかもしれないと思いはじめた。

「いつだ? 言ってくれ……だめだ。待て。わたしもその場にいたい。そうだとも! そうだ、その場にいなければならん。そして、対決が終わったら、わたしからやつに状況を説明してやる。やつが手にできる富のことを話してやるんだ。ただ手を伸ばせばつかめる力のことを」

コーフィールドはベッドの上で体を回し、天井を見上げて、ここ数日のできごとを思い返した。

「グレイ・ウルフは、われわれがこの先お目にかかれないような力をもう持ってるよ」

「わたしが言ってるのは金のことだ！ 名誉だ！ 世界じゅうがあいつのものになるかもしれないんだぞ」

「やつがそんなものを望んでいるなら、とっくに手に入れてるさ」コーフィールドは言った。「でも……あんたがそんなにここへ来たいなら、支度をしな。今日は木曜日。女がグレイ・ウルフから離れるのは、仕事で町にいるときだけだ。そのときに女をさらって、やつにあとを追わせる」

「手がかりを残しすぎるな」ボーディンは言った。「あまり簡単についてこられるのは困る。やつが女のことを案じて、顔を合わせたときにはわたしを殺したりしないようになっていてほしい」

コーフィールドは、ジョーナが彼の女につきまとっていた男をつかまえたときの噂《うわさ》を、頭の中でたどった。ジョーナに手がかりを残していく必要はない……彼は猟犬なみに跡を追ってこられるのだから。

ボーディンはまだ何やら言っていたが、コーフィールドは疲れていた。もう会話を終わらせるしおどきだ。

「明日の正午までにここに来な。でないとお楽しみにはありつけないよ」

「だめだ。待て！　なぜそんなにいそぐんだ?」

「天気予報でまた雪になると言ってるからだよ。こっちは犬ぞりを持ってきてないんだ」

「皮肉はおまえらしくないな」ボーデインはつぶやいた。

コーフィールドの耳元で電話が切れた。

ボーデインはポケットに携帯電話を入れ、車を回してきた駐車係に二十ドルを渡すと、狂ったように飛ばしてロサンゼルスの道路を走った。一刻の猶予もならなかった。

その後、いそいで調べてみたところ、飛行機でリトル・トップへ直接行くのは無理だとわかった。リトル・トップとチャールストンのあいだには滑走路がないのだ。それどころか、あるのは山だけだった。車では遠すぎて時間までにたどり着けない。となると、残った選択肢はただひとつだった。

自家用ジェット機でチャールストンへ飛び、そこからヘリコプターをチャーターする。たいへんな旅になるだろうが、正午にはリトル・トップへ着く。そのあと、天気がもって何もかも計画どおりに行けば、二日以内に全員でロサンゼルスに戻ってこられる。もし彼がジョーナ・グレイ・ウルフに道理というものをわからせてやれれば。

いや。〝もし〟ではない。〝必ず〟そうするのだ。

ボーデインは受話器を持ち上げた。すべてを手配するのにたいへんな金がかかるのはわかっていたが、それだけの価値はあるはずだった。

翌日の夜明けは灰色で物悲しげだった。あたりの空気にはまた雪になる気配がある。ジョーナはルースを仕事へ送っていくときに、〈ミドルトン飼料店〉に寄って、また飼料を買ってくることを頭に書き留めた。

ホーボーは外に出て地面に鼻をつけ、自分が家の中で眠っているあいだに、夜の訪問者たちが残していった痕跡《こんせき》を調べていた。

ジョーナは上着に手を伸ばしたが、気が変わって、そのままポーチへ出てみた。心のどこかに、寒さや湿気を楽しむ気持ちがあった。どんな状況でも自然を心地よく感じることは彼の一部になっている。

ホーボーはジョーナを見るとひと声吠えたが、すぐに朝の見まわりを続けた。りすがキャビンの反対側の高い松の木から文句を言った。ホーボーはそれを調べに走っていき、ジョーナはポーチを下りて庭へ歩いていった。

彼は頭を上げ、冷たい山の空気を深く吸いこみ、自分たちの家の薪《まき》が燃えるにおいや、森の中にあるほかの十ばかりのにおいをかいだ。調べてみるまでもなく、四本の足を持つもの以外、夜のあいだにキャビンに来たものはいないとわかった。見上げていると、鷲《わし》が一羽、頭上高く旋回し、狩る値打ちのあるものが動く気配はないかと地上を探しているのが見えた。うさぎも狐《きつね》も、ほんの小さな穴に隠れてしまえるちっちゃなもりねずみでさえ、あれほどの視力と強さを持つ猛禽《もうきん》の目を逃れることはできない。

ふいに冷たい風がキャビンのまわりを吹き、ジョーナの目に煙を吹きつけた。彼は痛みに目を細くし、風に背を向けた。そのとき、誰かに見られているのを感じた。

彼はすぐにほほえんだ。そのにおいにはおぼえがあった。

「おはよう」彼はおだやかに言った。

金色のピューマが木立の中から出てきて、頭を上げ、尻尾《しっぽ》をたれて、ジョーナのほうへ歩いてきた。気を許し、親しみを感じているしるしだ。

ホーボーはピューマのにおいをかぐと、仰天して甲高く吠え、ポーチに飛び上がってきた。

「大丈夫だよ」ジョーナは静かに言った。「彼は何もしない」

ピューマはまっすぐジョーナのところへ歩いてきて、彼が手を下ろすとその手のひらに、まるでかいてくれと言わんばかりに頭を押しつけた。

「やあ……また会ったね、ブラザー・キャット」ジョーナは言い、爪をピューマの毛にもぐらせて、右耳のすぐ後ろのかゆいところまで入れた。「ここの何が気に障るんだい。ああ。まだにかが。冬でもいるんだな。これはいやだろう」

ジョーナがまだにを取ってやると、ごろごろというような奇妙なうなり声がピューマの口からもれた。

「取れたよ」ジョーナは言い、まだにをピューマの鼻先へ持っていってやった。

ピューマはジョーナの手のにおいをかぎ、それからそのにおいに満足したらしく、ジョーナのブーツの上に横になり、ごろりと体をころがして腹を見せた。

ジョーナは横にしゃがんで、ピューマの腹をかきながら、人間にするように話しかけた。天気や家族のこと、ピューマがこのあいだの狩りをどんなにうまくやったかをあれこれしゃべり合った。

ピューマの答えがすべてわかるのも、ジョーナにとっては日常のことだった。ピューマがしゃべれなくとも、ジョーナには彼の声がちゃんと聞こえるのだった。

やがて、ふいにピューマが立ち上がり、空気のにおいをかいだ。ジョーナは後ろへ下がった。

「会えて楽しかったよ。狩りがうまくいくといいな。あの大きな犬にはかまわないでいてくれ」

ピューマは一度だけしゅっと息を吐き、すぐさま消えた。

ジョーナがポーチのほうを振り返ると、ルースが戸口に立ってこちらを見ていた。

「自分の目で見たけど、それでも信じられない」彼女はつぶやいた。

ジョーナは笑った。「彼は耳の後ろの手の届かないところに、まだにがいたんだよ。ちよっと助けが必要だったんだ」

ルースはただ頭を振った。

ジョーナが階段を駆け上がると、彼女はこう付け加えた。「ホーボーは中よ。もうあなたと口をきかないかも」

ジョーナは笑いだした。「まさか、そんなことはないよ。彼は僕の気持ちをわかっている。ただ、僕の友達が全員気に入るわけじゃないってだけさ」

「それはまたずいぶん控えめな言い方ね」ルースはぶつぶつと言った。「朝食は食べる？」

「いや。あとにしよう。もう出かけたほうがいい、仕事に遅れてしまうよ」

「支度はできてるわ」

「手を洗ってくるよ。そうしたらトラックを取ってくるから」

ルースは彼の姿を目で追うのをやめられなかった。彼が暖炉のところで足を止めてホーボーと仲直りをしたあとも、彼女は宙を見つめ、さっきのピューマがジョーナの手をなめて足もとに寝ころがっていたことを思い返していた。

こんなときには、自分が心を捧《ささ》げてしまったこの人はいったい何者なのだろう、と思わずにいられない。

彼はこの世のもの以上の存在だ。ただの人間よりすぐれたもの。それでも、人々と同じ望みや夢を持ってともに歩み、愛と、わが家と呼べる場所を求めている。

ジョーナは彼女の愛を手にした。それが彼のわが家になっているようだが、ルースはジョーナ・グレイ・ウルフの行くところなら、自分はどこへでもついていくだろうと思った。

ジョーナはダイナーへ車を走らせたが、いつものようにただルースを降ろすかわりに、車を停《と》めて、エンジンを切った。

「お店に来るの？」彼女はジョーナがそのまま運転していかないのを見て意外に思った。

「ちょっとハロルドと話をしたいんだ」

ルースはため息をついた。「そんなことしてくれなくても――」

「いや、しなければだめさ」彼は言い、ルースの手を取った。「大丈夫。長くはかからないし、きみには恥をかかせないと約束するから」

ルースはうんざりしたように目を回してみせ、車を降りて、いつもより大きく腰を振りながら彼の先に立ってダイナーへ入っていった。

ジョーナは彼女の歩く姿を見てほほえんだ。もしルースが鳥だったら、ブライディのところにいる小さな茶色の雌鳥《めんどり》たちのようだろう。雌鳥たちは彼が卵を取ろうとすると、怒って羽を逆立てるのだ。いま、ルースの羽は明らかに逆立っている。彼女はただ、ボーデインがどこまでやるかをわかっていないだけなのだ。父を襲ったできごとと、ボーデインがこの十年あまりに送りこんできた数えきれないほどの追っ手のことを考えれば、ジョーナには、ボーディンや彼の手先が金のためならなんでもやるとわかっていた。

ジョーナが店に入ったときには、ルースはもう奥の部屋に消えていた。

「やあ」ハロルドはジョーナを見ると言った。「目先を変えて、うまい飯を食べに来てくれたのか？」

ルースがエプロンをつけ、目に炎を燃やして出てきた。

「いまの聞こえたわよ！」彼女は言い、注文票パッドをエプロンのポケットに入れた。

ハロルドはにやりと笑い、ウインクをした。

ルースは顔をしかめてみせ、塩入れや胡椒《こしょう》入れの中身を補充したり、どのテーブルにも袋入りの砂糖やクリーマーがあるかどうかをたしかめたりしはじめた。

「話があるんですが」ジョーナはハロルドに言った。

ハロルドは手を振ってそばへ来るよう合図した。「いいとも。座りなよ」彼はジョーナにコーヒーを一杯いれてくれ、それからカウンターに彼と並んで座った。「何かあったのか？」

ジョーナはカップに指を回し、それからハロルドに顔を向けた。

「まだルーシアの身があぶないんです」

ハロルドは驚いた。「なんだって？　エイハーンが脱走したのか？　今朝、町から連れ出されたって聞いたぞ」

「本当ですか？　それは知らなかった」ジョーナは言い、すぐにこう付け加えた。「よかった、それならメディアは彼についていってくれますね」

「ああ、もう行っちまったんじゃないか。ジュニー・サンダーズが連中に二階を貸してたな。ゆうべ彼女と話したら、夕方のニュースのすぐあとに引き上げていったそうだ。車を走らせるなら、昼まで待ったらよさそうなもんだが」

「ニュースは待ったなしですから」ジョーナはつぶやいた。

ハロルドはうなずいた。「そうだな。あんたの言うとおりだろう。それで、ルースの身があぶないってのはどういうことなんだ？」

「僕のせいなんです」ジョーナは恥じ入りながら打ち明けた。

ハロルドは顔をしかめた。「よくわからんが」

ジョーナはコーヒーを少し飲み、それから説明を始めた。

「ある男がもう何年も僕を追っています。十年前、そいつは僕をつかまえようとして、父を殺しました」

「なんだって」ハロルドは低い声で言い、それからジョーナの背中をそっと叩いた。「気の毒だったな。だがどうしてそれでルースが面倒に巻きこまれるんだ？」

ジョーナはハロルドの目をひたと見据えた。「僕の能力は知っているでしょう」

ハロルドはごくりと唾《つば》をのみ、やがてうなずいた。「噂は聞いてるよ。おれには想像もできないが、それを目にした人たちのことはよく知ってる。みんな頭はまともだし、嘘《うそ》をつくような人間じゃない」

ジョーナはうなずいた。「それじゃ、その人たちを信じるなら、誰かが僕を思いどおりにしたがる理由はわかるでしょう？　僕や僕の能力を完全に支配したがる理由は」

「ああ。なるほど。話がわかってきたよ」

「それで、僕がルーシアと恋に落ちたために、彼女が危険になってしまったんです」

「それじゃ、あんたたち二人はここを出ていくってことかい？　それも無理はないが、ルースがいなくなるのは困るなあ」

「いいえ。ルーシアまでそんな暮らしに引きずりこむつもりはありませんし、彼女を置いていくわけにはいきません。こういうことなんです。僕はもう逃げないと決めました。二人でずっとここにとどまるとはかぎりませんが、僕はもう二度と、誰からも、逃げ出すつもりはないんです。追っ手はまた僕を狙ってくるでしょう。実際、もう誰かがこのリトル・トップに来て、チャンスをうかがっているのはわかっているんです」

「だったら、マイズ保安官に話したほうがいい。あんたは知らないかもしれないが、保安官はいまやあんたの親友だよ」

ジョーナは苦笑いした。「話してもかまいませんが、何を言えばいいんです？　今度の追っ手がどんなやつなのかもわからないんですよ。向こうがいつ、どんなふうにしかけてくるかもわかりませんが、そいつが行動を起こすときには、必ずルーシアを狙ってきます。僕ではなく」

「だったらおれはあんたの味方だよ。ルースはこの店の中にいるかぎり安全だ。それは約束する」

「いいえ、そうも言い切れないんです。予想がつかないので。ただ、それでも彼女に気をつけていてもらえませんか?」

「まかせてくれ」ハロルドは答えた。

「それじゃ僕は仕事に行きます」ジョーナは言った。「またあとで来ますから」

彼は立ち上がってドアのほうへ行きかけたが、やがて振り返り、ルースを捜した。

「ルーシア……」

彼女は小さな茶色の紙袋を持って、厨房《ちゅうぼう》から出てきた。

「ソーセージパンがふたつと、グレープゼリーよ」彼女はそう言い、コーヒーの入ったテイクアウトのカップを渡した。

ジョーナは眉を上げた。「僕の好物だ! ありがとう」

「どういたしまして」ルースは言い、それから爪先で一瞬だけ立ち上がり、短く別れのキスをした。

「いまのはもう僕に夢中じゃないって意味かい?」彼はきいた。

「そうかもよ」

ジョーナは笑った。「それじゃ午後にまた」

「ええ……あとでね」

ルースは窓のところに立ち、彼がパンを食べながら〈ミドルトン飼料店〉へ車を走らせるのを見送った。

ハロルドが落ち着かなげに彼女を見た。

ルースは腰に両手を置いてにらんだ。「わたしは大丈夫よ。グレイビーを作りに行ってちょうだい」

彼が厨房へ逃げこむと、ルースはドアにかかっていた〝閉店〟の札を〝営業中〟に引っ繰り返した。

それで、店の朝が始まった。

ジョーナが飼育場のまわりで仕事をし、囲いを修理しているあいだに、朝よりも寒さが増してきた。

小さな狐が牛小屋へ近づいてきて、ジョーナが仕事をしているそばで足を止めた。その小さな黒い鼻がひくひくと動き、長いひげも同じ動きをした。

ジョーナは顔をしかめた。「ここにおまえにやれる鶏はいないよ、ブラザー・フォックス……ねずみもいない。次の農場を当たっておくれ」

狐はしばらくそこに立っていたが、やがてきびすを返して、来たときと同じ道を通って森へ帰っていった。

ジョーナは安堵《あんど》してうなずいた。ブライディの茶色い雌鳥たちとブラザー・マウスは、少なくともまた一日無事だった。

切れたワイヤーの最後の一箇所を結んだとき、ひとひらの雪が鼻先をかすめて落ちた。ジョーナはそれを不安に思わないようつとめた。ボーディンの雇った人間が、悪天候を利用して企《たくら》みを実行に移しそうな気がしたのだが。

ワイヤーカッターを工具箱に入れ、散らばったフェンス材を集めた。トラックに乗り、物置へ道具を置きに戻ろうとしたとき、甲高い悲鳴が聞こえ、ブライディが服から炎を上げて家から飛び出してくるのが見えた。

驚きを感じている暇はなかった。

しまったと思う暇も。

ブライディの心臓が脈打つのをやめてしまう前に、彼女のところまでたどり着かなければ。

アクセルを踏むと、ぬかるんだ地面でタイヤがスピンした。どうにか地面をとらえると、ジョーナは首が折れそうなスピードで家へ走った。

彼が駆けつけたとき、ブライディは地面に倒れていた。脚は何かの発作を起こしたようにびくびく動き、小さな手は炎を消そうとするように宙を打っている。ジョーナは車を降りる前から、彼女の味わっている苦痛を思って、吐き気がこみ上げてきた。

すぐさま彼女の横へ行き、手で炎を払う。やっと火が消えたときには、ブライディは倒れたままうめいて震え、どうぞ死なせてくださいと神に乞《こ》うていた。

「今日はだめですよ、スウィートハート」ジョーナはおだやかに言い、それから自分の両手を握りしめ、形をなしはじめていた水ぶくれを治した。しばらくすると、彼はブライディの体に両手を置いた。

彼女の目は裏返り、口の端には血の混じった泡が点々とついていた。

「ブライディ！　ブライディ！　僕を見るんです、ハニー！　こっちを見て！」

ジョーナの声が彼女を狂気の淵《ふち》から、彼の顔に浮かんだ真剣な表情へと引き戻した。やがてジョーナと目が合い、なぜか、ブライディの痛みは夜中のいやな記憶のように消えはじめた。

ジョーナは彼女の顔を両手ではさみながら、こんな恐怖が存在しない場所へ連れていってあげたいと思った。やがてブライディが落ち着いてくると、彼はひどい怪我《けが》をしたところはないかと彼女の体を調べてみた。左脚と、胴の左側から左腕にかけて、それに首の左側に重度の火傷《やけど》があった。

このままではショック状態に陥ってしまう。一刻の猶予もなかった。

ジョーナは両手を彼女の胸に当てた。

農場は意味ありげに静まり返っていた。動物たちは不思議と、女主人が深刻な窮地にあることを知っていた。

ジョーナは息を吸いこみ、焼け焦げた服や肉のにおいのことは考えないようにして、目を閉じた。じきに、空気が厚みを増し、嵐《あらし》の中で生まれつつある雷のパワーにも似たエネルギーがたまってきた。

やがて、大地が震動を始めた。

表のポーチにあるかぼちゃがひとつ、ぐらぐらと揺れ、干し草の束の上から地面にころがり、ぱっくり割れて種を散らした。

ブラザー・マウスは尻尾の下に小さな鼻を突っこんだ。ブライディの農場にいる生き物はすべて、じっと息をひそめているかのようだった。

やがていつもの癒《いや》しが訪れ、ジョーナから彼の心臓と同じリズムで脈動するまばゆい流れとなってあふれ、ブライディにそそぎこまれた。

末梢《まっしょう》神経はつなぎ直された。破裂して焼け焦げた血管はまったくもとどおりになり、焼けた皮膚は一層また一層とおおわれ、完全に癒されていき、やがてブライディ・チューズデイの肌はなめらかに、傷ひとつなくなった。ちりちりに焦げた髪もやわらかくなった。

溶けたまつげも生えかわった。

次の雪つぶが舞い降りてきたとき、ブライディは地面に横たわったまま、ジョーナ・グレイ・ウルフの手によってもう一度生まれてきたような感覚をおぼえていた。ジョーナはヒーリングが終わったのがわかった。ブライディの肺が大きくふくらむのを感じたのだ。彼女は目を開くと同時に深く息をした。喉の奥に引っかかっていた悲鳴は出てこず、気がつくとジョーナの顔をじっと見つめていた。

「わたしは死んだの？」

ジョーナは彼女を抱き上げた。「いいえ、でも着替えないといけません」

彼女の唇が突然震えだし、両目に涙があふれた。「袖《そで》に火がついたのよ」

「わかっています」ジョーナはおだやかに言い、彼女を家の中へ運んで、廊下を進み、部屋へ連れていった。

ブライディを床に下ろして立たせると、彼女は尻を両手で押さえ、ぼろぼろになったワンピースが落ちないように支えた。一度だけジョーナを見て、それから体を回して、ドレッサーの鏡で自分を見てみた。

「火がついたのよ」彼女はまた同じことを言い、黒くなった服と青ざめた肌を、信じられないという目で見つめていた。

ジョーナが後ろに立っていたので、鏡には彼の姿も映っていた。シャツの袖が焦げ、片方の袖口は真っ黒だ。でも、両手はブライディの肌と同じようにすべすべしている。

「何をしてくれたの？」ブライディはきいた。

「火を消したんです」

彼女は自分の腕を、手を、脚を見おろした。

「炎を感じたわ。自分の肌が焼けるにおいもした。なのに水ぶくれひとつないなんて」

「言ったでしょう……火は消したんですよ」彼は静かに言った。「掃除を手伝いましょうか？」

ブライディはベッドの片側にどさりと腰を下ろした。

「そうね、そうしてと言ったほうがいいんでしょう」彼女は言った。「自分に火をつけてしまうなんて、わたしも年をとりすぎたわ」それからため息をついた。「でもまさか、こんな目にあうほど長生きするとは思わなかったもの。掃除する前に、クローゼットのドアの内側にかかっている、ブルーデニムのワンピースを取ってもらえる？」

「ええ」ジョーナは答えた。そしてそのワンピースを渡した。「ほかに手伝うことはありますか？」

「いいえ」

ジョーナは出ていこうとしたが、そのときブライディがいきなり呼んだ。「ジョーナ！」

彼は振り向いた。「はい？」

「ええ。そうですね」

「神様はあなたに大きなお恵みをくださっているわ」

「あなたと知り合いになれたことはわたしの誇りよ」

彼の顔にゆっくりとほほえみが広がった。「それは……ありがとう。僕もあなたと知り合えたことを誇りに思いますよ」

ブライディは顔をしかめた。「まあ、そんな……あなたのできることに比べれば、わたしがこれまでしてきたことなんて足もとにも及ばないわ」

ジョーナは首を振った。「まさか、そんなことはありませんよ。あなたは僕がいままで食べた中で、最高のカスタードパイを作るじゃありませんか」

ブライディはなんとかほほえんだ。「そうね、それがあったわ」

「着替えてください。僕はキッチンを片づけてきます」

ブライディの唇が震えた。「きっとお昼ごはんがめちゃくちゃだわ」

「気にしないで」ジョーナは言った。「こんなことがあったあとは、とくに気をつけたほうがいいでしょう。一緒にリトル・トップへ下りていって、今日はハロルドのところで食べませんか？」

ブライディは肩を落とした。「その元気があるかどうかわからないわ」

「ありますよ」

彼女はため息をついた。「それじゃハロルドのところで食事にしてもいいわ。わたしはルースの仕事が終わる時間まで、アイダ・メイのところにいようかしら」

「それはいいですね」ジョーナは言った。

ブライディはうなずき、窓の外に目をやって眉を寄せた。「もう雪が降ってきているわね」

「それじゃたっぷり着こんでください」ジョーナは言い、彼女が着替えられるようひとりにしていって、焼け焦げた料理や、床じゅうに飛び散った水の後始末をした。ブライディが家から飛び出す前に、自分で火を消そうとしたのは明らかだった。

しばらくすると、ジョーナは彼女を車に乗せて、一緒に町へ向かった。ブライディは黙っていた。ジョーナは彼女が何か考えこんでいるのだとわかったが、彼は彼で考えていることがあった。

「ブライディ」

「何？」

「町へ引っ越すのを考えたことはありますか？」

彼女は顔をしかめ、両手を握りしめて膝に押しつけた。

「とんでもない、ありませんよ。フランクリンがわたしをあの山の上に住まわせてくれたんですもの。彼に会いに行くときも、あそこにいるわ」

「今日はあやうくご主人に会うところだったじゃありませんか」ジョーナは言った。

ブライディは目をつり上げた。「それが引っ越しとどういう関係があるの？」

「もし僕があの場にいなかったら、誰かがあなたの亡骸《なきがら》を見つけるまで、どれくらいかかったと思います？」

ブライディは息をのんだ。顔が赤から蒼白《そうはく》に変わった。

ジョーナは息を吐いた。「脅かすつもりじゃないんです、でも――」

「いいえ、そのつもりだったんでしょう、それに効き目はあったわ。わたしはまともな体のまま葬られたいもの」

「リトル・トップに住めば、ひとりぼっちでいなくてもすむんですよ」

「ひとりぼっちじゃないわ。あなたがいるじゃない」ブライディは反論した。

「僕だっていつまでもここにはいません」

ブライディの表情がゆがんだ。「出ていくつもりなの？　わたしはてっきり――」

「すぐじゃありません……でも、春にはたぶん」

「あなたがルースと結ばれて、ここにとどまってくれればと思っていたのよ。わたしには子どもがいないし、以前から家はルースに遺《のこ》すつもりでいるの」

ジョーナはほほえんだ。「あなたにそんなに思われていると知ったら、彼女は喜びますよ。でも、僕は一生ここにいるわけにはいかないんです。理由はわかっているでしょう」

「いいえ、わからないわ。どうしてなの――」

「僕の能力をどれだけ多くの人が見たか知っていますか？」

ブライディは黙りこんだ。

「じきに、僕がメイン・ストリートを車で走れば、必ず誰かが車を停めてUターンし、追ってくるようになるでしょう……ヒーリングをしてほしいと……他人に人生を変えてもらおうとして。ある男がもう何年も僕を追いかけているんです、僕の力を自分ひとりのために使おうとして」

「ひどいことを」ブライディは低く言った。

「そのとおりです。僕だってここにいたくないわけじゃない。ただ、できないんです……普通の生活を送ることが。ルーシアにそんな苦労を味わわせていいはずがない」

「出ていくときには、彼女を置いていくつもりじゃないでしょうね？」

「ありえませんよ」

「それならいいわ」ブライディは言った。「だったら、あなたがどうすると決めても、うちは彼女に遺すわ」

「家は売って町に越したらどうですか？　余生はアイダ・メイを手伝ってキルトを作ったり、好きなときに図書館に行ったり、ハロルドにときどきランチを作ってもらったりして過ごしたら」

「どうかしら」ブライディはそう言ったが、ジョーナが蒔《ま》いた種は芽吹く力が強かった。先の心配をせずに、いま言われたことができるという考えは魅力的だった。

「すぐに決められないのはわかります。でも考えてみてください。いいですか？」

ブライディはため息をついた。「考えてはみるわ、でも約束はできないわよ」

「それでかまいません」ジョーナは答え、それからこう言った。「アイダ・メイがシャグの店で、トラックにガソリンを入れていますよ。ランチに誘ってみませんか？」

その思いつきを聞いて、ブライディの顔がぱっと明るくなった。

「まあ、いいわね」

「よかった」ジョーナはスピードを落として道路を下り、ガソリンスタンドに車を入れた。そしてクラクションを鳴らした。

アイダ・メイは二人を見て手を振り、小走りにやってきた。数分後、ジョーナは二人の親友同士を乗せて町へ入っていった。

15

ジョーナがブライディとアイダ・メイをダイナーに連れてきたのを見て、ルースは驚いた。彼女はドクター・ビジロウの飲んでいたアイスティーのグラスにおかわりをつぎ、それからドアのところへ来た。

「びっくりしたけど、すてき」彼女が言うと、ジョーナがかがんで彼女の頬にキスをした。

ブライディの目がいつもより光っている。涙だろうか、とルースは思った。

「何かあったの?」ルースはきいてみた。

「いまはもう大丈夫」ジョーナは答えた。「あとで話すよ」

ルースはうなずいた。「いいわ。ボックス席にする、それともテーブル?」

ブライディとアイダ・メイはテーブルを選んだ。二人がおしゃべりしながら店内を歩いていくあいだ、ジョーナはその後ろをついていった。そしてブライディに椅子を引いてあげると、彼女は王族のようにつんと顎を上げ、すまして腰を下ろした。彼がアイダ・メイに同じことをすると、彼女のほうはくすくす笑った。

ルースはほほえんだ。二人はジョーナに付き添ってもらって一日一緒に過ごすつもりでいるが、彼のほうは気にしていないようだ。ブライディが山から下りてくるなんて、いったい何があったのだろう。ルースは彼が絶えずブライディに目を配っていることに気づくと、心配になってきた。でも、何があったにせよ、もう終わったのはたしかだ。なんだったのかもすぐにわかるだろう。ルースは三人にしばらくメニューを見る時間をあげ、ばたばたとほかの客のところへ戻った。

ジョーナは二人の老女がフライド・ハム・ステーキよりミートローフにしたほうがいい理由をあれこれ話しているのを聞いてはいたが、目はついルースのほうを追ってしまう。

彼女は、いま着ているチェックのシャツと同じように頬を赤くし、長年この仕事を続けて身につけた巧みさでボックス席やテーブルのあいだを動きまわり、絶えずほほえみ、笑い、給仕をする相手の客たちと軽口をかわしていた。

ろくに隣人もなく、山ばかりの土地に行っても、彼女はやっていけるだろうか……夏には太陽が完全に沈むことがなく、六カ月のあいだ夜が続くような土地で。

しかし、彼女を愛するようになって時間がたてばたつほど、ジョーナはアラスカを思うようになっていた。彼女に出会うまでは、そんな夢を見ることを自分に禁じていたのだ。けれども、いまはいつもアラスカが頭の隅にある。

後ろでドアのベルが鳴り、誰かがダイナーに入ってきた。ジョーナが目を上げたとき、新客たちがジョーナのテーブルの横を通った。とたんに、彼の本能はいっせいに警戒態勢に入った。

客は二人の男で、どちらも背が高く、見るからにトレーニングマニアだった。体に分厚い筋肉がついていて、まるでロボットのように歩いている。ひとりは狩猟用の服を着ていた。もうひとりはデニムと革。二人はぐるりと店内を見まわしてから、ひとりが片割れにルースを指さしてみせた。彼らはにやりとしてうなずき合い、奥のブースへ向かった。

あの二人がボーデインの新たに差し向けてきた追っ手ではないか、とジョーナは考えずにいられなかった。

ルースが男たちのブースに水のグラスとメニューを置くと、二人は彼女とおしゃべりしようとしたが、彼女にはその気がなかった。きちんと応対はしたが、距離を置いている。

男たちのところへ注文を取りに戻ろうとしたとき、またドアのベルが鳴ったが、今度は遅番のウェイトレスのドリーだった。

ルースは彼女を見て手を振った。「迷子になったの?」そうきくあいだに、ドリーはジョーナとブライディたちの向こう側のテーブルに座った。

ドリーは笑って、雪のように白い歯をのぞかせた。「まさか。買い物をしてただけよ」

彼女は紙袋をふたつ持ち上げてみせ、それから足もとの床に置いた。「お腹《なか》がぺこぺこなの。それに雪もひどくなってきたし。家へ帰る前に、何かあったかいものをお腹に入れたくて」

「ハロルドがチリを作ったわよ」ルースは言い、ブライディとアイダ・メイに顔を向けた。

「さて……ご注文は決まりました？」

「つけ合わせたっぷりのミートローフ」二人は声を揃《そろ》えて言った。

ルースはオーダーを書き留め、それからジョーナのほうを見た。「あなたは？　やっぱりミートローフにする？」

「あの男たちはなんて話しかけてきた？」彼はきいた。

ルースは見知らぬ男たちに目をやり、二人ともこちらを見ていることに気づくと、すぐに目をそらした。

「このあたりにいい猟場があるかどうかきかれただけよ。何を狩りたいんですかってきいてみたけど、向こうは話題を変えたわ」

ジョーナは眉を寄せた。「彼らには近づかないでくれ」

ルースはため息をついた。「わたしは給仕をしなきゃならないのよ、ジョーナ。それが仕事なんだから。さあ、ミートローフを食べるの、それともほかのもの？」

「いや、さっききみが言っていたチリを少しもらうよ」

「わたしも」隣のテーブルからドリーが言い、ジョーナが彼女のほうを見ると、にっこり笑いかけた。「ハイ。はじめまして。ここには最近来たんでしょう？」

「ええまあ」ジョーナは答え、目をそらした。

ドリーがただおしゃべりをしようとしただけなのは明らかだった。ジョーナのことなら誰も彼もが知っているのだから。ドリーも知っているのはたしかだろう。ルースと同じところで働いているのだし。

ルースはジョーナたちの注文を厨房《ちゅうぼう》に伝えた。しばらくすると、彼女は両方のテーブルにチリやミートローフを運び、二人のハンターたちにもチリの入った小鉢を運んだ。最後の小鉢を置いていたとき、彼らの片方がルースの腕に手を伸ばしてきた。彼女はびくっと体を引き、そのひょうしにチリの小鉢が落ちた。陶器の鉢は割れて、チリが飛び散った——テーブルじゅう、それに床や、そのハンターのズボンにも。

「ちくしょう！　どうしてくれるんだ！」男は叫び、あわてて立ち上がると、ナプキンで服の汚れを払った。

「すみません」ルースは言った。「でも、驚かせたのはそちらですよ。腕をつかんだりするから」

「なんだよ。親しくなろうとしちゃいけないのか？」

男の声はふてぶてしかった。ジョーナは腹が立ってきた。

彼は立ち上がった。

ルースが目で制した。

ジョーナはためらった。やがて、ルースがモップと掃除道具を取りに奥の部屋へ行くと、彼はまた腰を下ろした。

「気の毒に」ドリーが言い、自分のチリを横へ押しやった。「手伝ってくるわ。あの二人が早く店を出ていってくれれば、あたしたちみんなそのほうがいいし」

彼女は立ち上がって、奥の部屋へいそいだ。

ブライディとアイダ・メイが若い世代の礼儀知らずについて、ひそひそ話に没頭しているかたわらで、ジョーナは男たちから目を離さずにいた。

ハロルドがかわりのチリを運んできて、男たちを別のテーブルへ移させると、騒ぎもおさまった。それからしばらくしたころ、ジョーナはルースがまだモップを持って戻ってきていないことに気づいた。最初は、彼女がまだ奥の部屋にいて、取り乱し、もしかしたら泣いているのかもしれないと思った。しかし、彼女の仕事を邪魔するような様子を見せたら、どう思われるかわからなかったので、そのままもうしばらく座っていた。

しかし、チリが固まりはじめても、ルースもドリーもあらわれない。とうとうジョーナは立ち上がった。もう良心の許すかぎりは待った。

「ちょっと失礼します」ジョーナは言い、奥の部屋へ向かった。

ハンターたちは彼が近づいてくると、好奇心に満ちた目を向けた。ジョーナは近づけば近づくほど、歩くスピードを落とした。彼が通りすぎるころには、ハンターたちは一心に自分たちの料理を見つめていた。

それから、ジョーナは奥の部屋へ入っていった。「ねえ、ルーシア……何か手伝おうか
――」

部屋は凍るばかりに寒く、誰の姿も見えなかった。ジョーナは裏のドアがちゃんと閉じていないことに気がつき、閉めに行った。ドアを閉めるときに、もう積もりはじめていた雪にひと組の足跡が残っているのが目に入った。その横の、何かを引きずったように見える跡も。

眉間《みけん》に皺《しわ》を寄せたまま、ジョーナはドアを閉めて振り返った。女性用トイレのドアが開いていた。中をのぞいてみる。誰もいない。厨房を見に行こうとしたとき、ブーツの爪先のそばに、小さな赤いしずくが三つ見えた。

ジョーナはぎくりとしてしゃがみこみ、しずくを指でふきとり、その指を鼻へ近づけた。

血だ！

うなり声をもらすと同時に、うなじが総毛立った。ルースは消えた。ドリーも消えた。

ぱっときびすを返して裏のドアへ走り、勢いよくあけた。

足跡がひとりぶん。引きずられた跡もひとりぶん。

しまった！　ボーデインにまんまとはめられた。これまでの歳月を通じて、彼が女の追っ手を送りこんできたのははじめてだった。隙《すき》を突かれてしまった。ドリーは――本当は

誰であるにせよ――ルースをさらい、ジョーナはまったくその気配に気づかなかったのだ。

ジョーナは店の中へ取って返そうとしたが、そのときになって、さっきからヘリコプターが近づく音がしていたことに気づいた。その瞬間、すべてがわかった。

追っ手はルースを連れ去ろうとしているのだ。ジョーナをアラスカからさらったときのように。

今度は彼女を餌《えさ》に利用しようとしている。ジョーナは、ボーディンが自分のほしいものを手に入れるためなら、なんであろうと誰であろうと犠牲にすることを知り抜いていた。そして彼はジョーナをほしがっている。

ジョーナがドアを出ようとしたとき、ハロルドが部屋に入ってきた。

「おい、どうかしたかね？」

「ドリーだったんです！　彼女がルーシアをさらった。保安官に連絡してください。ドリーのSUVを停《と》めて、ヘリコプターを離陸させるなと言って！」

ジョーナは裏のドアから飛び出した。

雪が激しくなってきていた――鴨《かも》の羽毛ほどもある大きなぼってりした雪つぶが、彼の服につくやいなや、溶けていく。ジョーナはルースが気を失っていることを察していた。でなければ、声をかぎりに叫んでいたはずだ。だが、そんなことはどうでもいい。彼女のにおいは常にジョーナとともにあり、いまはそれが道案内となってくれた。彼はただ、それについていって彼女を取り戻せばいいのだ。

ボーデインは町の端の何もない野原に着陸した。そこまでしか近づけなかったのだ。ついさっき、ドリー・コーフィールドから電話が入ったばかりだった。彼女は例の女をとらえ、いそいでこちらへ向かっていた。

ボーデインはヘリコプターから飛び降り、歩きまわりながら、ドリーがあらわれるのを待った。雪の降りが速くなり、パイロットはいますぐ出発するか、取りやめにするかどちらかに決めなければだめだと叫んでいた。しかし、ボーデインは飛び立つつもりはなかった。ジョーナ・グレイ・ウルフなしでは。

彼は胸の傷跡を撫《な》でた――あのグリズリーがはらわたを裂いたあとに残していったものだ。ジョーナ・グレイ・ウルフの治療《ヒーリング》能力があのころよりずっと強くなったことを、ボーデインは知らなかった。いまではもう傷跡さえ残らないのだ。

そのとき、ボーデインの携帯電話が鳴った。

電話の向こうで、ドリーが叫んでいた。「誰かが保安官に通報しやがった。そっちまで行けない。これから山をのぼって、グレイ・ウルフがいたキャビンへ行く。前庭ならヘリコプターが着陸できるくらい広い。そこで様子を見よう」

「だめだ！　いかん！」ボーデインは叫んだ。「やつの縄張りに入るな。二度と出てこられないぞ！」

「黙って聞きな！」ドリーがわめいた。「こっちはあんたのためだろうが、百万ドルのためだろうが、武装した検問に突っこむ気はないんだ。あたしの言うとおりやらないなら、女を解放して、逃げられるうちに逃げるだけさ！」

ボーデインは悪態をついた。何もかも収拾がつかなくなっている。こんなふうにジョーナ・グレイ・ウルフと対面したくはなかったのだが、この件を片づけるにはこれが最後のチャンスかもしれない。

「そのキャビンにはどう行けばいいんだ？」

「町から山を北へのぼるんだ。表のポーチと屋根の一部が見える。キャビンは洞窟《どうくつ》の中に立っているけど、正面には木のない広い場所がある……かなり広いよ。わかったかい？」

「ああ。女を逃がすんじゃないぞ」

ボーデインの耳元で電話が切れた。彼はポケットに携帯を戻し、ヘリコプターに飛び乗った。

「山を北へ上がれ、いそぐんだ！」

パイロットは首を横に振った。「冗談じゃありませんよ！　この気流じゃ山あいはひどいことになってるはずだ。それにこんな吹雪では、視界はよく見積もっても最小限です」

ボーデインはポケットからピストルを出した。

「いますぐヘリを出すんだ。でないとこの場でおまえを撃って、いちかばちかわたしが操縦するぞ」

パイロットは青くなり、ぐっと歯を食いしばると、エンジンをかけた。ヘリコプターの羽根が回転しはじめ、どんどん速く回り、やがて機体が上昇しはじめた。ヘリコプターが地面を離れたまさにそのとき、パトカーが野原へ続く道路にあらわれた。

ボーデインは脚を叩《たた》いて笑った。警察を出し抜いたのだ。コカインをやったとしても、いまの興奮にはかなうまい。血管に流れこんだアドレナリンは、これまで彼が経験したどんなものとも違っていた。眼下に、細身の男がパトカーから出てきて、上を見ながら携帯無線に何か言っているのが見えた。だがもう遅い。われわれに地元警察の手は届かない。

ボーデインはあざ笑った。田舎町のできの悪い保安官なんぞに負けるものか。下で起きていることにはかまわず、眼前にそびえる山に目を据えた。ぶつかると思った瞬間、ヘリコプターは上昇し、脚で木の枝の先をかすめ、やがて何もない空間へ出た。

「どこへ行くんだ?」パイロットがきいた。

「半分ほど上がっていったところの開けた場所を探せ。小さな屋根のついたポーチがあって、その前に広い場所がある。コーフィールドのSUVもそこに来るはずだ。あれは黒い。ここからなら簡単に見つかるだろう」

「目をあけてみなよ、このくそったれ。ここから簡単に見えるものなんてありゃしない」

パイロットは吐き捨てるように言った。

ボーデインはフロントガラス越しに目を凝らし、やがて下へ目を移した。行かなければならない場所がわかる程度の視界はどうにかある。

マイズは無線でアール・ファーリーに連絡していた。

「やつらはプッシュマンの畑から飛び立って、北へ向かった。例の黒いSUVはいまどこにいる?」

「わかりません、保安官。さっきデラウェア・ストリートを走っていたんですが、さっと左に折れまして。あの先は袋小路です。運転してるやつが気づいて引き返してくると思ってたのに、それっきりなんです。それで先まで行って調べてみたら、車は消えてました。雪に残っている跡からすると、四輪駆動に切りかえて、ハリスの家の裏庭を抜けてったようで。メルヴィンはかんかんになりますよ。わだちが三十センチはついちまいましたからね」

「メルヴィン・ハリスの庭のわだちなんか知ったことか。いいからそのSUVを見つけろ」マイズは怒鳴り、またパトカーに飛び乗って町へ向かった。

町から北へ向かう道路は一本きりで、まっすぐ山をのぼっている。だから、ルーシア・アンダハーをさらった女は町のどこかに隠れて、誰の目もない隙に逃げようと待っているか、あるいは大きな間違いを犯したかのどちらかだ。山の上では道路が行き止まりになっているだけなのだから。

息と息とのあいだに、ルースはジョーナの名を叫びながら目をさました。口の中に血が流れていて、首の後ろが目もくらむほどひどく痛み、じきに吐いてしまいそうだった。

彼女が吐く前の声をもらすと、ドリー——仲間うちではD・Jのほうで通っている——は悪態をついた。

「あたしの車の中で吐くんじゃないよ！」彼女は叫んだ。「聞こえた？　のみこむんだ、でないと自分の歯をのみこむことになるよ」

「だったら殴らなきゃよかったのに」ルースは小さく言い、体を回して脇腹《わきばら》を下にすると同時に、胃の中身をシートの奥に吐き出した。

「くそったれ！　ちくしょう！」ドリーは叫び、ハンドルにこぶしを打ちつけながら猛スピードで道路を進んだ。

雪の降りが激しくなり、ワイパーは視界を確保するのが精いっぱいなうえ、道のカーブはますますすべりやすくなっていた。二度、ＳＵＶの後部が横すべりしたが、ドリーはなんとか車を制御した。

何ひとつ計画どおりにいっていない。それもすべてあのくそったれなボーディンのせいだ。あいつが自分でここにいりゃよかったんだ。あたしのやり方に黙ってまかせていられないんだから。まったく冗談じゃない。金持ちで大物の男ってやつは、自分が万事心得ていると思っている。用心しないと、あいつのせいでみんな一巻の終わりだ。

ドリーはキャビンの前を二度通ったことがあるだけだったが、迷いっこないのはわかっていた。道は一本きりなのだ。そこを行けばのぼっていけるし、下りるときもそこを行けばいい。問題は、もしボーディンがあらわれなかった場合、こっちは袋のねずみになってしまうということだった。

ルースはドリーがつぶやいているのを聞いていたが、賢明にもおとなしくしていた。ルースの頭はすばやく回転し、自分たちがどこへ向かっているのか、どうすれば自由の身になれるのか、答えを見つけようとしていた。

ジョーナがそれほど遅れをとっているはずはない。彼女がモップを持って戻らなかったときに、すぐ気がついてくれただろう。ルースはあの汚れは誰が片づけてくれたのだろうと思い、すぐに自分が混乱していることに気づいた。こぼれたチリのことなんて、どうでもいいではないか。

しばらくして、ルースは聞こえてくる音に気持ちを集中しはじめた。エンジンは哀れな声をあげている――フル回転なのは明らかだ。体がＳＵＶの後部へ絶えずころがるから、のぼり坂を進んでいるのも察せられた。目隠しをされていても、山をのぼっているのはなんとなくわかる。ばかなことだ。いったんのぼってしまったら、下りてくるよりほかにないのに。

そのとき、SUVが道にあいた穴にぶつかり、ルースはうめいた。頭のてっぺんが爆発しそうだ。また吐き気がこみ上げてきた。少しすると、もう一度脇腹を下にして吐いた。

ドリーはさらに悪態をつき、アクセルを踏みながら次のカーブを曲がった。


ジョーナはリトル・トップの裏通りを走り抜けながら、ヘリコプターが着陸した場所へ行こうとしていた。ドリーはヘリコプターと接触し、いそいで町を出ようとするだろう。しかし、マイズのパトカーのサイレンが聞こえ、ヘリコプターが離陸するのが見えたとき、ジョーナは絶望のあまり膝をついた。ルースは連れ去られてしまった。間に合わなかった。ルースがどこへ連れていかれるのかはわからないが、守りの固い、遠く離れたところだろう。

わずかに残っていた自制心を恐れが打ち砕いた。ジョーナは体を揺らし、悲鳴をあげた。その叫び声は、近在の人々の心にも恐怖を打ちこんだ。ある者は獣の声だろうと思った。肉体的な痛みのさなかにある人間の断末魔の叫びだとおびえる者もいた。

そのとおりだった。ジョーナにとって、ルースを失うことは、心臓を貫かれるのと同じだった。ダイナーを出てから走りつづけていたが、そのあいだはほとんど、どうすればいいかわからずにいた。雪のせいでさまざまなにおいが弱められ、混ざり合って、これだと絞りきれなかった。ジョーナは恐ろしくなった――こんなに恐ろしくなったのははじめてだった。ルースに、必ずきみを守ると約束したのに。彼女がさらわれてたった五分で、追っ手たちがどこへ行ったのか見当もつかないでいる。

ジョーナはよろよろと立ち上がったが、どこへ向かえばいいのかわからなかった。キャビンに戻るのは耐えられない。彼女の幻がそこここにあらわれてしまうだろう。だが、リトル・トップを離れるわけにもいかなかった。ボーディンは彼の居場所を知っているのだから、取り引きできるかもしれない。

雪が彼の髪をおおい、上着の背中も溶けかけた冷たい雪だらけだった。ジョーナは頭をはっきりさせるように、両手で顔をぬぐい、それからあたりを見まわした。いまどこにいるのか知らなければならなかったが、家や木々がぼんやりと見えるだけだった。

そのとき、ふいに、雪の中から一頭の狼《おおかみ》があらわれた。

ジョーナは動きを止めた。鳴き声は聞いていたものの、この州ではまだ狼に遭遇していなかった。目の前の狼は本物なのだろうか。

狼は声もたてずに彼を見つめた。

「彼女がどこにいるか知っているか？」ジョーナは尋ねてみた。

狼はうおーんと長く吠《ほ》え、その声が望郷の思いを強く引き起こして、ジョーナの目に涙が浮かんできた。だが、問いの答えは得られた。

ジョーナはトラックを取りにダイナーへ行こうとしたが、気づけばもう町より山に近いところへ来ている。森へ向かい、走り出す。かつてはルースがホーボーを助けるのを手伝いにこの山を走ってのぼった。いまジョーナは、彼女を助けるために走っていた。

ドリーは古いキャビンの敷地の前にある広い場所へ入り、できるだけポーチへ近づいてSUVを停めた。ヘリコプターが着陸するにはこの場所全体が必要だろうし、用意は整えておきたかったのだ。

車が停まりきらないうちに外へ出て、車の後ろへ行こうとしたとき、いきなり巨大な茶色と白の犬が飛び出してきた。いま立っていたはずなのに、気がつくとドリーは次の瞬間にはあおむけに倒されて、わが身を守ろうと戦っていた。

犬の歯が手首に食いこみ、ドリーが痛みのあまり悲鳴をあげると同時に、骨の折れる音がした。痛みで何も考えられなくなり、心底震え上がったドリーは、手遅れにならないうちに助かるには、チャンスは一度きりだと悟った。犬がもう一度襲ってきたとき、彼女は犬の顎と自分の顔のあいだに腕をはさみ、自由なほうの手でポケットを探った。ドリーがポケットに触れた、冷たくなめらかな鋼鉄の感触が神の贈り物のように思えた。ドリーがポケットからピストルを引っ張り出したとき、犬が喉を狙《ねら》ってきた。ドリーがもう一度腕で防ぐと、またしても犬の歯が筋肉と腱《けん》に沈みこみ、服と一緒にそれを引き裂いた。痛みのすさまじさに、ドリーは気を失ってしまうと思ったが、いまやらなければ終わりだった。犬の牙《きば》が見え、怒りで赤くなった目が見えた瞬間、彼女はその大きな犬の胸にピストルを押しつけて引き金を引いた。何度も、何度も。ピストルがからっぽになり、犬が彼女の上にがくんと倒れ伏すまで。

「ちくしょう、ちくしょう、ああ、もう」ドリーは低くつぶやきながら、犬の重い体の下から抜け出そうと必死になった。

バンパーに寄りかかりながらなんとか立ち上がろうとしたが、やっと立ったとたんに、ショックと痛みでめまいがした。

何かあたたかいものが手の甲を流れていた。見てみると、血だとわかった。彼女の血だった。それが足の下の雪を染めている。

不意を突かれたことに怒りをおぼえながら、ドリーはハッチドアをあけ、怪我《けが》をしていないほうの腕で、ルースの髪をつかんで後ろ向きに引きずり出した。ルースは悲鳴をあげ、ドリーを罵倒《ばとう》した。

ドリーはルースを引っ張って立たせ、犬の死骸《しがい》の横を通ってポーチの階段へ連れていき、それから後ろ向きに押した。

ルースは勢いよく倒れ、ふたつめと三つめの段に背中をぶつけてしまい、横向きにころがってすすり泣いた。

ホーボーが死んだ。ルースにも戦いの音は聞こえていた。銃撃も聞こえた。静寂がそのあとのことを物語っていた。

どこか遠くでヘリコプターの音が聞こえたような気がし、ルースは自分の頭がおかしくなったのだと思った。こんな天候の中を飛べる人間がいるわけはない。

ドリーがどこにいるのか正確にはわからなかったものの、右側の少し離れたところでうめいたり、毒づいたりしているのは聞こえた。ルースは体を回して上半身を起こし、それから階段へ体をずらして、立てる場所を見つけた。

無駄なのはわかっていた、だが黙って死を待つなど、ルーシア・アンダハーの柄ではない。手は後ろで縛られ、目隠しもされていたが、ルースはジョーナの名前を叫びながらポーチを飛び出し、森をめざして走った。

ドリーも、まさかこの愚かな女が逃げ出すとは思っていなかった。血を流し、目隠しをされているというのに、それでも見こみがあるかのようなふるまいに出るとは。

ドリーはピストルを撃って、せめて楽に死なせてやろうとしたが、すぐに弾はさっきの犬に使い果たしてしまったと気がついた。装塡《そうてん》し直そうとしたものの、ジョーナをとらえるには、女が生きていなければならないことを思い出した。ちくしょう。あのいまいましい犬のおかげで、腕を食いちぎられそうになっただけではすまなくなった。あの女を追いかけてつかまえなければならなくなってしまった。

声をかぎりに毒づきながら、ドリーはピストルをポケットに押しこみ、ルースの名を叫びながら空き地を進みはじめた。

16

ジョーナが山の中腹までのぼったとき、一頭のピューマが前に飛び出してきた。ピューマはうなり、高く声をあげてから、舞い散る雪の中へ消えた。

ジョーナは新しい情報に感謝しながら走りつづけた。少なくとも、ルースがまだ生きていて、山にいることはわかった。だが、また別の問題があった。彼の予測していなかった問題が。

ヘリコプターだ。まだこのあたりを離れてはいない。頭上のどこかにいて、雪嵐《ゆきあらし》の中で方向を見失っているのだろう。どういう状況になっているかはわからなかったが、じきに知ることになるのはたしかだった。

噴き出るような恐怖で常にはない力が湧《わ》き、ジョーナは全速力で駆けはじめ、倒れた木を飛び越え、低木のしげみをよけていった。そのあいだずっと、ルースの顔を心に浮かべながら。

いつのまにか小川のところに来ていた。ひとっ跳びで越えてなおも進みつづける。ここからキャビンまではもうすぐだと思うと、元気が湧いてきた。雪はもう足首までの深さになり、それでもまだ降りつづけ、風も吹きはじめていた。上空であのヘリコプターに乗り、渦巻く風と雪の中で方角を見失っているのはいったいどんな心地なのだろうか。乗っているのが誰だか知らないが、頭がおかしいに違いない。

そのとき、ルースの悲鳴が聞こえた。ジョーナの名前を呼んでいる……叫びながら、すすり泣きで声をつまらせて……そして声の響きからすると、彼女は走っているらしい。これを最後と超人的な力を振り絞り、ジョーナは森から飛び出してあの開けた場所へ出た。彼女の姿が見えた。後ろで両手を縛られ、目隠しをされて血を流し、とんでもない方向へ走っている。

ジョーナは彼女の恐怖と混乱を感じた。それから焼けつくような、刺すような痛みも。そして彼女の心がいまにも壊れそうになっているのがわかった。何かひどいことが起きたのだ……何か……ああ、そんな。ホーボーが。あの女がホーボーを殺したのか。

「ルーシア！」

彼はルースの名を呼んだ。彼女のすぐ後ろに立っているときのように静かに。だが、自分のいることが彼女には必ずわかると思ったとき、ルースが彼のいるほうを振り向いた。

「ジョーナ？　ジョーナなの？」彼女は叫び、その声は嵐にのみこまれてしまったが、ジョーナには聞こえた。

「僕はここだよ」

ルースはよろめき、倒れて膝をついた。

ジョーナが前へ飛び出し、スピードを上げたとき、反対側からドリーがルースを追ってくるのが見えた。腕が片方、だらりとぶらさがり、服は引き裂かれて血まみれだったが、ジョーナが彼女にしてやりたいことに比べれば、ものの数にも入らなかった。ボーディンと彼の雇った殺し屋のしたことに怒りをおぼえ、ジョーナはさらに足を速めた。二度とルースに手をかけさせはしない。

突然、目があけられないほどの突風と雪が吹きつけ、回転翼のぶんぶん鳴る音がした。ヘリコプターが彼らの頭上にあらわれ、誰が下にいようがおかまいなしに着陸しようとしている。コックピットは左右に揺れ、パイロットは気流を相手に格闘し、なんとか機体をまっすぐに保とうとしていた。

ルースはヘリコプターの脚の真下にいて、立ち上がって逃げようとしていたが、その力がなかった。

ジョーナは上を見た。ヘリコプターは下降を続け、ルースの頭上一メートルあまりまで迫っている。彼はルースの胴をめがけて思いきり飛びこんで彼女をつかみ、ころがってその場を危機一髪で離れた。

ジョーナの首に彼女の息が熱くかかり、彼はルースが震えているのがわかった。

「ジョーナ！　ジョーナ！　ドリーが……ドリーだったのよ。男じゃなくて……女だったの。わたしたち、だまされたのよ」

「わかっているよ、ベイビー……わかっている。もう大丈夫だ。二度ときみに手出しはさせない」

「いいや、そうはいかないよ！」ドリーが叫んだ。

ジョーナは舞う雪の向こうを見上げた。ドリーは二人を見おろしながら立ち、ピストルを彼の顔に向けており、彼女の後ろでヘリコプターのドアが開いた。

男がひとり飛び降りて、こちらへ近づいてきた。ヘリコプターの起こす風が髪や服に吹きつけているのもかまわずに。ジョーナが会って以来、十年の月日が、その男の髪を褐色から白に変えていた。それでも、目は以前と同じままだ——冷たく、貪欲《どんよく》で——そして男は笑みを浮かべていた。

メイジャー・ボーデイン。

二人の視線が合った。ボーデインは冷たく笑い、その表情は挑発的で勝ち誇っていた。しかしジョーナはすぐに吹きつける雪と風に背中を向け、ルースをかばいながら手を貸して立たせた。ジョーナの髪は風になぶられて目や顔にかかったが、彼はルースの目隠しを取り、手の縛《いまし》めをほどいた。

「女はほうっておいてこちらを向け！」ボーデインが呼びかけた。

ルースはひどく体が震えて、立っているのがやっとだった。ジョーナは彼女の耳元にやさしくささやきかけ、顔の乾きかけていた血に張りついていた巻き毛を払った。

ジョーナ・グレイ・ウルフに無視されたことが、これ以上はないほどボーディンの怒りをかきたてた。こいつはなぜ何ごともないような態度でいるんだ？

彼はピストルを抜き、自分の言葉をちゃんと聞かせるため、銃身をジョーナの背中の真ん中に突きつけた。「わたしに背中を向けるんじゃない！」

ジョーナは目隠しをほうり捨て、ルースの頭に手をやった。血がついた。彼が振り返ってドリーに向けたまなざしは、一行の頭に降りそそぐ雪よりも冷たかった。

「彼女に手を出すべきじゃなかったな」

ドリーの背中を戦慄《せんりつ》が走った。ジョーナの声にあった警告は聞き逃しようもなかったが、ドリーは動けなかった。脚は重く、世界がぐるぐる回りはじめたのだ。自分のせいなのか、それともヘリコプターが起こす風でバランスが崩れたのかわからなかったが、どちらにせよ、彼女は倒れそうになっていた。

「黙れ！　いいから黙っていろ！」ボーディンが言った。「おまえはただ、その女に手を置けばいいんだ。そうすれば女は生まれたてみたいに元気になるんだろうが」

しかしジョーナは彼の言うことなど聞いていなかった。そしてドリーが突然膝をついたとき、ボーディンは状況が自分の手からすり抜けていっていることに気づいた。何が起こっているのか彼が気づく前に、ジョーナは雪の向こうへ、コックピットの中へ、パイロットの顔へとまっすぐ視線を向けていた。

パイロットはそれまでほとんどものが見えずにいたのだが、そのときになって、いきなり大柄のネイティヴ・アメリカンがどこからともなく目の前にあらわれた。その男は彼を見つめ、責めているように見えた。パイロットは顔をしかめた。どうしておれをとがめるんだ？　こいつには何もしていないぞ。突然、全身の皮膚がちくちくしたかと思うと、それが刺すような痛みに変わり、熱く焼けるような感覚になった。パイロットは動転し、ふたたびヘリコプターの羽根を回して、まっすぐ宙へ飛び上がった。

ボーディンは驚いて振り向き、怒りに声をあげながら何歩かヘリコプターを追った。

「戻ってこい！　くそったれ、このばか野郎……戻ってくるんだ！」

空へ向けて一発撃ったが、無駄だった。たったひとつの逃げる手段が消えていくのを、ただ見ているしかなかった。ボーディンはがっくり肩を落として向き直ったが、すぐに、ジョーナ・グレイ・ウルフに埋め合わせができるかどうかで生死が決まると気がついた。

彼は何がなんでも相手にわかってもらおうと、べらべらしゃべりはじめた。

「ジョーナ……なあ……わたしなら、おまえがどれほど無鉄砲な夢を持とうと、それ以上の富を与えてやれるんだ。おまえの力ははかり知れない。人々はおまえの足もとにひれ伏し、これまで誰も手にしなかったほどの名誉を捧《ささ》げるだろう」

ジョーナはボーデインのことなど気にも留めずに、ルースを腕に抱き寄せた。そして彼女をしっかり支え、彼の胸にもたれさせて、頭を彼の心臓のところにつけた。彼女は痛みで吐き気をおぼえ、出血で弱っていた。ジョーナはこれからどうなろうと、もう一分たりともルースを苦しませておくつもりはなかった。

彼は目を閉じた。

ボーデインはあたりの空気が厚くなるのを感じた。風が静まりはじめ、雪の降りもやわらいだ。

「待て！」ボーデインは叫び、ピストルを向けたが、それも無駄だった。撃つつもりはないのだから。撃つわけにはいかないのだから。「やめろ！　いまはだめだ！　先に話を片づけよう」彼は必死で訴えた。

ボーデインの足の下で大地が揺れはじめた。地震か？　冬に？　そんなことがあるのか？　彼にはわからなかったが、自然災害なんぞに巻きこまれるのはまっぴらだった。

ドリーを捜すと、彼女は雪の中に膝をつき、立ち上がろうとあがいていた。

「コーフィールド！　おまえの車を取ってこい！　ここを出るんだ。いそげ！」

ドリーはころがってあおむけになり、自分の手を見た。血が上着の袖《そで》の下から流れつづけ、脚の横の雪を染めていく。ボーデインの命令は聞こえたが、動くだけのエネルギーがなかった。

地面が激しく震動するあまり、木々の枝から雪が落ちると、ボーディンはドリーに駆け寄り、キーを探して彼女のポケットを探った。

「キーを出せ！　おまえの車のキーはどこだ？」

「さわらないで」ドリーはくぐもった声で言い、ボーディンを胸から押しのけた。「まだ車の中だよ」

ボーディンはさっと立ち上がったが、すぐに足を止めた。ジョーナの体からあらわれはじめたオーラを見て、驚きに打たれたのだった。彼の目は大きく見開かれ、口はぽかんとあいた。こんなものを見るのははじめてだった。ジョーナが彼の命を救ったときにやったのがこれだとしたら、驚くべきことだ。美しい光景だった——本当に美しかった。ボーディンの目は涙でぼやけ、彼は胸がいっぱいになった。

目の前の光景に恍惚《こうこつ》となり、見ているうちに、光はどんどん大きくなって、ジョーナからルースへと流れこみ、やがて彼女の体の中を脈動しはじめた。

ドリーはその光の中に平穏と許しを感じた。彼女はもっと近づきたかった——その中に感じた祝福を見出《みいだ》したくてたまらなかった。しかし、光のほうへ這《は》っていこうとすると、横ざまに倒れてしまった。絶望のあまり彼女は泣きだした。

光はジョーナとルースを取り巻きながら、中に入りこんだ。やがてふいにそれが終わった。ルースはただ、自分の体に回ったジョーナの腕と、それから少しして、体にのしかかっていた重さが消えていることだけを感じた。ジョーナの声が聞こえ、彼女は目を上げた。

「ルーシア……」

彼女はジョーナの顔から目を離せなかった。彼は目を輝かせて、ルースの額に唇を走らせ、親指の端で彼女の唇をなぞった。

「もう大丈夫だよ」

ボーデインはこの状況が信じられなかった。まるで彼などこの場にいないかのようだ。

「いいかげんにしろ、グレイ・ウルフ。脇《わき》へどくんだ」

ジョーナはルースの顔を両手でつつみ、彼だけを見るようにした。

「キャビンに行っててくれ」

ルースは彼の腕から出て、振り向きもせずに空き地を進んでいった。

ボーデインはピストルを動かし、彼女の背中に狙《ねら》いをつけた。

ジョーナが弾道に割りこんだ。

ボーデインの手は揺れた。だが、それでもまだ銃を持っているのは彼のほうだった。

「わたしと一緒に来るんだ、いますぐ。さもないと、あの女をこの場で殺す」

ふいに、ドリーが甲高い声で叫びだした。彼女はこれまでの百倍も必死になって立ち上がろうとしたが、だめだった。そしてボーデインを指さした。

「あんたの後ろ！　後ろだよ！」ドリーはわめいた。

ボーデインは振り向き、とたんに小便があたたかい流れとなってズボンの中を伝いおりた。

四頭のピューマが彼らの後ろに身をかがめていた。声もたてず、まばたきもせず、尻尾《しっぽ》をぴくぴくさせながら、じっとジョーナの顔を見つめている。

「ああ、まさか」ドリーはつぶやき、信じられないというようにジョーナを見た。報告書はすべて読んでいたが、理解していなかったのだ。本当には。これまでは。「お願いだよ、グレイ・ウルフ……なんとかしてよ」ドリーは頼んだ。

ジョーナはそこでやっとドリーに目を向けたが、彼女の傷にも恐怖にも、なんの同情も感じなかった。

「言っただろう、ルーシアに手を出すべきじゃなかったと」彼は言い、二人のどちらにも背を向けた。

ボーデインはすがるように言った。「行くんじゃない。あの女を殺すぞ」

ジョーナは指をさした。「ルーシアの心配はやめて、彼らのことを心配するんだな」

ピューマたちがうなった。

ボーデインは発砲しようとしたが、弾が出なかった。彼はピストルを腿の横で叩《たた》き、また何度も何度も引き金を引いたが、ピストルは彼の手の中でもの言わぬ金属となったままだった。

「あいつらを追い払ってくれ！　追い払ってくれ！」ボーデインは必死に頼んだ。「そうすれば、話し合える。おまえの望むものはなんでも。すべて手に入るんだ。ただ言ってくれればいい」

長い沈黙が降り、やがてジョーナの目が細くなった。

「なんでも？」

ボーデインは泣きそうになりながら笑いだした。ずっとわかっていたとも。こいつとはじかに話せばいいんだと。

「そうだ。そうだ。なんでもいい。言ってくれ、そうすればおまえのものだ」

「僕が何を望んでいるかわかるか？」ジョーナがきいた。

「いや。なんだ？」

「おまえが死ぬことだ」

ジョーナの言葉の現実味が頭にしみこむにつれ、ボーデインの顔から笑みが消えた。

「だがおまえは治療者《ヒーラー》だろう。人を殺したりしないはずだ」彼はうまく回らない口で言った。

「ああ、そうか、そうだな。それはおまえたちの仕事だったね？」

ピューマたちがうなった。一頭が警告の叫びをあげ、ドリーはパニックに陥った。彼女には理解できなかった。怪我《けが》をしたのは腕だ。脚はどうしてしまったんだろう？

ボーディンにふたたび振り向くだけの度胸はなかった。ピューマを見て、彼らの存在が意味するものに気づきたくなかった。

「頼む。お願いだ。やめてくれ。頼むから。やめてくれ」ボーディンは泣き叫んだ。

「黙れ」ジョーナは言った。「僕の父は命乞《いのちご》いをしたか？　したのか？　おまえの雇った連中の手で頭に弾を撃ちこまれる前に、助けてくれと言ったか？」

ボーディンはジョーナの頭めがけてピストルを投げつけ、ドリーの車へ走り出した。ピューマたちは二度跳躍しただけで彼をとらえた。一頭が噛《か》みつくと同時に、ボーディンの首が折れた。彼は声もたてなかった。

ドリーはポケットからピストルを出し、口に突っこんだ。どうせ死ぬなら、自分のやり方で死んでやる。だが、ピストルは火を噴かずにかちっと音をたてただけで、彼女は犬に弾を使い果たし、装填《そうてん》し直していなかったことをまたしても思い出した。

彼女が雪の中に座りこみ、すすり泣き、必死に許しを乞い、片手で弾をこめ直そうとしたとき、ピューマたちが襲いかかった。ボーディンと同じく、彼女もあっという間に息絶えた。

ピューマたちはおだやかにふっと息を吐いた。

「ありがとう、きょうだいたち」ジョーナは言った。

ふいに、遠くからサイレンの音が聞こえてきた。

ピューマたちの耳が伏せられた。四頭はしゅーっと声をたて、それからすべるように遠ざかっていって、木々と雪の中に消えた。

ジョーナは二人の死体にはもう一瞥《いちべつ》もくれなかった。彼らはみずからの運命を選び、ジョーナはジョーナの運命に立ち向かったのだ。

マイズのパトカーが車寄せを上がってきて、ファーリーのパトカーがそれに続いた。

ジョーナは肩を落として、血まみれの場所から顔をそむけ、キャビンに向かった。

サイレンの音が耳に満ち、彼の呼吸や風の叫び声をのみこんだ。

彼は顔を上げた。

二台のパトカーがスリップしながら停《と》まり、宙に雪を吹き上げるあいだも、ルースは戸口に立っていた。

ジョーナは歩きつづけた。腕の中に彼女を感じたくてたまらなかった。彼女を抱きしめたとき、やっと彼の世界はきちんとした軸に戻った。

後ろで、保安官とファーリーの話す声が聞こえる。じきに、ルースといる時間は制限されてしまうだろう。マイズが事件のあらましに納得するまでは。

ルースが彼の手を取った。「ジョーナ？」

「なんだい？」

「これでもう終わったの？」

彼は疲れたようにため息をつき、それからなんとか笑みを浮かべて、彼女の頬の横に手を置いた。

「いいや、マイ・ラヴ……いま始まったばかりさ」

エピローグ

高地地帯にも春はもう来ていた。まだうっすらと残っている雪に小さな花々が頭をのぞかせ、南へ渡っていた鳥たちは大挙して戻りつつあった。日の光は生まれたてで、まだ弱々しかったが、顔に当たればあたたかかった。

ハーヴ・デューボイスがそのシーズン最初の客とともにシアトルから戻り、相棒のヘリコプターでスノー・ヴァレーの狩猟キャンプ地を旋回しはじめたのは、ちょうどそんな日のことだった。

ジョーナがいなくなってこの十年で、多くのことが変わった。いまや、キャンプ地に来るのはハンターだけではない。アーティストや写真家がアラスカのこの狭い土地の美しさのとりこになり、年々、予約の埋まるのが早まっている。キャンプ地所有者のサイラス・パーカーにとっては上々だった。

キャンプ地内の噂《うわさ》では、ハーヴが誰か特別な人間を連れてくるということだったので、『ナショナル・ジオグラフィック』の自然専門の写真家から、オーロラの光を浴びた人々の輪廻《りんね》に関する持論の調査をしたがっている心霊研究家、という可能性にいたるまで、ありとあらゆる推測があふれていた。

小さな子どもたちは、自分たちの凧《たこ》を持って逃げた犬を追いかけ、あたりを走りまわっていた。

女がひとり、自宅の戸口に立ち、地平線へ向けた目に手をかざして、下降を始めたハーヴを見ていた。中年の男が自分の道具小屋から出てきて、薪《まき》の束に斧《おの》を立てかけて目を凝らした。

人々にとって、毎年、どんな人間たちが彼らの世界に舞いこんでくるのかは大きな話題だった。だがイヌイットの人々にとってはどうでもいいことだった。この土地に最初からいたのは彼らだからである。彼らにとって、アラスカは訪ねていく場所ではない。自分たちの住むところなのだ。

しかし、彼らが見ているうちに、谷の上の斜面で何か別のことが起こりはじめた。

その何かに、サイラスはポーチの椅子から立ち上がり、道路へ走り出た。

その何かに、マーリー・トリングティックは洗濯物を下ろし、片手で胸を押さえて庭の端まで行った。

その何かに、ウィルソン・アムラックの顔は、特大のうれしげな笑みを浮かべた。

狼《おおかみ》たちがいたのだ――少なくとも二十頭、あるいは三十頭かもしれない――木立の中からゆったりと駆け出し、まるで喜んでいるような、遊んでおいでと外に出された幼い子どもたちの声のような、高い声や遠吠《とおぼ》えをあげて。

そこでやっとサイラスは、ハーヴのヘリコプターに乗っているのが誰かを知った。彼は舗装されていない道を、着陸場所に向かって歩き出した。足を引きずりながら、杖《つえ》を持ってくればよかったと思った。やがて最後のキャビンの角を曲がったとき、長い黒髪を顔のまわりにたらし、シャツの布地がぴんと張った広い肩幅の、背の高いネイティヴ・アメリカンの男がヘリコプターの横に立っているのが見え、サイラスは泣きだした。大きな、息をしゃくり上げるようなすすり泣きで、喉が焼けそうになる。もう二度とあの男には会えないと思っていたのだ――少なくとも、この世では。だが彼は戻ってきた。故郷に帰ってきた。

狼たちもいまやすさまじい速さで走り、流れるような動きで丘を下って、頭を高く上げ、舌をたらし、なおも高い声をあげつづけ、前へ後ろへとたがいに呼び合いながら、その男を出迎えに駆けていた。

ハーヴが二人を乗せてアラスカに入ったときから、ヘリコプターを降りたいまにいたるまで、ジョーナはこれまでと違う気持ちを感じていた。以前より軽く。自由な。自分には、いまでは故郷だけでなく、未来という可能性もあることを知っていたから。

ルースとの未来が。

ブライディ・チューズデイはずっと以前に、リトル・トップの住まいに落ち着いており、彼女がもうひとりぼっちになることはないので、ジョーナは安心していた。

そのことを思いながら、彼はヘリコプターに顔を向けた。ルースが中に立って、彼が外へ連れ出してくれるのを待っていた。ジョーナは彼女の腰に腕を回してヘリコプターから降ろした。

彼女はほほえんでいた。ジョーナはそれを見るだけでじゅうぶんだった。

ルースは山々の壮大さと、そのあいだの低い谷の美しさに圧倒された。すでにハーヴ・デューボイスとはたしかな友情を築き、ジョーナの故郷にいるほかの人々に会いたくてたまらなかった。しかし、ジョーナが彼女のために、驚くことをひとつ、用意してくれているのには気づいていなかった。

ハーヴが迎えに来る前に、しておいてもらったこと。

二人がこれからの生活を始め、サイラスの新しいキャビンのひとつに住むときに、完璧《かんぺき》なリズムに落ち着かせてくれることだった。

ルースはこの場所の眺めや谷に目が釘《くぎ》づけになってしまっていた。ここがこれから二人のふるさとになるのだ。やがて、山の斜面へ目を上げたとき、彼女の顔から笑みが消えた。もし別の場所で、ジョーナがそばにいなかったら、心底震え上がってしまっただろう。だが、ルースがいるのはここで、ジョーナがいるのもここだった。

そして彼らも。

「見て」ルースはジョーナの肩の向こうを指さした。

彼は振り返り、すると、その顔じゅうに笑みが広がった。彼は頭をのけぞらせて笑い、そのまま遠吠えをして、彼らのほうへ走り出した。

ルースはジョーナと狼たちが出会うのを、そして彼が足や尾のもつれる中へ入っていくのを、畏敬《いけい》の思いで見つめた。狼たちは彼をなめ、においをかぎ、高い声で鳴き、遠吠えをし、彼女の立っている場所にもジョーナの笑い声が聞こえてきた。

「すごい」彼女がつぶやくと、ハーヴ・デューボイスが近づいてきて、肩に腕を回した。

「あいつは最高だよな?」ハーヴが言った。

ルースはため息をついた。「それってかなり控えめな言い方ね、ハーヴ」

ようやくジョーナは群れから出て、足を止めて体をはたいた。狼たちは離れがたい様子だったが、ジョーナが彼らの頭に手を置いて一緒に歩きはじめると、ルースの耳に彼のしている約束が聞こえてきた。

「僕は帰ってきたんだよ。ここがわが家なんだ。もう二度と、おまえたちと離れたりしない」

それでじゅうぶんのようだった。あっという間に狼たちは引き上げ、ふたたび斜面を駆け上がって木立の中へ消えた。

サイラス・パーカーははあはあと息を切らしながら、やっと着陸場に着いた。

ジョーナは彼を目にするや、自分がいないあいだの歳月の流れに衝撃を受けた。サイラス・パーカーは老人になっていた。髪は肩まで伸び、降ったばかりの雪のように白い。腹は出っ張り、膝は年齢と関節炎からくる痛みで曲がりはじめている。しかし、それでもサイラスはサイラスだった――こちらを畏敬するように見つめている。ジョーナがはじめてあらわれたときもそうしていたと、話に聞いていたように。

それは昔の物語だった。ジョーナがずっと聞かされてきた物語。雌狼が彼をキャンプへ運んできて地面に置いていったとき、彼を拾い上げて、安全な場所へ運んでくれたのはサイラス・パーカーだったと。

そして彼はいままたここへ来てくれた。ジョーナの帰郷を歓迎しに来た、スノー・ヴァレーの最初の住民として。

サイラスが近づいてくるにつれ、ジョーナはこみ上げる思いで胸がいっぱいになった。それから、サイラスの肩の向こうに、人々が家から出てきて、彼の名を呼んでいるのが見えた。手を振っている人もいる。泣いている人もいる。しかし、全員が彼を喜んで迎えるために近づいてくる。さっき狼の群れがそうしてくれたように。

サイラスはジョーナを腕に抱き、強く抱きしめた。

「よく帰ってきたな、坊主。よく帰ってきた。おまえにはもう会えないと思っていたよ」

自分も彼を抱きしめながら、ジョーナの視界がにじんだ。しばらくして、彼はルースのことを思い出し、彼女に手を伸ばした。

ルースがジョーナの手を握ると、彼はルースを引き寄せた。

「サイラス。この人は僕の妻、ルーシア。ルーシア、こちらはサイラス。僕に釣りを教えてくれたんだ」

サイラスは笑顔になって、小柄で褐色の目のルースを見た。

「会えてうれしいよ」彼は言った。

「あら、いいえ。うれしいのはわたしのほうです」ルースは言い、彼を抱擁して、サイラスの心の中にたちまち飛びこんだ。

「見てごらん」サイラスが言った。「みんな、おまえが帰ってきたのを歓迎しに出てくる」

小さな犬が、ひとりで競走でもしているように人々の先を走ってきた。犬は茶色と白で、左目の上に黒いぶちがあり、そのせいでちょっと変わった顔になっていた。

ルースは子犬をひと目見たとたん、心を奪われてしまった。ホーボーをあんなふうに失ったせいでいまでも悪夢を見てしまうことがあり、ホーボーのおかしないたずらが恋しかったのだ。

その子犬が彼女の足もとで止まり、まるで冗談の落ちを待つように、舌をたらして片耳をかしげると、ルースはもう夢中になってしまった。

彼女は膝をつき、手をさし出した。「ええと、こんにちは、おちびちゃん。はじめまして」

ジョーナがハーヴのほうへ目をやると、彼はうなずいた。

ジョーナは彼女のそばに膝をついた。「この子の名前はハウディだよ」

ルースはほほえんだ。「そうなの？　それじゃ……やあ《ハウディ》、ハウディ」

子犬は吠え、それから、ルースがよける間もなく、飛び上がって彼女の顎をなめた。

「この子には家が必要らしいんだ」ジョーナは言った。

ルースはしゃがみこみ、目に涙をあふれさせた。「まあ、ジョーナ」

彼女が立ち上がるとジョーナは子犬を抱き上げ、彼女の腕に置いた。

しかし、人々はどんどん近づいてきて、ルースはジョーナが彼らのあふれる喜びに強く心を打たれているのを見てとった。ルースは子犬を顎の下に抱き、ジョーナをそっと押した。

「行ってらっしゃい。せめてあの人たちを途中まで迎えてあげなきゃ」

ジョーナは笑い、音をたててルースにキスをすると、走り出した。

人々はいまや大きく声をあげ、自分たちの言葉で彼に呼びかけ、狼の群れのように高い声で喜びをあらわし、彼の名を叫んで、やがてそれは山腹からこだまを返してくる祝いの歌となった。

「グレイ・ウルフ。グレイ・ウルフ」

「治療者《ヒーラー》が帰ってきた」

訳者あとがき

ダイナ・マコールことシャロン・サラの読者の皆さん、お待たせしました。彼女の新作をお届けします。

心に傷を抱えた人物が、癒《いや》しと希望を見出《みいだ》していく物語を得意とする作家ですが、今回のヒーローとヒロインもまた、過去に大きな事件を体験し、それによって深い悲しみを背負っています。父を殺されたジョーナと、家族全員を事故で失ったルース。彼らはどちらも、路上生活という過酷な暮らしさえ体験しています。その二人が、運命としか思えない不思議な結びつきに加え、そうした痛みや悲しみを理解し合える相手として、愛の絆《きずな》を強めていく過程をじっくり味わっていただければと思います。

また、これまでにもちょっぴりスーパーナチュラルな現象や体験を作品に取り入れることの多かったマコールですが、今回はそんな超自然的なものを真正面から取り上げ、ヒーローのジョーナに体現させています。動物と意思を通じ合い、不思議なパワーで怪我《けが》や病気を治してしまう——そうした人々の存在は、さまざまな国の古い伝説に残っていますが、そんな伝説が現代によみがえったのが、主人公のジョーナだと言えるでしょう。彼は狼《おおかみ》に育てられたという設定ですが、ローマ帝国の神話では、同じように狼に育てられたロムルス・レムルスきょうだいが、国を築いたことになっています。昔から、人は狼にほかの動物とは違った神性を見出していたのかもしれませんね。

さて、今回の作品にはたくさんの動物が登場し、わたしたちを楽しませてくれますが、実は主人公のジョーナという名前も、動物に縁が深いものです。旧約聖書に登場する、大きな魚にのまれる預言者ヨナの英語読みがジョーナですし、もともとはヘブライ語で〝鳩《はと》〟を意味する言葉から来ています。平和を象徴する鳩を主人公の名に選んだのには、作者のひそかな意図があるのかもしれません。話は少し飛びますが、ことのついでに、ほかの人物たちの名前のもともとの意味もここにしるしてみましょう。

ルース：ラテン語で〝光〟
アダム：ヘブライ語で〝大地〟
ブライディ：ケルト女神の名で〝高貴な存在〟
メイジャー：ラテン語で〝大きい〟
アイダ：ゲルマン語で〝仕事〟

どうでしょう、なかなかそれぞれのキャラクターと合っていると思われませんか？　日本人のわたしたちの名前には漢字が多く使われ、字を見ただけでおのずとその意味が想起されますが、欧米人の名前もまた、さまざまな起源や意味を持っており、作家たちは願いやイメージをこめて登場人物に名をつけているようです。

最後に、著者の近況をお知らせしておきましょう。シャロン・サラ名義では、二〇〇八年十月にJanis Reams Hudson、Debra Cowanとのアンソロジー『Aftershock』が出ました。いずれも命にかかわる体験をしたあとのヒロインたちに起きる、さまざまな事件やできごとをえがいたロマンスで、彼女の作品には『Penance（罪の償い）』というタイトルがついています。ストーリーは、頭を銃で撃たれ、あやういところで命を取り止めたヒロインが、その後、さまざまな後遺症に苦しみながらも、目の前にはない光景を見てしまう能力を得たことで、恋人の刑事とともに、ある誘拐事件の捜査に当たる、というもののようです。

また、同じく十一月には、キャット・デュプリーを主人公にした三部作の完結編『Bad Penny』が出版されています（第一作『孤独な夜の向こうに』MIRA文庫より好評発売中、第二作『Cut Throat』MIRA文庫より二〇〇九年刊行予定）。十三歳のときに父親を殺され、自分も喉を切り裂かれるという体験を背負い、犯人捜しのためにバウンティ・ハンター（当局から委託を受け保釈中の逃亡犯を捕らえる職業）になったヒロインが、仕事仲間の恋人とともに、たがいの過去に向き合いながら、新しい人生を始めようとする物語です。いずれも著者のテーマである、不当な暴力や過去の傷からの回復・癒しを真正面から扱った作品で、ネットでの評判も上々のようです。

それでは、ダイナ・マコールとシャロン・サラの今後の活躍をお楽しみに。

葉月悦子

二〇〇九年四月

訳者　葉月悦子
東京都生まれ。英米文学翻訳家。主な訳書に、シャロン・サラ『愛と赦しのはざまで』（MIRA文庫）、シャロン・サラ『愛は遠いあの日から』（ハーレクイン文庫）がある。

ふたりきりの光
2009年4月15日発行　第1刷

著　　者／ダイナ・マコール
訳　　者／葉月悦子（はづき　えつこ）
発 行 人／立山昭彦
発 行 所／株式会社 ハーレクイン
東京都千代田区内神田1-14-6
電話／03-3292-8091（営業）
03-3292-8457（読者サービス係）
印刷・製本／凸版印刷株式会社
装 幀 者／佐々木続剛（ZUGA）

ISBN978-4-596-91348-7

あたたかな雪
ダイナ・マコール
富永佐知子　訳

飛行機の墜落事故で少年と女性が生き残った。透視能力のあるデボラは、追われるように雪山を逃げる二人の危機を察知して、救出へと向かうが…。

完璧な嘘
ダイナ・マコール
新井ひろみ　訳

CIA捜査官ジョーナが麻薬王の長男を射殺してから数日後、元恋人の妹が現れた。15年間存在すら知らなかった彼の息子が誘拐されたというのだ。

孤独な夜の向こうに
シャロン・サラ
竹内　栞　訳

父を殺され自らも生死の境をさまよった末、幼くして天涯孤独となったキャット。家族同然の親友が失踪し、同業者ウィルソンと真相解明に乗り出すが…。

愛と赦しのはざまで
シャロン・サラ
葉月悦子　訳

〝罪びと〟を名乗る男と不可解な誘拐殺人事件。事件の真相を探る美人リポーターと敏腕刑事を待ち受けていたのは…。珠玉のロマンティック・サスペンス。

チェインド・レディの伝説
紅の夢にとらわれて
ジェイン・A・クレンツ
高田恵子　訳

伝説の悲恋に導かれるようにして出会ったダイアナとコルビー。ある嵐の夜、二人は洞窟で一夜を過ごすことになり…。〈チェインド・レディの伝説〉前編。

チェインド・レディの伝説
ほどけた夢の鎖
ジェイン・A・クレンツ
高田恵子　訳

ダイアナとコルビーは夜ごと見る不吉な夢に悩んでいた。夢と現実が交錯するなか、二人の恋は新たな局面を迎えて…。〈チェインド・レディの伝説〉後編。

私のプリンス
スーザン・ブロックマン
上村悦子 訳

米海軍特殊部隊SEALアルファ分隊の隊長ジョーはさる国の皇太子の身代わりとなる極秘任務中、運命的な恋に落ちるが…。〈危険を愛する男たち〉第1話。

あの夏のヒーロー
スーザン・ブロックマン
久坂 翠 訳

ルーシーはSEAL隊員ブルーの帰郷を知り、胸を躍らせた。高校時代と同じく、自分には目もくれないと知りながら…。〈危険を愛する男たち〉第2話。

希望は君の瞳の中に
スーザン・ブロックマン
松村和紀子 訳

SEAL復帰の夢はもう叶わない。動かない右膝と酒瓶を抱え失意に沈むフリスコの前に美しき隣人が現れて…。〈危険を愛する男たち〉第3話。

暁の予知夢
ビバリー・バートン
辻 ゆう子 訳

凶悪な連続殺人事件の予知映像（ビジョン）を見たジェニーの身に、絶体絶命の危機が迫っていた――人気作家ビバリー・バートンの新シリーズが登場！

真夜中の密会
ビバリー・バートン
辻 ゆう子 訳

新しい愛への期待に胸を膨らませるジャジーのもとに、ある殺人事件の知らせが届く。彼女が犯人だという恐ろしい容疑とともに…。人気シリーズ第2弾！

黄昏の迷路
ビバリー・バートン
辻 ゆう子 訳

出生の秘密を探るリーブは自分と双子のように似ている女性の住む町を訪れた。運命の恋と、恐ろしい危険が待つとも知らずに…。大人気シリーズ最終話。

聖夜が終わるとき
ヘザー・グレアム
宮崎真紀　訳

聖夜にやってきたのは二人の強盗。運よく2階に隠れたキャットは、外にいるもう一人の仲間を見て驚いた。3年前に別れた元恋人がなぜここにいるの？

眠れぬ珊瑚礁
ヘザー・グレアム
風音さやか　訳

夏の週末、無人島で頭蓋骨を見つけたベスは老夫婦失踪のニュースを思い出し、恐怖をおぼえた。その直後、謎めいた魅力を持つ男キースが現れて…。

黒の微笑
アン・スチュアート
村井　愛　訳

通訳の代打を頼まれた時には知る由もなかった。パリ郊外のシャトーに、暗黒の世界と運命の愛があることを…。ＡＡＲアワード３部門受賞作品。

白の情熱
アン・スチュアート
村井　愛　訳

ＮＹの弁護士ジュヌヴィエーヴは、書類にサインをもらうため、休暇を前に大富豪の船に立ち寄った。それが危険なバカンスの始まりだとは知らずに…。

青の鼓動
アン・スチュアート
村井　愛　訳

美術学芸員サマーの平穏な日々が一変。乳母の形見をめぐり、巨大カルト集団や暗殺者に狙われた彼女は…。親日家の著者が、日本を舞台に贈る衝撃のロマサス！

銀の慟哭
アン・スチュアート
村井　愛　訳

極秘のテロ対策組織を統率するイザベラに課せられたのは悪名高き傭兵の保護。だがその男に会ったとき、彼女の脳裏に忘れられない甘い悪夢が蘇り…。